WERNER KOPACKA

DIE SPUR DES TIGERS

WERNER KOPACKA

DIE SPUR DES TIGERS

ROMAN

nymphenburger

Umschlaggestaltung: Volkmar Schwengle, BuW, Berlin
Umschlagbild: Robert Giusti (USA, Connecticut)
Satz: Fotosatz Völkl, Puchheim
Gesetzt aus Palatino
Druck und Binden: Wiener Verlag, Himberg
Printed in Austria
ISBN 3-485-00681-5

Sri Lanka ist viel mehr als nur ein paradiesisches, dichtbesiedeltes Stück Land im Indischen Ozean.
Sri Lanka ist jahrtausendealte Kultur, eine ureigene Art des Lebens.
Sri Lanka war für mich, den Gast, immer die Insel des Friedens gewesen, auf der freundlich lächelnde Buddhisten mit freundlich lächelnden Hindus, Moslems und Christen zusammenlebten. Es war ein langsames, bedächtiges Leben gewesen, ein bewußtes, erholsames und lehrreiches.
Daß es im Untergrund immer schon gebrodelt hatte, daß es zwischen 1956 und 1982 zu mehr als einem halben Dutzend blutiger Auseinandersetzungen zwischen der tamilischen Minderheit und den dominierenden Singhalesen gekommen war, wußte ich nicht.
Für mich brach der Krieg an einem Julitag des Jahres 1983 aus. Damals hörte ich zum erstenmal von den Liberation Tigers of Tamil Eelam (LTTE), den Befreiungstigern von Tamil Eelam. Tamil Eelam soll der von den Tigern für die Tamilen befreite Teil der Insel einmal heißen. Tamil Eelam soll eine eigene Nation werden.
Es begann damit, daß eine Patrouille der regulären srilankischen Armee bei Jaffna, im äußersten Norden der Inselrepublik, von einem LTTE-Trupp unter der Führung Sellakilis, einem ihrer fanatischsten Kämpfer, in einen Hinterhalt gelockt und ermordet wurde. Die Folgen waren fürchterlich und für alle, die keine Ahnung von der tatsächlichen Explosivität der Lage auf der Insel hatten, schockierend. Die singhalesische Bevölkerung rächte die toten Soldaten, indem tamilischer Besitz vernichtet und verbrannt

wurde, mehr als tausend tamilische Landsleute fanden bei diesem sinnlosen Morden und Brandschatzen den Tod, Zigtausende wurden zum Teil schwer verwundet.
Seit damals kam die Insel nicht mehr zur Ruhe. Die LTTE hatte sich unter der Führung des zu allem entschlossenen Fischersohns Prabakaran, der 1954 in dem Dorf Velvettiturai zur Welt gekommen war, längst zu einer kampfstarken Guerillatruppe formiert, die der Regierungsarmee mehr als nur Paroli bieten konnte.
Ende der achtziger Jahre mischte sich mit der JVP, einer marxistisch orientierten Gruppe, die von jungen singhalesischen Intellektuellen ins Leben gerufen worden war, eine weitere fatale Kraft in das blutige Geschehen. Weite Teile der Bevölkerung im Süden des Landes wurden mit beispiellosem Terror eingeschüchtert. Man wollte Macht gewinnen, die Regierung des greisen Präsidenten J. R. Jayawardene stürzen, eine neue Gesellschaftsordnung einführen und auch das Tamilenproblem ein für allemal lösen.
J. R. Jayawardene hatte eine andere Lösung im Sinn. Er unterzeichnete einen Pakt mit der indischen Regierung und machte es damit möglich, daß Indien Zehntausende Soldaten auf die Insel schicken durfte, deren Aufgabe es sein sollte, die tamilischen Rebellen in Schach zu halten. Das Paradoxe daran war, daß die LTTE bisher all ihre Unterstützung aus Indien bezogen hatte. Vornehmlich aus dem südlichen Bundesstaat Tamil Nadu, aus dem die ersten Tamilen vor Jahrhunderten erstmals ausgezogen waren, um die reiche Insel über dem Meer zu erobern.
Die indischen Truppen liefen unter der offiziellen Bezeichnung Indian Peace Keeping Force (IPKF), von der Bevölkerung in den singhalesisch und tamilisch dominierten Landgebieten wurden sie jedoch bald auf Innocent People Killing Force umgetauft. Die Inder blieben vom 29. Juli 1987 bis zum 24. Mai 1990 auf der Insel. Am 2. Januar 1989 wurde Ranasinghe Premadasa als neuer Präsident Sri Lankas vereidigt. Er schaffte das für unmöglich Gehaltene und zwang die Inder zum Abzug. Auch die JVP wurde

während der ersten Jahre seiner Amtszeit vernichtet. Eine Zeitlang herrschte scheinbar Ruhe im Norden. Doch der Schein trog. Die LTTE hatte sich nach dem Abzug der bis dahin etwa hunderttausend Mann starken indischen Truppen neu formiert und war nun stärker denn je. Am 11. Juni 1990 griffen die »Tiger« Armeelager und Polizeistationen im Osten der Insel an und ermordeten sechshundert Polizisten, die sich auf Anraten ihres Kommandanten ergeben hatten, aufs brutalste. Während des darauffolgenden Monats metzelten die LTTE-Guerilleros mehr als tausend am Konflikt völlig unbeteiligte Singhalesen und Moslems nieder. 1991 kam es am Elefantenpaß bei Jaffna zu einer scheinbar entscheidenden Schlacht. Die Regierungstruppen rieben Prabakarans Armee auf – man spricht von mehr als fünftausend Toten. Die »Tiger« leckten für eine Weile ihre Wunden. Dann rührten sie sich wieder. Am 1. Mai 1993 wurden Ranasinghe Premadasa und fünfzehn andere von der Bombe eines unbekannten Selbstmordattentäters zerfetzt ... Der Krieg geht weiter.

Die Geschichte dieses Buches spielt im Jahre 1988. Als die Inder noch im Lande waren und der Terror von allen Seiten einen schrecklichen Höhepunkt erreicht hatte.

Es ist mein Wissen um die Geschichte der Insel, ihrer Menschen und des Lebens auf Sri Lanka, das dem Ablauf eine gewisse Authentizität verleiht. Die Handlung ist ebenso frei erfunden wie der Name des Rebellenführers, seiner Organisation sowie die Namen all der Menschen, die in diesem Buch eine Rolle spielen.

Ich habe meine Frau Ramani 1975 auf Sri Lanka kennengelernt und geheiratet. Ihr und unseren Kindern Kim, Ian, Raoul und Kevin ist dieses Buch gewidmet.

Werner Kopacka

Colombo, Sri Lanka
1988

Sunil lächelte.
»Schön, daß ihr wieder da seid«, sagte er und hielt mir verlegen die Hand entgegen. Dabei drehte er den Kopf leicht zur Seite und senkte die Augen.
Sunil war immer verlegen. Wer ihn nicht so gut kannte wie ich, mußte unweigerlich den Eindruck bekommen, der Mann vor ihm habe ein schlechtes Gewissen. Ein Dieb, der Angst davor hat, ertappt zu werden.
Das war Sunils großes Handicap. Die Welt, die ihn umgab, begegnete ihm mit Mißtrauen, blieb verschlossen oder öffnete sich nur zögernd. Dabei war Sunil der ehrlichste, freundlichste, hilfsbereiteste Mensch, den ich kannte.
Rani hatte ihn nun auch bemerkt und winkte ihm vom Zugfenster aus zu. Neben ihr tauchten die Köpfe von Mark und Mariko auf.
»Onkel Sunil«, schrien sie und begannen, wild mit den Händen in der Luft zu fuchteln.
»Wirklich schön, daß ihr wieder da seid«, sagte er und lächelte noch breiter. Dabei schüttelten wir einander die Hand.
Ein alter Mann war neben uns stehengeblieben. Der Sarong war mit ihm alt geworden, das Hemd flatterte so lose am Körper, daß man nicht viel Phantasie brauchte, um ahnen zu können, daß hier außer Knochen und ledergegerbter, dunkler Haut kaum etwas darunter war. Der Alte streckte

die knöchrigen Finger aus und öffnete den Mund. Das helle Rot, das jahrelanges Betelnußkauen in Zunge und Gaumen geätzt hatte, bildete einen merkwürdigen Kontrast zur düsteren Haut.
Sunil lächelte wieder entschuldigend und zauberte aus seiner Hemdtasche ein paar Münzen. Als ich hektisch in der Hose nach Geld zu kramen begann, hielt er mich sanft zurück.
»Das ist schon genug!«
Der Alte nahm die Centstücke und schlurfte müde davon. Die kleine, knöcherne Gestalt verschwand im wilden Konzert von Huptönen, Diesellärm, Bremsgekreische und Menschengeschrei. Der Himmel war dabei, die Farbe zu wechseln. Von Blau über Lila zu Orange.
»Kommst du uns in Trinco besuchen?« schrie Rani, und Mark und Mariko spielten Echo.
»Ja, komm uns in Trinco besuchen!«
Sunils Gesicht wurde ernst. Er lächelte noch immer, aber es war ein zögerndes Lächeln. Fast furchtsam.
»Ihr wollt wirklich nach Trinco?« murmelte er und angelte mit der Hand in der unergründlichen Tiefe seiner Hemdtasche nach einer Zigarette.
»Noch immer Four Aces«? schmunzelte ich, als ich die Zigarettenpackung sah. Er hielt sie mir entgegen.
»Nein, danke. Hab vor ein paar Monaten aufgehört damit!«
»Du?« fragte er erstaunt und griff im selben Augenblick wieder nach meiner Hand.
»Fahrt nicht nach Trinco! Die Zeiten sind nicht gut!«
»Ich weiß«, sagte ich ernst. Und dann mit einem ermutigenden Grinsen: »Es wird schon nichts passieren. Wir haben's uns lange überlegt. Vor allem wegen der Kinder. Und wir haben auch drei Jahre lang gewartet, bis wir wieder hierhergekommen sind …«

»Ihr hättet nicht kommen sollen«, sagte er langsam und schüttelte den Kopf. »Wir haben Krieg in diesem Land!«
»Irgendwann mußte es sein. Wir beide wissen, daß es nicht besser wird. Und irgendwann müssen wir wieder zu unserem Haus. Es steht noch, das wissen wir. Der alte Rajan schreibt uns regelmäßig ...«
»Ein Tamile«, sagte Sunil nachdenklich.
»Jawohl, ein Tamile«, zischte ich, vielleicht etwas zu forsch. »Wir haben viele gute Freunde in Trinco, die Tamilen sind!«
Sunil schüttelte den Kopf. »Die Zeiten haben sich geändert.«

»Papa«, schrie Mark und beugte sich dabei so weit aus dem Fenster, daß es mir einen schmerzlichen Stich versetzte.
»Mark!« brüllte ich. Doch Ranis Hand hatte ihn bereits nach hinten gezogen.
»Tu das ja nie wieder«, sagte ich und drohte ihm mit der Faust. »Was willst du denn überhaupt von mir?«
»Wir haben Durst«, piepste Mariko.
Mark stand mit düsterem Gesicht neben ihr und schmollte.
»Dort drüben«, klärte Rani die Situation und zeigte auf die andere Seite des Platzes zum Stand eines Straßenverkäufers, »dort gibt's was Kühles. Cola für Mark und mich. Mariko möchte eine Orangeade.«
Ich winkte ungeduldig ab.
»Seht ihr denn nicht, daß ich mich mit Sunil unterhalte? Am Verdursten werdet ihr wohl noch nicht sein!«
Sunil blickte mich an. Verlegen, wie immer.
»Der Zug fährt bald ab«, sagte er sanft und schaute dabei auf die Uhr.
Ich seufzte und zuckte die Schultern. Dann machte ich eine

hilflose Handbewegung in Richtung Zugabteil und seufzte mit gespielter Resignation: »Ihr habt gewonnen, wie immer!«

Mark und Mariko lachten.

Ich wartete auf den zerbeulten CTB-Bus, der gerade anfuhr. Vollgepfropft mit Menschen. Ein brummender, stinkender Blechmoloch, der in Richtung Zentrum donnerte. Ein Taxi hupte an mir vorbei, dann machte ich fünf eilige Schritte, bevor mich eine motorisierte Rikscha stoppte. Der Stand rückte näher. Nur noch zwei Radfahrer und ein Taxi waren zwischen uns.

»Colombo«, dachte ich. »Wie habe ich doch das Leben hier, die unbeschwerte Hektik, das geordnete Chaos, die Gerüche, den Lärm ... Wie habe ich das alles vermißt.«

Ich sprang zur Seite. Der Radfahrer zischte mit einem eleganten Hüftknick an mir vorbei, drehte sich fünf Meter später um und lachte über das ganze Gesicht. Dann war er im Gewühl verschwunden.

»Hello, Sir«, sagte der Limonadenverkäufer und spielte mit dem Knoten, der seinen Sarong festhielt.

»Hello«, sagte ich und nahm eine Orangeade und drei Coladosen von dem Stapel vor mir. Eine davon für mich.

»Sunil«, schoß es mir durch den Kopf. »Der wird ja auch was wollen.« Ich drehte mich um und suchte durch den Verkehr das Zugabteil. Für einige Augenblicke konnte ich sie sehen. Ranis Kopf, daneben das neugierige Gesicht Marikos und davor die dürre Gestalt Sunils. Mark war nicht da.

»Soll er doch schmollen«, dachte ich. »Ist ein schwieriges Alter. Ich werde mit ihm reden müssen. So leicht läßt man sich nicht verletzen. Später, im Zug.«

»Noch etwas, Sir?« fragte der Limonadenverkäufer.

Ich nahm eine zweite Orangeade. Wenn Sunil Cola wollte, dann würde ich sie trinken.

»Fünfundzwanzig Rupien«, sagte der Mann.
Ich rechnete nach.
»Fünfundzwanzig Rupien?« fragte ich und runzelte die Stirn.
Der Limonadenverkäufer zuckte die Schultern.
»Fünf pro Dose!«
Ich hatte keine Lust zum Feilschen. Der Zug fuhr bald ab, und außerdem wußte ich nicht, ob es überhaupt einen Sinn hatte. Die Zeiten hatten sich wirklich geändert!
Ich zählte das Geld auf meine Hand und gab es ihm. Er steckte es ein und lächelte. Nicht dankbar, aber auch nicht höhnisch. Für einen Trottel, den er gerade ausgenommen hatte wie eine Weihnachtsgans, schien er mich nicht zu halten. Das war beruhigend.
Ich klemmte drei Dosen mit dem linken Unterarm gegen den Bauch und nahm die zwei anderen in die Rechte.
Wieder ein Bus. Und gleich dahinter noch einer.
Hürdenlauf durch den Verkehr von Colombo. Drei Schritte – halt! Ein Schritt zurück, fünf nach vorn. Aber im Laufschritt. Bremsen! Ein Taxi hupte viel zu früh. Ich hätte es leicht noch vor ihm geschafft.
Dann die Gehsteigkante. Aufatmen.
Ich richtete mir die drei Dosen links wieder zurecht. Eine wäre beinahe herausgefallen.
Vor mir der Zug. Zwanzig Meter vielleicht.
Rani und Mariko waren vom Fenster verschwunden. Dafür stand Mark jetzt da. Vor ihm Sunil. Lässig gegen die Wand des Waggons gelehnt. Mark machte etwa einen halben Meter über ihm sein ernstes Gesicht. Marke Erwachsener.
Die beiden unterhielten sich. Von Mann zu Mann.
Sunil war immer schon gut gewesen, wenn es um einen Knacks im Zwischenmenschlichen ging. Viel besser als ich. Er wäre ein guter Vater geworden, wenn er und Rosie Kin-

der gehabt hätten. Ich hatte die Dosen wieder fest im Griff, stand jedoch noch eine Sekunde lang da und schaute die beiden an.
Der Freund und der Sohn.
Es war nicht viel. Der Hauch von Stolz, eingehüllt in etwas menschliche Wärme. Und rundherum das Gejaule, Gehupe und Getöse der Straßen von Colombo.
Sunil mußte einfach nach Trinco nachkommen. Nächste Woche vielleicht. Rani könnte dann mit Rosie über die alten Zeiten plaudern.
Links neben Marks Fenster tat sich die Waggontüre auf, und ein Mann in Eisenbahnuniform brüllte Sunil irgend etwas zu. Der nickte, drehte sich zu mir um. Er sah mich und öffnete den Mund, um etwas zu sagen.
Er kam nicht mehr dazu.
Der gigantische Knall muß ihm wie mir den Atem aus dem Brustkorb gepreßt haben. Während mich die unsichtbare Kraft nach hinten schleuderte, hatte ich noch immer sein Gesicht vor mir. Versteinert, große Augen, weitaufgerissener Mund. Bevor ich auf den Asphalt klatschte, sah ich, wie ein unsichtbares Riesenprojektil seinen Brustkorb zerfetzte. Ein Blutschwall übergoß wie ein einziger großer Tropfen sein Gesicht. Die Augen, den Mund.
Dann krachte ich auf den Boden und konnte plötzlich wieder atmen.
»Die Dosen«, dachte ich, »wo zum Teufel sind die Dosen?«
Und dann sah ich noch etwas. Den kleinen Körper Marks, der aus einem gewaltigen Feuerball auftauchte und durch die Luft auf mich zuflog. Langsam. Zeitlupentempo. So, daß ich jede Bewegung des Bündels Mensch erkennen konnte. Ein Arm stach grotesk aus der starren Gestalt. Da war nichts real. Ein Film.
Konnte ihn niemand abstellen?

Mark war tot, als er zwei Meter neben mir aufklatschte. Und vor mir brannte es.
Rani und Mariko.
Etwas riß mich hoch, ich stand, schrie, rannte, hatte plötzlich Mark in meinen Armen. Überall Blut.
Jetzt hörte ich auch andere schreien. Das Hupen war wieder da. Der Körper des Schaffners lag verkrümmt neben Sunils Gesicht. Das Blut war auf den Asphalt geronnen, und Augen und Mund waren wieder frei.
Mit Mark in den Armen lief ich auf das Feuer zu. Die Augen brannten, die Haare.
Irgend etwas warf mich zurück. Ich stürzte, krabbelte auf allen vieren weiter, wurde wieder zurückgerissen.
»Rani, Mariko!«
Jetzt konnte ich nicht mehr. Arme krallten sich in mich, nagelten mich auf den Boden, eine Hand schlug in mein Gesicht.
Hilflos. Die Ohnmacht. »Rani! Ich muß doch … Warum kommt sie nicht von selbst heraus …«

Alles war weiß und weich. Die Wolke, die mich umhüllte, fesselte meine Hände und machte die Beine schwer.
Ranis Kopf dicht vor meinem Gesicht. Ich sah den Mund, die Zähne, die Zunge. Alles bewegte sich, aber der Nebel war so dick, daß ich weder die Nase noch die Augen sehen konnte.
»Rani«, krächzte ich. Häßlich und schwer. Ein Unbekannter bearbeitete mit einer Eisensäge meinen Kehlkopf.
Die Last auf meinen Lidern wurde leichter. Ich quälte mich, sie aufzumachen. Der Nebel lichtete sich.
Es war nicht Rani.

»Ganz ruhig«, sagte der Mund. »Nicht aufregen!«
Das Gesicht war dunkel. Dunkler als Ranis. Das ließ die Zähne noch weißer erscheinen. Es war kein hübsches Gesicht, aber auch kein häßliches. Ich hatte es noch nie zuvor gesehen. Über dem Gesicht steckte eine weiße Schwesternhaube im schwarzen Haar.
»Sie dürfen sich nicht aufregen«, sagte dieselbe Stimme wie zuvor.
Ich versuchte zu sprechen, aber da war wieder die Säge. Der Schmerz war kaum erträglich.
»Der Zug«, sagte ich.
Eine große, behaarte Hand schob die Schwester zur Seite. Weißer Mantel, Brille, schwarzer Bart.
»Ich bin Doktor Jayanathan!«
Die Brille kam näher und stand schließlich knapp vor meinem Gesicht still.
»Verbrennungen, Prellungen … nichts allzu Ernstes. Sie haben Glück gehabt!«
Mundgeruch. Jetzt wußte ich es genau. Der Bebrillte hatte Mundgeruch. Was hatte er gemeint?
»Versuchen Sie, wieder zu schlafen. Sie brauchen Ruhe. Viel Ruhe.«
Ich krächzte wieder etwas. Was wollte ich eigentlich sagen? Ach ja, der Zug.
Die behaarte Hand zog mir das Leintuch bis zum Kinn.
»Reden Sie jetzt nicht. Schlafen Sie. Wenn Sie wieder aufwachen, beantworte ich alle Ihre Fragen!«
Warum putzt er sich nicht besser die Zähne. Oder kauft sich ein Mundwasser.
Wie war das mit dem Zug? Da war doch Feuer. Sunil? Sunil war auch da. Und Mark. Blut. Da war Blut. Viel Blut …
Ich versuchte, mich aufzurichten, spürte im selben Moment aber, wie mich etwas in den Arm stach.

»Der Zug.« Wieder das Krächzen. Jetzt feilte irgend jemand von innen an meinem Kehlkopf. Zuerst in einem mörderisch schnellen Rhythmus, dann immer langsamer.

Als ich erwachte, war ich allein im Zimmer. Ein kleiner Raum mit einem Fenster. Über mir torkelte ein müder Ventilatorpropeller durch die warme Luft. Es roch nach allem möglichen. Hauptsächlich nach Krankenhaus.
Hatten sie mich ins General Hospital von Colombo gebracht? Ich schüttelte den Gedanken ab. Ist doch völlig unwichtig, wo ich war. Hauptsache, ich lebte! Lebte?
Der Zug. Plötzlich hörte ich wieder den Knall. Die Flammen. Marks kleiner Körper und das riesige Etwas, das Sunils Brust zerschmettert hatte.
Rani und Mariko waren im Zug. Was war dort?
Ich zermarterte mein Gehirn, versuchte, das Bild des brennenden Waggons aus den übrigen herauszuschälen, mich heranzuzoomen. Ans Fenster. Aber ich sah nur den Feuerball. Hell, heiß und mörderisch. Hatte man sie retten können? War überhaupt irgendwer gerettet worden?
»Frag doch nach dem Warum«, sagte die innere Stimme. »Warum sprengt man einen Zug in die Luft und tötet man Menschen?«
»Unwichtig«, sagte eine andere. »Mark ist tot, und Sunil ist tot. Rani und Mariko sind wahrscheinlich auch tot!«
Als die Schwester ins Zimmer kam, weinte ich. Es tat weh, aber ich heulte. Die Tränen verfingen sich in den Bartstoppeln, aber einige sickerten doch bis zum Mund und ließen mich das Salz schmecken. Ich hatte schon so lange nicht mehr geweint ... Ich fragte gar nichts mehr. Sie würden es mir schon sagen. Irgendwann.

Die Schwester bewegte sich sachlich und kompetent. Ich versuchte, so etwas wie Mitleid in ihrem Gesicht zu entdecken, fand jedoch nichts. Für Menschen wie sie ist der Tod Alltag, dachte ich und weinte weiter.
Als sie wieder aus dem Zimmer ging, hatte sie es geschafft, mich volle fünf Minuten lang zu ignorieren.
Dann stand plötzlich Doktor Jayanathan vor mir. Er lächelte.
»Es geht schon besser, nicht wahr?«
Ich drehte meinen Kopf auf die andere Seite und wischte mir am Leintuch die Tränen ab.
»Bin ich im General Hospital?«
Er schüttelte den Kopf.
»Achtundvierzig andere aus dem Zug sind dort. Sie hat man in eine Privatklinik gebracht. Durdan's. Waren Sie schon einmal da? Auf Besuch?«
»Achtundvierzig Verletzte?« fragte ich.
»... und sechzehn Tote«, sagte er.
Der Ventilator arbeitete schwer und laut. Ich richtete mich halb auf, und der Doktor hinderte mich nicht daran.
»Ist meine Familie«, begann ich, verfluchte mich aber im selben Augenblick. Mußte ich schon das Endgültige wissen? Konnte ich mir die Illusion, daß Rani und Mariko am Leben seien, nicht noch für eine Weile bewahren? Noch waren sie nicht tot. Zumindest für mich nicht. Im nächsten Augenblick würden sie es aber sein. Für immer und endgültig. Der Doktor würde es sagen. Meine Frau und meine Tochter für immer und ewig von mir wegreißen. Er tat es.
»Alle tot«, sagte er nur. Kurz, schwer, heiser. Dann räusperte er sich und schaute mir in die Augen. Wenn Mitleid oder Verständnis in seinem Blick waren, dann sah ich es nicht. In mir blies sich etwas zu einer immensen Leere auf. Mitten in

diesem gefühllosen Hohlraum schlug mein Herz, und die Lunge war die Pumpe, die das Volumen ständig vergrößerte.
Irgendwann würde ich platzen.
Jayanathan ließ es nicht zu. Er gab mir eine Spritze und damit einen langen, traumlosen Schlaf.

Wie lange das Dahindämmern zwischen Wachen und Schlafen gedauert hatte, wußte ich nicht. Im Krankenhaus verliert man jedes Zeitgefühl. Ich hatte keine Ahnung, ob die Zeit des Wachliegens länger dauerte als die dazwischenliegenden Schlafbrücken.
Das Grübeln, das während der Wachphasen kam, tat weh. Wenn ich nicht grübelte, war nur der Druck im Brustkorb da, der sich bei jedem tiefen Atemzug schmerzlich verstärkte. Meistens quälte mich aber eine Mischung aus Verzweiflung, Hilflosigkeit und vor allem Selbstmitleid. Für Wut war noch kein Platz. Ich versuchte vergeblich, mich durch Gedanken an Europa, meine dortigen Freunde, vorangegangene Reisen, Fußballspiele, Skirennen, Bauwerke, Geschichtsdaten oder meine Arbeit als Journalist abzulenken. Es waren klägliche Versuche, die nur Sekunden dauerten. Dann kippten sie um, und Rani und die Kinder füllten die Leinwand im Großformat.
Wie mein Leben weitergehen würde, war mir ebenso egal wie der Zeitpunkt meiner Entlassung aus dem Krankenhaus. Einmal fragte ich den Doktor, ob man mich denn schon besuchen könne. Wahrscheinlich würde es mir guttun, mit anderen Menschen sprechen zu können. Jayanathan zuckte die Schultern.
»Wollen Sie denn überhaupt jemanden sehen? Ich nehme

an, bei den Besuchern würde es sich um Verwandte Ihrer Frau handeln. Sind Sie schon soweit? Können Sie die doppelte Trauer ertragen? Ihre – und die der anderen?«
Der Tamile verstand überhaupt nichts. Nichts und niemand konnte meine Gefühle beeinflussen. Es gab keine Wertigkeitsskala. Sie waren tot. Alle. Was konnte es da noch geben, das meine Trauer verstärken würde?
Plötzlich überkam mich ein grausamer Verdacht.
»Weiß man schon, wer die Bombe im Zug deponiert hat?«
Jayanathan runzelte die Stirn.
»Natürlich, das können Sie ja nicht wissen.« Er hielt einen Augenblick inne und starrte zum Fenster hinaus. Dann drehte er sich abrupt um und blickte mir in die Augen.
»Die Tamilen«, sagte er, »kämpfen in diesem Land für etwas, was Sie wahrscheinlich nie verstehen können. Es ist viel mehr als ein Freiheitskampf. Das Ringen um die eigene Identität vielleicht. Der Kampf eines heimatlosen Volkes um seinen Staat ...«
»Es waren die Tamilen«, sagte ich.
»Ja, es waren die Tamilen. Aber nicht die Tamilen im Sinne von allen. In jedem Freiheitskampf gibt es Irregeleitete. Fanatiker, die den Sinn für Relationen verloren haben. Für die jedes Menschenleben, das sie auslöschen, einen Schritt mehr hin zum glorreichen Ziel bedeutet ...«
»Hören Sie auf damit«, schrie ich. »Meine Familie ist tot, verstehen Sie! Alles, was ich auf dieser verdammten Welt gehabt habe! Aus, weg, für immer. Was kümmert mich euer Krieg? Bringt euch doch gegenseitig um, schlitzt euch die Bäuche auf, aber warum uns? Warum uns?«
Eine unsichtbare Hand schnürte meine Kehle zu. Jayanathan beugte sich über mich und drückte meinen Kopf auf das Polster zurück. Die Schwester kam, und gemeinsam

verpaßten sie mir eine Spritze. Ich wehrte mich nicht dagegen. Ich wollte sie. Weil ich weg wollte von ihm. Weg aus diesem Krankenhaus, aus diesem Land.

Am nächsten Tag kam Nihal.
Er öffnete die Türe so leise, daß ich ihn zunächst gar nicht wahrnahm. Erst als er sich bis auf zwei Meter an mein Bett herangeschlichen hatte, sah ich ihn.
Als er bemerkte, daß ich ihn bemerkt hatte, blieb er wie versteinert stehen. Sekundenlang war das Gesicht mit dem Anflug eines Lächelns eingefroren. Wir starrten einander an.
Nihal war Ranis Bruder.
Klein wie sie, mit kräftigen Schultern, starken Armen und Beinen, einem runden, etwas zu weichen Kinn, großen, leicht verwundbaren, schwarzen Augen, einem Schnurrbart und einem wirren Knäuel drahtigen, pechschwarzen Haars.
Ich sprach als erster.
»Hat man dich reingelassen?«
Er ignorierte die dumme Frage aus Höflichkeit. Unter anderen Umständen hätte er ganz sicher eine hämische Antwort parat gehabt. Er rückte einen Sessel neben das Bett und setzte sich.
»Macht dir doch nichts aus«, sagte er. Ich schüttelte den Kopf.
Dann räusperte er sich und blickte sich im Zimmer um. Viel gab es nicht zu sehen. Das weiße Stahlrohrbett, der weiße Schrank mit dem abbröckelnden Lack, der wackelige Tisch mit dem Wasserkrug und dem Waschbecken darauf, das Fenster mit dem Moskitogitter, den mürrisch auf die schwüle Luft einschlagenden Ventilator.
»Einzelzimmer«, sagte er und räusperte sich.

Jetzt wäre ich an der Reihe gewesen, mit einem bissigen Satz zu kontern. Wie es früher immer unser Spiel gewesen war.

Ich schwieg.

Er räusperte sich noch einmal.

»Amma ist noch nicht soweit«, sagte er schließlich.

Ich nickte.

»Und Thatha ist bei ihr geblieben. Sie kommen sicher. Morgen vielleicht. Die anderen wollten heute schon kommen. Upali, Ransiri, Ranjith. Ich habe ihnen gesagt, sie sollten noch warten. Ich wollte erst einmal sehen ...«

»Es geht mir ganz gut«, winkte ich ab.

Wir schwiegen.

Ich war froh, daß er mir noch Zeit gelassen hatte, mich auf die Begegnung mit Ranis Mutter, Vater und dem Rest der Verwandtschaft vorzubereiten.

Nihal hatte getrunken. Ich roch den Arrakdampf plötzlich ganz intensiv. Er schwitzte.

Da er es nicht tat, tat ich es. »Hast du sie noch einmal gesehen? Rani meine ich und die ...«, ich konnte das Wort nicht aussprechen. Immer, wenn ich mich diesem Bereich gedanklich näherte, tauchte Marks zerschmetterter Körper vor mir auf.

Er verstand es und schüttelte den Kopf.

»Von Rani und Mariko war ... da war ...«, er blickte von mir weg und zum Fenster hinaus, »da war nicht mehr viel übrig. Sie haben sie gleich in Alusärge gelegt. Die Reste meine ich. Und Mark hast du ja selbst gesehen.«

Er schluchzte laut auf.

»Beim Begräbnis waren fünfhundert Leute. Fünfhundert verdammte Leute. Und die wichtigsten und besten waren tot. Die hat man begraben.«

Er stand auf und blickte mich an. Ich erschrak, denn da war

Haß in den Augen. Nur ein Aufflackern, aber ich hatte es gesehen.

»Du hast Glück gehabt«, sagte er leise.

Ich setzte mich auf und bemühte mich, ruhig zu bleiben. Die Stimme zitterte dennoch.

»Glück, sagst du? Meinst du das wirklich? Rani und die Kinder sind tot. Weg, für immer!« Jetzt schrie ich. »Tausendmal habe ich mir während der letzten Tage gewünscht, mich hätte es auch erwischt. Leben? Wer will denn da noch leben! Was für ein Leben? Mein Leben ist die fürchterlichste Strafe, die ein Mensch bekommen kann, verstehst du! Warum ich? Warum gerade ich?«

Er trat auf mich zu und hielt mir die Hand entgegen. Ich nahm sie nicht.

»Es tut mir leid«, sagte er. Dann drehte er sich um und ging. Die Leere, die er zurückließ, tat weh.

Ich war wieder der Fremde, der ich gewesen war, bevor ich Rani getroffen hatte.

Jung. Mein Gott, war ich damals jung gewesen. Drei oder vier Jahre bei der Zeitung. Träume vom freien, ungebundenen Reporterleben. Natürlich nur große Storys. Weltweit. Politische Umstürze, Bürgerkriege, Katastrophen.

Sri Lanka war so ein Zwischending gewesen. Nicht ganz Urlaub und noch nicht ganz Aussteigen.

Wir hatten zwei Monate Zeit gehabt. Peter, der Fotograf, und ich. Und natürlich wollten wir Reportagen mitbringen, sie an große Illustrierte verkaufen. Auf uns aufmerksam machen. Entdeckt werden. Drei Wochen nach unserer Ankunft hatte ich Rani getroffen. Klein, zierlich, intelligent, Journalistin bei einem singhalesischen Monatsmagazin.

Und zwei Wochen später waren wir verheiratet.
Warum?
Weil's Liebe war. Fest und intensiv. So stark, daß es beinahe weh tat.
Und weil es uns ihre Familie mit ihren strengen, stolzen, traditionsorientierten Moralbegriffen unmöglich gemacht hatte, nur so zusammenzuleben. Entweder – oder. Heirat oder gar nichts. Also Heirat.
Das war vor dreizehn Jahren gewesen. Das verfluchte dreizehnte Jahr. Mark ging in die vierte Klasse, Mariko in die zweite.
Jetzt war's wieder so wie früher. Damals, als ich noch allein war. Ohne sie. Nur daß ich dreizehn Jahre älter und noch immer kein Star war. Redakteur bei einer Provinzzeitung. Familienmensch. Das große Abenteuer hatte nie mehr stattgefunden. Nicht einmal innerhalb der eigenen vier Wände. Wenn man im Berg der Gewohnheit und Gewöhnung grub, dann stieß man irgendwann sicher noch auf Liebe. Aber wer grub schon? Warum, zum Teufel, hatte nie jemand gegraben? Und warum, zum Teufel, hatte ich ihr nie gesagt, wie sehr ich sie liebe? Weil sie immer da war, weil sie mir nie abging? Weil ich einfach nicht wußte, wie scheußlich leer und sinnlos alles war ohne sie. Ohne die Kinder.
Da war noch eine Abrechnung, die ich mit mir machen mußte. Die geheimen Gedanken, die in unregelmäßigen Abständen aufgetaucht waren. Daß sie schuld war an der verpaßten Chance. Daß ich, wenn ich sie damals nicht getroffen hätte, ein anderer, Erfolgreicherer geworden wäre. Daß mir die Verantwortung für die Familie den Atem raubte, den man braucht, um sich frei zu fühlen.
Es tat mir so leid.
Der einzige Reichtum und Erfolg, den ich je im Leben gehabt hatte, war sie gewesen. Sie und die Kinder.

Bis zu meiner Entlassung aus dem Krankenhaus erhielt ich keinen Besuch mehr.

Am zehnten Tag nach meiner Einlieferung war Jayanathan in mein Zimmer gekommen und hatte mir wortlos den Verband vom Kopf gewickelt. Ich mochte den Mann nicht. Das lag nicht nur an der üblen Duftwolke, die aus seinem Mund kam. Wahrscheinlich mochte er mich auch nicht.

Seitdem er versucht hatte, in mir so etwas wie Verständnis für die Sache der Tamilen zu wecken, hatten wir kein längeres Gespräch mehr gehabt.

Seine haarige Hand betapste mich am Kopf, drückte, quetschte und entfernte sich wieder.

»Aufsetzen«, sagte er und setzte das Stethoskop an.

»Mieser Schleimer«, dachte ich.

Als er fertig war, ging er einen Schritt zurück, stützte die Arme in die Hüften und betrachtete mich ein paar Sekunden lang von oben bis unten. Wie jemand, der ein Kartenhaus gebaut hatte. Oder eine Sandburg. Oder sonst etwas Zerbrechliches. Ich war sein Werk. Er hatte mich wieder zusammengeflickt. Und er war zufrieden.

»Sie können gehen!« sagte er schließlich.

Ich runzelte die Stirn, nickte dann aber rasch.

»Okay, wenn Sie meinen.«

Er ging. Ich sah ihn nie wieder. Ich dachte nur jedesmal an ihn, wenn ich einem Menschen begegnete, der scheußlichen Mundgeruch hatte.

Erst als ich im Taxi saß, kam mir zu Bewußtsein, daß ich noch gar nicht wußte, wohin ich eigentlich wollte. Nicht zu Ranis Eltern, das wußte ich. Und zu einem anderen aus der vielköpfigen Verwandtenschar auch nicht.

Vielleicht zu Abdul? Dem Freund aus alten Zeiten? Dem Armeemajor, der Karriere im Militär gemacht hatte?

Ich landete im Lucky Star.

Der Name war ganz von selbst über meine Lippen gerutscht. Das Lucky Star war das Hotel gewesen, in dem ich mit Peter bei meinem ersten Ceylon-Besuch abgestiegen war. Hier hatte ich Rani zum erstenmal gesehen. Sie hatte an der Rezeption nach irgendeinem singhalesischen Filmstar gefragt, der hier wohnen sollte und den sie für ihre Zeitung interviewen wollte.

Die Rezeption sah noch immer so aus wie damals. Etwas heruntergekommener vielleicht mit dem abbröckelnden Lack, den zerschlissenen Polstersesseln, den schmutzigeren Wänden. Ich hätte schwören können, daß sogar noch dasselbe Batikbild an der Wand hing. Die Kandy-Perahera. Elefanten, Männer mit Trommeln. Dunkelrot und schwarz.

Vielleicht war auch die Frau an der Rezeption dieselbe. Ich rechnete rasch nach. Dreißig bis fünfunddreißig Jahre alt, minus dreizehn, macht knapp über zwanzig.

»Wie lange sind Sie schon hier?« fragte ich und kam damit der Begrüßungsformel zuvor, die sie mir gerade entgegenhauchen wollte.

Sie runzelte erstaunt die Stirn und überging meine Frage.

»Sind Sie zum erstenmal hier?«

»Nein«, sagte ich. »Ich war schon einmal da. Vor dreizehn Jahren!«

»Haben Sie deshalb gefragt?« Jetzt lächelte sie.

»Nein«, sagte ich und hielt ihr den Paß hin. Sie zuckte die Schultern und schob mir das Anmeldeformular zu. Zum Teufel mit dem sentimentalen Kram. Was machte es aus, wenn sie wirklich vor dreizehn Jahren schon hier gewesen war. Was machte es aus, wenn sie Rani gekannt hatte. Was machte überhaupt irgend etwas aus. Warum bin ich in dieses verdammte Hotel gezogen?

Im Zimmer bemerkte ich, daß ich gar kein Gepäck hatte. Die Koffer mit unseren Sachen mußten mit dem Zug verbrannt sein. Auf jeden Fall hatte mir nie jemand das Gegenteil gesagt. Und ins Krankenhaus hatte man mir auch nichts gebracht. Vielleicht hatte man nach der Explosion eine Menge herrenloses Zeug gefunden, und keiner wußte, was wem gehörte.

Ich würde mich einmal erkundigen. Morgen vielleicht. Oder auch nicht.

Bei Ranis Eltern waren ja auch noch einige Taschen mit Dingen, die wir nicht nach Trincomalee hatten mitnehmen wollen. Ich ging im Zimmer auf und ab. Die Farbtöne, in denen es gehalten war, sollten kühl wirken. Türkis, Weiß, Blau. Wie hatte ich mich hier je wohl fühlen können?

Von draußen schwebte eine Klangwolke herein. Ein Tongemurmel, das in unrhythmischen Abständen von jedem nur erdenklichen Autohupen unterbrochen wurde. Manchmal waren auch menschliche Stimmen dabei. Schrill, schreiend, brüllend.

Die Badezimmerarmaturen waren noch dieselben wie damals. An einigen hatte sich bereits der Rost festgeklammert. Die Hähne ließen sich mit einiger Anstrengung sogar drehen. Das Wasser war lauwarm und roch auch so.

Es war schwül im Zimmer. Das Hemd, das man im Krankenhaus hatte waschen lassen, klebte am Rücken fest. Unter den Achseln hatten sich längst Schweißflecken gebildet. Ich wischte mir mit dem Handrücken über die Stirn, dabei lösten sich einige Tropfen und klatschten auf den Steinboden des Badezimmers.

Draußen im Schlafzimmer drehte sich der Ventilator mühsam und ächzend.

Ich setzte mich aufs Bett und versuchte, klar zu denken. Die monotone Melodie des alten Propellers an der Decke, gemischt mit dem einlullenden Gemurmel, das von der Straße kam, schaukelte mich aber bald in einen tiefen Schlaf.

Als ich aufwachte, ließ ich mir eine Flasche Arrak aufs Zimmer kommen. Der Junge war vielleicht vierzehn, trug ein sauberes, weißes Hemd mit ausgefranstem Kragen und einen Sarong über den spindeldürren Beinen. Seine Füße waren bemerkenswert groß und schwarz.
Als ich ihm eine Rupie gab, versuchte er seine Enttäuschung erst gar nicht zu verbergen. Er zog die Mundwinkel nach unten, überlegte eine Sekunde lang und gab sie mir dann zurück.
»Danke, Sir. Nicht notwendig, Sir!«
Ich nahm einen Fünfrupienschein aus der Geldbörse und hielt ihm den hin.
»Ist das besser?«
Er grinste. Nicht frech und auch nicht unverschämt. Es war ein glückliches Grinsen.
»Ja, Sir. Viel besser, Sir!«
»Wie heißt du?«
»Banda, Sir!«
»Okay, Banda. Wenn ich wieder etwas brauche, dann rufe ich dich. Du bist doch immer da?«
»Ich bin immer da, Sir. Fragen Sie nur nach Banda!«
Er verschwand lautlos.
Der Arrak war stark. Vielleicht hatte ich auch einen zu großen und zu hastigen ersten Schluck genommen. Der Schnaps brannte sich seinen Weg durch die Brust und nahm vom Magen Besitz. In den Augenwinkeln hatten sich zwei Tränen angesammelt. Ich wischte sie weg und rülpste laut.
Den zweiten Drink mischte ich mit der Elephant-House-Limonade, die mir Banda ebenfalls gebracht hatte. Ekelhaft süß, aber kalt.
Ich ging zum Fenster und beobachtete das hektische Leben auf der Galle Road. Wie sehr hatte ich mich während der vergangenen Jahre, daheim in Europa, danach gesehnt.

Jetzt war es mir gleichgültig. Sri Lanka war mir gleichgültig, Asien war mir gleichgültig, ich selbst war mir gleichgültig.
Aber Ranis Eltern mußte ich trotzdem sehen. Jetzt gleich? Heute abend? Morgen?
Ich setzte mich wieder aufs Bett. Der Arrak wühlte nicht mehr in meinen Eingeweiden, er streichelte sie jetzt. Zum erstenmal seit langem fühlte ich mich wieder wohl, beinahe entspannt.
Jetzt konnte ich auch plötzlich wieder klar denken.
Ich hatte noch drei Wochen Urlaub. Fünf waren es insgesamt gewesen. Ob die daheim überhaupt wußten, was hier geschehen war? Ob irgendeine internationale Nachrichtenagentur darüber berichtet hatte? Hatten sie versucht, mit mir Kontakt aufzunehmen, und waren nicht durchgekommen?
Natürlich. Ich mußte sie anrufen. Meine Mutter, die Zeitung. Rakowski. Was auch passiert war, ich war noch immer Journalist und hatte die Pflicht, meine Zeitung mit News zu füttern. Egal, ob sie mich persönlich betrafen. Aber zuerst mußte ich wohl Ranis Eltern anrufen.
Ich mixte mir den dritten Drink, leerte das Glas zur Hälfte und ließ mich dann mit der Nummer in Wellawatte verbinden. Das Gespräch war kurz. Das Hausmädchen hatte abgehoben und Amma von meinem Anruf informiert, bevor diese zum Telefon kam. Ich werde am Abend vorbeikommen, sagte ich. Sie sagte nichts, sie begann nur zu weinen. Ich wiederholte den Satz und legte auf.
Rakowskis Stimme klang unsympathisch wie immer. Daran änderten auch die fast zehntausend Kilometer große Distanz, die zwischen meinem Chefredakteur und mir lagen, nichts.
»Stefan«, krächzte es langgezogen und nasal aus dem Hö-

rer. »Läßt dir die Sonne auf den Bauch scheinen, während wir hier wie die Affen buddeln!«
Er hatte also noch nichts gehört. Plötzlich schwankte ich zwischen dem, was ich ursprünglich hatte tun wollen, nämlich ihn informieren, und dem genauen Gegenteil. Schließlich war's ja meine Familie gewesen.
»He, du, warum sagst du nichts? Liegst wohl gerade neben einer nackten Kaffeebraunen, und deine Frau weiß nichts davon, stimmt's? Ich kenne dich ja. He, Kumpel ... sag schon ...«
Ich ließ ihn reden. Sonderbarerweise schmerzte es nicht, es löste nicht einmal Wut aus.
Auf einmal wußte ich, daß ich nie mehr an den Schreibtisch in Rakowskis Nebenzimmer zurückkehren würde. Ich würde überhaupt nicht mehr in die Redaktion zurückkehren. Wie es weitergehen würde, interessierte mich in diesem Augenblick überhaupt nicht. Ich wußte nur eines ganz genau: was ich Rakowski jetzt sagen würde. Was ich ihm immer schon sagen wollte.
»Rakowski?«
»Was ist denn, du alter Lustmolch? Sagst du mir jetzt endlich die Wahrheit?«
»Ja. Hörst du auch zu?«
Das überhebliche Lachen. Die dummheitstriefende Aufeinanderfolge von Urlauten. Ich sah ihn vor mir. Den Bierbauch, der über dem Hosenbund schwabbelte, das Doppelkinn, die fetten Lippen, die Halbglatze. Ich roch sogar das süßliche Rasierwasser.
»Du bist nicht nur vollkommen unfähig, den Job zu tun, für den du dich so oft verkauft hast, du bist auch menschlich so ziemlich das Mieseste, das mir je über den Weg gelaufen ist. Jeder Regenwurm ist gegen dich ein Intelligenzbolzen, und jeder Mistkäfer hat mehr Charakter als du!«

Ich wartete einige Sekunden lang auf eine Reaktion von der anderen Seite. Es kam aber nur schweres Atmen, vermischt mit einigen Grunzlauten.
Ich legte auf.
Dieses Kapitel hatte sich von selbst erledigt. Ohne langes Grübeln, ohne Abwägen von Chancen, ohne sentimentale Träumereien.

Als erstes fielen mir die großen, dicken, kräftigen Zehen auf. Er war barfuß. Der Sarong umhüllte dünne, schwarze Beine, und das Hemd war am Kragen schon so oft geflickt worden, daß dieser aus mehr eingefügtem Zwirn als aus ursprünglichem Material bestand. Ich schätzte ihn auf siebzig oder älter. Seine Zahnreihen hatten sich gelichtet, das graue Haar hatte er zurückgekämmt. Peinlich genau saß jedes Haar dort, wo er es haben wollte.
Als Taxifahrer war er eine sonderbare Erscheinung. Es gab viele davon in Colombo.
Das Feilschen um den Fahrpreis nach Wellawatte hätte unsere Begegnung beinahe vorzeitig beendet. Dann einigten wir uns aber doch auf eine für beide Seiten annehmbare Summe.
»Ich kenne die De Souza Lane«, sagte er und zeigte dabei drei seiner insgesamt vielleicht fünf Zähne. »Die Schwester meiner Frau hat einmal dort gelebt!«
»Und sie lebt jetzt nicht mehr dort?« fragte ich.
»Nein, nein«, er winkte ab und schüttelte dabei verwundert den Kopf. So, als wäre er erstaunt darüber, daß ich es nicht auch wüßte.
»Die ist doch vor einem Jahr gestorben. Ich weiß noch genau. Es war am achten Oktober. Dem Tag, an dem die Ta-

milen das Fischerdorf zwischen Kalkudah und Trincomalee ausradiert haben. Dreiundsechzig Tote waren es damals.«
Er schüttelte noch immer den Kopf.
Während er gesprochen hatte, war sein Fuß hartnäckig auf dem Gaspedal geblieben, die Hände hatte er abwechselnd zum Lenken, für Handzeichen, zum Hupen und zur Untermalung seiner Worte benutzt.
Ich sagte nichts.
Der Fahrtwind trocknete den Schweiß auf der Stirn. Es roch nach Gewürzen und Abgasen, reifen Mangos und Exkrementen.
Nach einiger Zeit bogen wir in die De Souza Lane ein. Der Asphalt war hier viel holpriger, und der Fahrer mußte immer wieder tiefen Schlaglöchern ausweichen. Die Stoßdämpfer am alten Morris Minor waren längst kaputt, und ich schlug mehrmals mit dem Kopf gegen das Autodach.
Im Schatten der duftenden Büsche weideten ein paar Kühe, die Palmen raschelten in der kaum spürbaren Brise. Zwei Kinder starrten mich mit Riesenaugen an, als ich mich aus dem Auto zwängte.
Alles war friedlich. Unendlich friedlich.
Plötzlich war sie wieder da. Die Trauer, die mir die Tränen in die Augen trieb.
Ich preßte die Lippen zusammen, atmete ein paarmal tief durch, schaffte es sogar, die Kinder kurz anzulächeln, und öffnete das rostige Eisentor.
Der Hund bemerkte mich als erster und bellte. Er hatte mich noch nie gemocht.
Hinter den Büschen hörte ich Schritte. Nihal!
Er blieb stehen und sah mich ausdruckslos an.
»Sie sind alle da«, sagte er, drehte sich um und ging zum Haus zurück.

Der niedrige Bau mit dem roten Ziegeldach und den schattigen Arkaden hatte mir immer gefallen. Heute wirkte er düster und beklemmend.
Erst jetzt fiel mir auf, daß Nihal einen Sarong trug. Es war das erste Mal, daß ich ihn ohne europäische Kleidung sah.
Es waren wirklich alle da. Shiranthi und Ranjith, Upali und Anoja, Lokku Amma, Punchi Amma und alle anderen. Sie saßen stumm da, auf alle Sitzgelegenheiten des Hauses verteilt.
Upali stand auf und kam auf mich zu. Er packte mich mit beiden Armen an den Schultern und blickte mir in die Augen.
»Es ist alles so schrecklich«, sagte er.
Einige der Frauen schluchzten. Lokku Thatha schneuzte sich.
»Ja«, sagte ich, »vor zwei Wochen waren wir noch alle hier. Rani und die Kinder ...«
Jetzt weinte auch ich.
Upali führte mich zu einem Stuhl, scheuchte ein Kind, das darauf saß, hoch und drückte mich sanft nieder.
Amma durchbrach das Schweigen.
»Das Begräbnis«, sagte sie und wischte sich dabei die Tränen von den Wangen. »Du durftest ja nicht. Nihal hat den Arzt gefragt.«
»Den Tamilen!« sagte dieser verächtlich.
Amma stand auf, ging zu dem wunderschönen Mahagonischrank, den ich immer so bewundert hatte, und öffnete eine Lade.
»Nihal hat die Fotos heute gebracht«, sagte sie beinahe verlegen. »Sein Freund Lucas hat sie gemacht. Der Burgher-Junge. Ich weiß nicht, ob du ihn kennst ...«
Natürlich kannte ich ihn. Einen gutaussehenden, höflichen, hellhäutigen jungen Mann, der seine Ahnenreihe bis zu den

ersten holländischen Händlern, die sich auf der Insel niedergelassen hatten, zurückverfolgen konnte und auch stolz darauf war. Den traditionsbewußten Singhalesen in der Familie war es immer ein Dorn im Auge gewesen, daß Nihal so oft mit ihm zusammen war.
Es waren Schnappschüsse. Nicht sehr scharf, zum Teil sogar sehr verwackelt. Aber ich wußte sofort, was sie darstellten. Da war die gesamte Verwandtschaft, alle in Weiß. Lokku Amma hatte die Hände vors Gesicht geschlagen, und Lokku Thatha stand daneben und schien sie zu trösten. Auf einem anderen Bild trugen weißgekleidete Männer drei Särge. Einen größeren und zwei kleinere. Vorne gingen Mönche in wallenden orangefarbenen Umhängen.
Wieder Gesichter. Nihal. Zornverzerrt, eine geballte Faust in den Himmel stoßend. Upali. Nachdenklich-traurig. Frauen. Weinend. Dann das Krematorium. Ein Mönch, sanft blickend, eine Rede haltend. Trost. Oder sonst etwas. Um ihn herum die kahlen Köpfe weiterer Mönche. Es schien einer jener sonnigen Tage in Colombo gewesen zu sein. Zu heiß und zu blau.
Das letzte Bild des Burghers. Das weiße Gebäude, die weißen Menschen, der blaue Himmel, der graue Rauch.
Ich schluckte die aufkommende Übelkeit hinunter, starrte dabei auf das Bild und wunderte mich, wie ruhig meine Hände es hielten. Ein Augenblick des Pathos: Das waren sie – Rani und die Kinder. Nichts als winzige Partikelchen, die dem Himmel zuschwebten. Vergänglich wie alles.
Aber es war gleich vorbei. Ich blickte hoch und bemerkte erst jetzt, daß Amma die ganze Zeit neben mir gestanden hatte. Ich reichte ihr die Fotos.
Sie ging langsam und schwer zum Schrank zurück und legte sie wieder in die Lade.
Sunetra, das Hausmädchen, kam und reichte auf einem Ta-

blett kleine Fleischbällchen herum. Die Kinder griffen gierig zu. Von den Erwachsenen nahm keiner eines. Auch die Drinks standen unberührt auf den kleinen Beistelltischchen.
Ich beobachtete einen Gecko, der auf dem Moskitogitter bis zum oberen Rand des Fensters turnte und dort in einer Mauernische verschwand.
Ranjith kam aus der Küche und hielt mir eine Arrakflasche entgegen.
»Drink?«
Ich nickte. Er schenkte ein. Drei Finger hoch, wie immer. Dazu zwei Eiswürfel und etwas Wasser.
»Was wirst du jetzt tun?« fragte er.
Ich zuckte die Schultern.
»Keine Ahnung. Bei der Zeitung habe ich heute gekündigt!«
Thatha runzelte erstaunt die Augenbrauen, wollte etwas sagen, überlegte es sich dann aber wieder. Was ich tat, ging ihn jetzt wohl nichts mehr an.
»Du wirst aber doch nach Hause zurückmüssen«, sagte Amma statt dessen. »Das Gesetzliche muß ja noch geregelt werden. Da sind sicher Formulare auszufüllen!«
»Der Tod«, sagte Upali und lächelte sein unbeholfenes Philosophenlächeln, »ist immer mit Bürokratie verbunden. Das ist dort nicht anders als hier!« Er war Prokurist bei der staatlichen Sugar Corporation.
Nihal hatte nichts gesagt. Jetzt schaute er mich an.
»Du wirst deine Sachen brauchen«, sagte er. »Amma hat sie dir zusammengepackt. Auch Ranis Sachen und die der Kinder.«
»Danke«, sagte ich.
Sunetra schleppte zwei Koffer aus dem Zimmer, in dem Rani und ich zuletzt geschlafen hatten.

Ich hob den einen Koffer hoch, legte ihn auf meinen Sessel und öffnete ihn. Die T-Shirts der Kinder, kleine Unterhosen, bunte Shorts. Ranis leichtes Batikkleid. Das blaue, das sie in Colombo gelassen hatte, »weil wir in Trinco ohnehin fast nur in den Badesachen herumlaufen werden«. Ich hob es hoch und starrte es an. Der Stoff war weich und leicht in den Fingern. Er floß mir aus der Hand und legte sich über den Ellbogen. Ich legte das Kleid langsam zurück und schloß den Koffer.

»Den werde ich wohl hierlassen«, sagte ich. »Vielleicht hole ich ihn später ab.«

Sie blickten mich an. Große, dunkle, traurige Gesichter. Sie taten mir weh. Der Raum tat mir weh, der Koffer tat mir weh. Ich leerte das Glas.

»Danke«, sagte ich und nahm den Koffer mit meinen Sachen.

Nihal begleitete mich zur Tür.

»Du wirst wohl einmal wiederkommen«, sagte Amma. »Du weißt: Unser Haus steht immer für dich offen.«

Ich blickte sie an, und sie verstand. Wahrscheinlich würde ich nie mehr hierherkommen – weil mir der Ort weh tat.

Draußen auf der Straße blieb Nihal stehen.

»Du kommst nicht mehr«, sagte er. Und es klang wie ein Befehl.

Ich antwortete nicht, nahm den Koffer und ging. Oben, auf der Galle Road, würde ich mir ein Taxi nehmen.

»Verdammte Tamilenschweine«, schrie Nihal. Es klang wie eine Aufforderung. Aber was konnte ich tun?

Am nächsten Tag rief ich meine Eltern und einige Freunde an. Die Nachricht vom Tod Ranis und der Kinder traf sie wie ein Keulenschlag. Trotzdem glaubten alle, mich trösten zu müssen. Ich ließ es geduldig über mich ergehen. Meine Eltern bat ich, mir Geld an die Hatton National Bank in Co-

lombo-Fort zu überweisen. Ich würde es ihnen zurückzahlen, wenn ich wieder daheim wäre, sagte ich.
Dann ließ ich mich von einem Taxi zur Beach-Wadiya fahren. Die Hütte am Rand eines relativ sauberen Sandstrandes mit dem angrenzenden Palmenhain war immer schon einer meiner Lieblingsplätze gewesen. Eigentlich war sie nichts anderes als eine billige Kneipe. Ein paar wackelige Tische drinnen, ein paar wackelige Tische draußen, eine grobgezimmerte Theke, zwei alte Ventilatoren und der noch ältere Wimalasiri in seinem hundertmal gewaschenen, immer sauberen, aber stets zerschlissenen weißen Sarong.
Im Beach-Wadiya war man unter Seeleuten. Ein buntes Völkergemisch. Trinkfeste harte Burschen. Das Geld saß ebenso locker wie die Fäuste, und Wimalasiri mußte in regelmäßigen Abständen das Mobiliar der Hütte erneuern. Frauen traf man hier kaum. Es sei denn, eine der Nutten aus dem Hafenviertel verirrte sich mit einem Klienten einmal hierher.
Ins Beach-Wadiya kam man hauptsächlich, um zu trinken. Ernsthaft und intensiv.
Und genau das hatte ich vor.
Ich lag in einem schweren hölzernen Lehnstuhl vor der Hütte und ließ meine Gedanken mit den Wellen plätschern, die träge auf den Sand schwabbten, während ich eine Flasche Arrak leerte. Eigentlich war es Siestazeit, und die meisten der Stammgäste hielten wohl auch daheim oder auf den riesigen Schiffen, die draußen vor dem Hafen ankerten, ihre Mittagsschläfchen.
Ich war der einzige Gast im Beach-Wadiya.
Der Arrak lag schwer und warm in meinem Magen. Es war heiß. Ich hatte längst das Hemd ausgezogen und saß nur noch in meinen Bermudas da.
Von Zeit zu Zeit tauchte Wimalasiri lautlos auf und wartete

auf weitere Wünsche von mir. Schweigend stand er dann ein paar Sekunden lang im Sand und starrte mich an. Eine kleine ausgetrocknete Gestalt mit dunkler, lederartiger Haut über den kantigen Knochen.
»Hol dir ein Glas und setz dich zu mir«, sagte ich.
Er winkte erschrocken ab.
»Nein, Sir. Danke, Sir!«
Der Schnaps zeigte Wirkung. Meine Stimme klang heftiger und erregter als sonst.
»Vergiß doch dieses blöde Obrigkeitsdenken«, sagte ich. »Wir leben nicht mehr in der Kolonialzeit. Ich bin nicht dein weißer Herr und Meister, verstehst du? Jetzt hol dir ein Glas und setz dich!«
Die kleine Gestalt war noch kleiner geworden. Er hatte sich unter der Schärfe meiner Worte geduckt und dabei die Hände an den Kopf geschlagen.
»Sir, nein, Sir, das geht nicht!«
»Alter Dickkopf«, knurrte ich, »dann hole ich dir eben ein Glas!«
Ich stand auf, mußte mich dabei aber am Stuhl festklammern. Die ersten Schritte waren steif, wie die eines Gardeoffiziers, dann wackelte ich plötzlich bedenklich, konnte einen Sturz aber gerade noch vermeiden.
Als ich mit dem Glas zurückkam, stand er immer noch wie angenagelt an derselben Stelle.
Ich füllte das Glas halb voll mit Arrak und hielt es ihm hin. Er zögerte einen Augenblick lang, blickte sich ängstlich um, nahm es dann aber doch in die Hand.
»Danke, Sir!«
Ich stieß mit ihm an.
»Gahapan Machang!«
Irgendeiner, ich glaube, es war Nihal, hatte mir den Spruch einmal beigebracht und damit einige Lacherfolge

erzielt. Was er genau bedeutete, hatte ich nie erfahren. Oder ich hatte es einmal gewußt und längst wieder vergessen. Konnte auch möglich sein. Es war eine vulgäre Art des Zuprostens. Das wußte ich. Etwas, was, aus dem Mund eines Fremden kommend, unheimlich komisch klingen mußte.
Der Spruch verfehlte auch bei Wimalasiri seine Wirkung nicht. Die Runzeln in seinem Gesicht spannten sich plötzlich, er riß die Augen auf, legte alle intakten Zähne frei und begann zu lachen.
Ich zwinkerte ihm zu, setzte mein Glas an und leerte es in einem Zug. Er trank ebenfalls.
Die Flasche war bald leer, und er holte eine neue. Wir tranken, und dabei erzählte ich ihm die ganze traurige Geschichte. Wimalasiri war ein ausgezeichneter Zuhörer. Er unterbrach mich nie und zeigte mir durch ausdrucksstarkes Mienenspiel, was er in seinem Inneren empfand. Schock, Horror, Trauer, Zorn. Am Ende weinte ich, und er mußte weggehen, weil sich ein blonder, vollbärtiger Riese drinnen an einen der Tische gesetzt hatte. Aber das Meer war noch da. Ich empfand eine tiefe, warme Zuneigung zu der glucksenden, gurgelnden, rauschenden, zischenden, sich ständig verändernden Wasserfläche vor mir.
Nach einer Weile stand ich auf. Die Erde unter mir war aus Gummi. Ich suchte nach Balance, mein Körper wankte hin und her, der Arm erreichte viel zu spät die rettende Stuhllehne.
Der Sand dämpfte den Fall beträchtlich.
Wimalasiri kam aufgeregt aus dem Haus gerannt und beugte sich über mich. Die spindeldürren Beine, der flatternde Sarong, die lederne Haut.
»Sir«, sagte er und hielt mir seine knöchernen Finger entgegen. »Ich helfe Ihnen. Kommen Sie, stützen Sie sich auf

mich.« Ich tat's, er zog, ich half etwas mit, schaffte es aber nur bis zur Sitzposition.
»Es ist eine Schande«, sagte ich.
Er schüttelte den Kopf.
»Ein Mann hat das Recht auf ein paar gute Drinks. Und Sie«, er überlegte kurz, ob er weiterreden sollte, tat's dann aber doch, »haben ganz besonders das Recht darauf!«
»Wimalasssss«, sagte ich, »ich möchte baden. Hast du eine Taucherbrille und Flossen?«
Er nickte.
»Die Sachen gehören Mister Smedley von der amerikanischen Botschaft.«
»Ich möchte das Zeug haben!«
Er verschwand, und ich machte mich auf den mühsamen Weg zurück auf die eigenen zwei Beine. Schließlich stand ich und zog die Hose aus. Als Wimalasiri zurückkam, stand ich in der Unterhose da.
Die Ausrüstung war gut. Profisachen.
Ich watete ins Wasser. Es war warm wie Badewasser. Dann zog ich die Flossen an und stülpte die Brille über den Kopf. Als ich eintauchte, war mein Kopf beinahe wieder klar.
Der gewellte Sandboden, ein Seestern, Muscheln und Muschelreste, ein Plastiksack, zwei Dosen.
Bis zum Riff war es nicht weit. Ich kannte es gut.
Es hatte Zeiten gegeben, da war ich fast täglich draußen gewesen.
Noch immer keine Fische.
Das Wasser wurde tiefer, und ich glitt nach unten. Der Atem reichte nicht lange, und als ich das Wasser durch den Schnorchel blies, spürte ich den üblen Geschmack des Araks im Mund.
Er würgte mich ein paar Sekunden lang im Hals, dann er-

brach ich. Plötzlich waren Fische da. Kleine, lustige, bunte Kerle, die am Erbrochenen zu knabbern begannen.
Ich schwamm rasch weg und war bald am Riff. Der obere Teil des Korallenwalls ragte an einigen Stellen einen halben Meter weit aus dem Wasser. In der Mitte gab es einen Einschnitt, der tief genug war, um durch ihn auf die andere Riffseite schwimmen zu können.
Ich klammerte mich am Riff fest und blickte zurück zum Strand. Der dicke Blonde stand beim Wasser und starrte zu mir heraus. In einer Hand hielt er ein Glas. Wimalasiri war nicht zu sehen.
Ich schnorchelte das Riff entlang und suchte die Stelle, an der ich früher oft eine Muräne beobachtet hatte. Sie war nicht da. Vielleicht war's aber auch nicht die richtige Stelle.
Beim Einschnitt war die Strömung, die Wasser vom offenen Meer hereindrückte, so stark, daß ich einige Minuten lang kämpfen mußte, um durchzukommen. Auf der anderen Riffseite waren die Wellen höher, und ich mußte höllisch aufpassen, nicht gegen die scharfen Korallenkanten gedrückt zu werden.
Vor Jahren war hier ein kleines Kajütboot gesunken. Im Fischerdorf neben dem Beach-Wadiya erzählen sie einem die Geschichte gern. Jeder kennt eine andere Fassung, aber auch wenn ein und derselbe sie mehrmals erzählt, klingt sie anders. Es soll dabei auch Tote gegeben haben. Zwei oder drei. Und Nacht war's, und ein Sturm soll getobt haben.
Das Meer ist dort acht bis zehn Meter tief. Ich brauchte nicht lange zu suchen, um die Stelle zu finden.
Die eine Seite des Wracks war vollkommen zertrümmert. Die andere zerbrach ebenfalls langsam. Es war ein Holzboot. Vielleicht zehn Meter lang. Hunderte Taucher waren schon hiergewesen und hatten alles, was nur irgendwie von Wert oder Interesse gewesen war, abmontiert und mitge-

nommen. Aber als Schlupfwinkel für Tausende bunter Korallenfische eignete es sich immer noch.
Ich brauchte drei Versuche, um hinunterzukommen.
Mein Kopf war eine hohle, dröhnende Hülle, die von Riesenhänden gequetscht wurde. Ein großer Papageienfisch lugte aus dem Innern des Wracks und schien mich amüsiert zu beobachten. Dann sah ich den Schwarm Barrakudas, der wie eine silberne Wolke schräg über mir im Wasser lag. Hunderte von Fischen, die sich völlig synchron bewegten. Wie auf Befehl schwamm der Schwarm plötzlich nach rechts oder nach links.
Meine Lungen waren leer. Ich mußte hoch, und zwar rasch. Das Drücken im Magen, das mich bisher nicht aufgeregt hatte, wurde stärker und schob sich in Richtung Kehle. Dann erbrach ich wieder.
Der Papageienfisch zog sich vornehm zurück, die Barrakudas machten zugleich eine Hundertachtzig-Grad-Wendung und zischten davon wie glitzernde Pfeile.
Ich spuckte das Schnorchelmundstück aus und schluckte dabei Wasser, das sich wie Salzsäure nach unten bohrte. Die Beine traten wild und vollkommen automatisch. So, als würden sie und der Rest des Körpers von zwei völlig verschiedenen Kommandozentralen gesteuert.
Als ich die Wasseroberfläche durchstieß, hatte ich noch zehn oder fünfzehn Meter zum Riff. Die Wellen schienen jetzt viel höher zu sein, und ich schluckte noch einmal Wasser. Für Vorsicht hatte ich keine Zeit. Ich schwamm wie ein Verrückter auf die schwarze Masse vor mir zu, wurde kurz davor von einem Wasserschwall angehoben und gegen das scharfe Korallengestein gedrückt. Den Großteil des Aufpralls konnte ich mit den Händen abfangen, aber der Bauch, die Unterarme und die Oberschenkel bekamen trotzdem einiges ab. Das Wasser auf der Haut vermischte sich mit Blut und wurde hellrot.

»Scheiße«, schrie ich, so laut ich konnte.
Zwischen mir und dem Strand schwamm jemand. Kräftig kraulend. Da der Dicke nicht mehr an seinem Platz stand, mußte er es sein. Ich fühlte mich mies, und nun begannen auch die Korallenschnitte zu schmerzen. Am rechten Knie klaffte einer besonders tief.
Der Dicke war ein ausgezeichneter Schwimmer.
Einige Meter vor dem Riff richtete er sich auf. Fragende Augen, triefender Bart.
»Sie hat's ja ganz schön erwischt«, rief er.
Was sollte ich darauf sagen? Daß ich ein Trottel war? Daß mich der böse Hai angefallen hatte? Daß ich Pech gehabt hatte? Ich sagte nichts und versuchte nur, den Körper auf die andere Riffseite zu bewegen. Irgendwie gelang es mir.
Er war sofort bei mir.
»Geht's?«
»Es geht schon«, sagte ich, legte mich auf den Rücken und schubste mich mit vorsichtigen Flossenschlägen in Richtung Strand. Erst als ich aus dem Wasser stieg, bemerkte ich, daß der Dicke noch sein Gewand anhatte.
Ich versuchte zu grinsen, und er grinste zurück.
»Wie wär's mit einem Drink?« sagte ich.
»Keine schlechte Idee«, antwortete er.
Während Wimalasiri meinen Körper mit Heftpflastern vollklebte, ließ ich mich wieder vollaufen. Diesmal aber gründlich.
Er hieß Palle Jespersen, war Däne und ein kongenialer Saufpartner. Von einem Seemann hatte ich auch nichts anderes erwartet.

Wie ich ins Hotel gekommen war, wußte ich nicht.
Ich lag angezogen auf dem Bett, und das Telefon klingelte.
Ein Kopf wie eine Trommel, in der Dutzende von kleinen Männchen dröhnend herumtrampeln. Im Mund der alte Wattebausch, der alle Feuchtigkeit aufsaugt und sie durch etwas Trockenes, Übelschmeckendes ersetzte. Man kennt das ja. Und dazu das Telefon.
Anfangs beschloß ich, es einfach zu ignorieren, und zog die Decke über den Kopf. Es funktionierte. Allerdings nur ein kurzes, wenig erholsames Nickerchen lang. Dann ging die Tortur von neuem los. Diesmal entschied ich mich fürs Abheben.
Es war der Däne.
»Hallo«, brüllte es aus dem Hörer. Ich hielt ihn vom Ohr weg und hörte aus dreißig Zentimetern Entfernung noch immer ganz deutlich, was er mir zu sagen hatte.
»Palle hier. Du weißt doch – Beach-Wadiya, gestern!«
»Ja, ja«, brummte ich.
»Du mußt etwas lauter sprechen«, brüllte es zurück, »die Verbindung ist nicht sehr gut.«
Ich drückte den Hörer ans Ohr, und die Verbindung war wieder in Ordnung.
»Ja«, sagte ich, »ich weiß, wer du bist. Der trinkfeste Lebensretter. Hast du immer noch nicht genug?«
Er lachte laut. Alles, was lauter als Grabesstille war, war heute für mich zu laut.
»Es ist halb zwölf«, sagte er. »Um zwölf sind wir im Swimming-Club verabredet. Zum Lunch. Weißt du nicht mehr?«
Natürlich wußte ich es nicht mehr.
»Bist du schon dort?« fragte ich.
»Ich frühstücke gerade im Taprobane«, sagte er. »Aber ich fahre jetzt los!«
»Laß dir Zeit. Bei mir wird's etwas länger dauern!«

Ich legte auf und kroch aufs Bett zurück.
Eine halbe Stunde später hatte ich geduscht und damit begonnen, mich unter großen Anstrengungen anzuziehen.
Banda hatte mir längst eine Flasche mit eiskaltem Sodawasser gebracht. Jetzt stand er mit der zweiten vor der Tür.
»Krank, Sir?« fragte er. Ich suchte nach Sarkasmus oder Schadenfreude in seinem Gesicht. Aber da war nichts dergleichen. Nicht einmal Mitleid.
»Ja, krank«, sagte ich. »Arrakkrank, verstehst du?«
Er nickte ernst.
»Mein Thatha ist auch oft arrakkrank!«
Ich gab ihm das Trinkgeld und schob ihn sanft hinaus. Auf ernsthafte Diskussionen über sein Familienleben und meinen Gesundheitszustand hatte ich im Augenblick keine Lust.

Der Swimming-Club ist ein Relikt aus der Kolonialzeit. Ich mochte ihn nicht besonders. Alles war etwas zu britisch. Selbst die reichen Ceylonesen, die hier waren, schienen ständig für ein Shakespeare-Stück zu üben. Oxford und Cambridge in einem. Der Däne hockte an der Bar und nippte an einem Longdrink. Viel Arrak, ausreichend Eis, wenig Soda. Er grinste verständnisvoll, als ich auf ihn zutrat. Der gütige Vater und der unwissende Sohn.
»Drei Flaschen zu zweit«, sagte er und klopfte mir dabei anerkennend auf die Schulter, »das ist ganz beachtlich!«
»Ich fühle mich so, als ob ich allein sechs Flaschen vernichtet hätte«, sagte ich. Ganz der unwissende Sohn, der sich über Papas Lob freut, dies aber hinter einem banalen Satz verstecken will.
Wir setzten uns zum Pool und beobachteten die Töchter

von zwei holländischen Ehepaaren, die ich bereits vor Jahren hier getroffen hatte. Textilexport. Die Kinder waren keine Kinder mehr. Blond, langbeinig, knappe Bikinis.
Ich bestellte ein Steak und eine Flasche Lion's Lager. Das Bier machte mich schläfrig, und ich rieb mir die Augen.
»Erinnerungen?« fragte der Däne. »Vielleicht hätten wir uns doch woanders treffen sollen.«
Also hatte ich ihm doch alles erzählt. Gestern, im Suff.
»Wir waren oft hier«, sagte ich. »Ist ja nicht weit vom Haus meiner Schwiegereltern.«
»Ich weiß, Wellawatte«, sagte er.
Wir schwiegen. Die Holländermädchen saßen auf den Schultern zweier dunkelhäutiger Burschen und versuchten, sich gegenseitig ins Wasser zu schubsen.
»Der eine«, sagte der Dicke plötzlich und zeigte mit seinem Kinn auf die vier jungen Leute, »ist ganz sicher ein Tamile! Mistkerl!«
Mir war egal, was er war, und ich sagte es ihm auch.
»Großmut«, sagte er, »das nenne ich Großmut! Die haben doch deine ganze Familie vernichtet. Schaffst du das ganz ohne Haß? Ohne den Wunsch nach Vergeltung?«
Daran hatte ich bisher noch nicht gedacht. Zwischen Trauer und Vergessen, zwischen Schnaps und Verzweiflung war nicht viel Platz für Haß oder Rache gewesen.
»Soviel ich weiß«, bohrte er, »hat die FFTE die Verantwortung für den Anschlag am Bahnhof übernommen, Thalayasingham.«
Ich sagte nichts.
»Wenn ich du wäre«, sinnierte er, und es war wohl auch der Arrak, der ihn dazu trieb, »dann würde ich die Ratte suchen. Zu verlieren hast du nichts mehr. Gar nichts. Nicht einmal deinen Job.« Er grinste, wurde aber sofort wieder ernst. »Ich würde ihn finden und ganz langsam sterben lassen ...«

»Palle«, sagte ich und spürte, wie es in mir zu wallen begann, »hör sofort mit diesem sinnlosen Gefasel auf. Erzähl mir lieber, warum ausgerechnet die Dänen so gute Bierbrauer sind.«
Der Dicke nickte gutmütig. Der Nachmittag war gerettet. Wir erreichten zwar den Arrakrekord des Vorabends bei weitem nicht, ich erinnerte mich am nächsten Tag jedoch trotzdem nicht mehr, wie ich ins Hotel zurückgekommen war.

Ich lag im Bett und dachte nach. Die Gedanken kamen ganz klar, und das überraschte mich.
Banda brachte mir zwei Flaschen Sodawasser, nahm stumm das Trinkgeld und verschwand.
Der Tod, der für mich bisher nur aus Trauer, Schmerz, Selbstmitleid und Einsamkeit bestanden hatte, nahm plötzlich Gestalt an. Er hatte dickes, schwarzes Haar, braune Haut und einen dichten Schnurrbart. Er saß auf einer Dschungellichtung und war von einer Gruppe verwegen aussehender Burschen in Tarnanzügen umringt. Mohan Thalayasingham. Der Mann, der sich gerne Tiger nannte. Früher Rechtsanwalt in Jaffna. Jetzt Führer einer Bewegung, die es sich zum Ziel gesetzt hatte, einen eigenen Tamilenstaat auf der Insel ausrufen zu können. Eelam. Und die FFTE – Freedom for Tamil Eelam.
Es gab kein einziges Foto von ihm. Nur Beschreibungen von Menschen, die vorgaben, ihn zu kennen. Ich hatte über ihn und seine FFTE in einer Newsweek-Ausgabe gelesen. Daheim. Und mit Rani darüber gesprochen.
»Ein unheimlicher Kerl«, hatte Rani damals gesagt.
Ich sah ihn jetzt deutlich vor mir. Ich roch ihn. Ich spürte seinen Atem.

Damals war er mir fast gleichgültig gewesen. Rani hatte das wütend gemacht. »Er zerstört das Land«, hatte sie gesagt und dabei im Zorn die Stirn gerunzelt. Zwei dicke, schwarze Linien zwischen den Augenbrauen.
Ranis Gesicht. Die großen, schwarzen Augen, die Stupsnase, die vollen, weichen Lippen, die blitzweißen Zähne, das Haar, das ihr in die Stirn hing. Ihr Lächeln, ihr Zorn, ihr Weinen. Ihr Parfum, die kleinen schlanken Finger.
Thalayasingham, der Tiger. Auch dunkle Augen, aber zusammengekniffen. Wegen der Sonne. Oder weil er sich konzentrierte. Vielleicht waren es auch böse Augen. Voll Hinterlist. Das vorgeschobene Kinn, die geballte Faust. Entschlossenheit und Stärke. Der Mörder.
Marikos kleine Füße. Ich hielt sie zwischen meinen Händen und küßte sie. Helles Kichern. »Papa, du kitzelst mich.« Ich im Gras und Mark auf mir. »Steh auf, wenn du kannst!« Wir rollten durch das duftende Grün. Kirchenglocken, Vögel …
»Nein!« Ich erschrak über meine Stimme. Laut, schrill. Da war unendlicher Schmerz.
Ich setzte mich auf und trank aus der Sodaflasche. Es war kalt und brannte in der Kehle.
Ich schüttelte alle weiteren Gedanken ab, zog mich an und nahm ein Taxi nach Mount Lavinia. Ich hatte mein Badezeug mit und ließ mich beim Mount-Lavinia-Hotel absetzen. Dann ging ich den Strand entlang, bis ich zu der kleinen Bucht kam, die kaum jemand aufsuchte. Weil die Strömung zu stark war und weil hier vor einiger Zeit ein Amerikaner ertrunken war. Ausgezeichneter Schwimmer. Modellathlet.
Ich dachte an den Amerikaner, als ich mich in den warmen Sand setzte. Der Schatten, den die Palme warf, war gerade groß genug für mich. Ich zog mein T-Shirt aus.
Im Meer schwammen Tausende kleine Spiegel, die, von den

Wellen bewegt, in unterschiedlichen Zeitabständen aufblitzten. Die Wellen waren nicht sehr groß und brachen müde vor dem Strand. Dann krochen sie, immer langsamer werdend, auf mich zu, streckten nasse Zungen aus und zogen sich schlürfend wieder zurück. Es sah harmlos und friedlich aus. Kein Mensch konnte heute hier ertrinken, dachte ich. Ein amerikanischer Modellathlet schon gar nicht.

Etwas mehr Wind, eine andere Jahreszeit, und alles würde anders sein. Höhere Wellen, andere Strömungen. Das Mördermeer.

Der Dicke war verrückt.

Eine leichte Brise kam auf, und der Schatten um mich herum bewegte sich. Die Sonne stach stärker durch, und ich begann, die Hitze zu spüren. Der Schweiß rann von der Schläfe über die Wange, und es gelang mir, ein paar Tropfen mit der Zunge zu erhaschen. Salzig. Natürlich, warum sollte es diesmal anders sein.

Ich dachte an den Mord im 86er Jahr.

Ein scheinbar gütiger, weißhaariger Brillenträger jenseits der Fünfzig hatte ein kleines Mädchen getötet. Nicht einfach so: Schnitt, Schuß, Schlag – aus. Da waren grausame Spiele gewesen. Unendliche Qualen. Die Kleine hatte, bevor sie sterben durfte, die Hölle in allen ihren Facetten erleben müssen. Der Horror hatte sich in ihr kleines Gesicht gegraben, die Züge verzerrt, die weiche Haut alt gemacht.

Ich hatte die Leiche gesehen. Ganz nah. Ganz blutig.

Dann hatte ich die Eltern gesehen. Weinend. Still schluchzend. Duldend. Trauernd.

Und dann hatte ich ihn gesehen. Den Weißhaarigen. Sanft lächelnd. So, als würde er die ganze Aufregung nicht verstehen, die man um die Sache machte.

Warum bringen sie ihn nicht um, hatte ich damals immer

wieder gedacht und dabei Mariko vor mir gesehen. Gleich alt wie die Tote, gleich klein, gleich unschuldig.
Warum bringt ihn denn keiner um!
Ich wußte ganz genau, daß ich damals eine Sekunde lang daran gedacht hatte, es für sie zu tun.
Vielleicht hatte der Dicke doch nicht unrecht.
Der Alptraum war wieder da.
Die Explosion, die Hitze, Marks Körper, der durch die Luft auf mich zuflog. Blut, Schreie.
Alles in mir schrie danach, den Film abzubrechen. Aus dem Kino zu gehen, zu vergessen.
Wo war der Arrak? Warum hatte ich keine Flasche Arrak mitgebracht.
Ich blieb sitzen. Im Magen explodierte ein Feuerwerkskörper. Zum erstenmal ließ ich den Film weiterrollen.
Die Kamera näherte sich dem brennenden Waggon. Das Fenster, aus dem Mark geflogen war. Zoom. Ich tauchte in die Flammenhölle ein. Rani lag am Boden. Die Beinchen Marikos wuchsen unter ihr aus dem Körper. Blutige Stummel, an denen die Flammen leckten. Ranis Haar hatte Feuer gefangen und brannte hell wie eine Wunderkerze. Rundherum brodelte, zischte, krachte es. Dann stürzte das Waggondach ein und begrub die beiden unter sich. Aus den Flammen tauchte Thalayasinghams Gesicht auf. Ernst, sachlich, entschlossen. Ich hatte es noch nie so klar und deutlich vor mir gesehen.
Und plötzlich war auch der Haß da. Wie damals beim Weißhaarigen. Nur stärker. Unendlich viel stärker.
Der Dicke hatte recht. Ich hatte nichts mehr zu verlieren. Absolut nichts mehr.
In diesem Augenblick entschloß ich mich, Thalayasingham zu töten.

Die künstlich erzeugte Kühle des Mount-Lavinia-Hotels, die samtfüßigen Kellner, die leise Musik und der lange, wohltuende Drink wirkten auf mich wie eine Vernunftinjektion.
Ich war kein mutiger Mensch. Zumindest kein todesmutiger. Das wußte ich. Weil ich ein Leben lang Zeit gehabt hatte, mich in allen möglichen Situationen zu beobachten.
Ein alter, weißhaariger Mann, der für den Ort und das Klima viel zu warm angezogen war, setzte sich mit seiner Frau an den Nebentisch. Briten. Sie war ähnlich langweilig gekleidet wie die Queen und sah ihr sogar etwas ähnlich.
Er wollte einen Glenfiddich, den der Kellner selbstverständlich nicht hatte, und sie bestellte Tee. Der Alte brummte irgend etwas und fragte dann den kleinen freundlich lächelnden Mann im Sarong, was er denn als Ersatz zu bieten hätte. Die beiden einigten sich auf Johnny Walker's Red Label.
Als der Kellner sich entfernt hatte, sagte der Weißhaarige so laut, daß auch ich es hören konnte: »In diesem Land ist wirklich nichts mehr so wie früher!«
Sie nickte begeistert.
»Wie recht du hast, Reginald.« Und dann lauter, schriller, vorwurfsvoller: »Aber du warst es ja, der unbedingt herkommen wollte!«
Er zuckte zusammen, blickte ängstlich und hilfesuchend um sich und traf dabei meinen Blick. Er lächelte gequält. Ich lächelte gequält zurück.
Er würde mich jetzt einladen, zu seinem Tisch zu kommen, einen Drink zahlen und mir endlos lange Geschichten aus der Kolonialzeit erzählen. Wahrscheinlich war er irgendwann vor 1948 hier stationiert gewesen. Vielleicht hatte er auch eine Plantage geführt oder sogar besessen. Ich kannte diesen Typ. Und ich hatte überhaupt keine Lust, mir das Gejammere von der guten, alten Zeit anzuhören.

Aber er war schon aufgestanden und kam auf mich zu.
Die Frau saß mit finsterem Gesicht da und beobachtete die Szene.
»Ich heiße Reginald Bellows«, sagte er. Seine Aufdringlichkeit war ihm sichtlich unangenehm, und doch erschien ihm jedes Mittel recht, dem drohenden Streit mit seiner Frau zu entkommen.
»Entschuldigen Sie bitte die Impertinenz meinerseits«, sagte er, »aber meine Gattin und ich, wir wären geehrt, wenn Sie an unserem Tisch Platz nehmen würden.«
Sein Gesicht war leicht gerötet, die Backen und die Nase etwas mehr als der Rest. Ein Oldtimer, der einen guten Drink schätzte.
»Aber Sie kennen mich ja überhaupt nicht«, sagte ich vielleicht etwas zu schroff.
»Das macht gar nichts«, sagte er, ohne auf meine ablehnende Haltung einzugehen, »wir sind doch alle Europäer. Sie sind doch einer?«
Ich nickte.
»Und wir Europäer dürfen ruhig unter uns bleiben. Früher war's auch so. Ich erinnere mich an die Abende in der Offiziersmesse. Oben, in Trincomalee. Plantain Point Station. Kennen Sie Trincomalee? Ich war fünf Jahre lang dort. Herrliche Zeit, sag ich Ihnen. Herrliches Land. Damals zumindest. Sie dürfen es nicht mit dem vergleichen, was Sie heute sehen.«
Zu seiner Begeisterung war ich längst aufgestanden. Ich wartete, bis er zu Ende geredet hatte.
Er ging mit eifrigen Schritten zu seinem Tisch, zog einen Sessel heraus und bot ihn mir an. Ich setzte mich nicht. Ich stützte nur einen Arm auf die Lehne und beugte mich zu seiner Frau hinunter.
»Sie haben recht, gnädige Frau. Er hätte nie mehr hierher-

kommen dürfen. Die Kolonialzeit ist Gott sei Dank schon lange vorbei. Und mit seinen Sprüchen kann's ihm passieren, daß er seinen Kopf unterm Arm nach Hause tragen muß.«

Ich drehte mich um und ging.

Die beiden starrten mir nach. Mir war auf einmal leichter.

Auf dem Rückweg im Taxi fielen mir die vielen Soldaten auf, die irgendwo herumstanden, irgendwohin marschierten oder in Jeeps durch die Gegend fuhren. Sie waren auch gestern schon dagewesen. Und vorgestern. Aber ich hatte sie nicht gesehen.

Ich bemerkte, daß viele der kleinen Läden geschlossen waren. Nirgendwo sah ich größere Menschenmengen.

Dafür waren Menschen da, die es eilig hatten. Irgendwohin wollten.

Natürlich hatte sich das Land verändert. Es war Krieg.

Etwas, was ich verdrängt hatte, als ich mit meiner Familie hierhergekommen war. Auf Urlaub. Die wenigen Zeitungszeilen, die ich zu Hause darüber gelesen hatte, und die paar Fernsehminuten, die man diesem doch so weit entfernten Thema gewidmet hatte, waren Informationen gewesen. Nichts weiter. Ranis Eltern und Freunde hatten nur ganz selten in ihren Briefen zugegeben, daß etwas anders war als sonst. Weil sie nicht wollten, daß sich die Tochter draußen in der Welt Sorgen um sie machte. Vielleicht hatten sie selbst auch wenig von dem, was das Land verändert hatte, mitbekommen.

Nihal hatte nie geschrieben.

Jetzt begann sich die Realität für mich langsam aus dem Kokon zu schälen, den ich vorher nie gesehen hatte.

Zuerst war ich ein Tourist gewesen, der die angenehmen Erinnerungen, die er an das Land hatte, wieder aufleben lassen wollte.

Wie der alte Engländer. Ich war um nichts besser als er gewesen. Ein realitätsferner Träumer.
Nun war ich selbst zum Opfer des Krieges geworden.
Ich bat den Taxifahrer stehenzubleiben und ging den Rest des Weges zum Hotel zu Fuß.
Ich blickte in die Gesichter, und viele lächelten mich an.
Wie früher. Das nichtssagende, freundliche Lächeln. Ein paar Kinder wollten mir die Schuhe putzen, ein europäisch gekleideter junger Mann mit fetten Locken versuchte, mir Edelsteine anzudrehen. Wie früher. Und doch anders. Weil ich meine Unschuld verloren hatte.
Der Krieg war nun auch zu meinem Krieg geworden. Und es gab Feinde.

Ich war überrascht, daß Nihal sofort zusagte, als ich ihn am Telefon um ein Treffen bat.
Er schlug das Galle-Face-Hotel vor.
Nihal wußte, wie gern ich das alte Haus am Rande des breiten Rasenteppichs hatte. Eine angenehme Umgebung für das, was wir zu bereden hatten.
Ich war bereits eine halbe Stunde früher dort. Die riesige grüne Fläche, die sich zum Meer hin ausbreitet. Ein alter Mann und seine beiden Söhne verkauften Papierdrachen und hatten zu Werbezwecken auch einige steigen lassen, die in der Hitze zu flimmernden, zitternden Punkten im silbrigen Blau geworden waren. Ich zog meine Sandalen aus und ließ die Fußsohlen über den weichen Teppich streicheln.
Hier war die Zeit stehengeblieben. Über allem schwebte noch etwas von der unbeschwerten Leichtigkeit, die ich an diesem Land so geliebt hatte. Das Galle Face Green war im-

mer schon ein Ort der Erholung gewesen. Ein Platz, an den man seit Menschengedenken gekommen war, um Unangenehmes zu vergessen, die Wellen zu zählen, mit den Wolken zu fliegen oder einfach im Gras zu liegen und mit den Kindern zu spielen. Hier herrschte auch jetzt Waffenstillstand.

Die Brise, die das Meer hineinhauchte, wirkte wie ein Erfrischungstuch, konnte die Hitze auf Dauer aber auch nicht vertreiben.

Ich hatte Durst. Es gab nur wenige Orte auf der Insel, an denen ich mein Bier lieber trank als im guten alten Galle-Face-Hotel.

Die riesigen Tore mit den beeindruckenden Schnitzereien waren ebenso noch da wie die kühlen Arkaden auf der Meerseite. Nur wer danach suchte, bemerkte, daß das noble Haus wieder um ein paar Jahre älter geworden war. Das textile Inventar war etwas zerschlissener, die Gläser abgegriffener, der Lack matter und die Kellner weißhaariger.

Es ist eines jener Gebäude, in denen man nicht laut spricht. Man läßt sich von seiner Vornehmheit einlullen und atmet wohltuende Atmosphäre ein. Ein Relikt aus der Kolonialzeit. Die Symbiose zwischen dem alten Ceylon und dem, was die Briten mitgebracht hatten. Da ich diese Jahre nicht erlebt hatte, war das dominierende Element für mich das ceylonesische. Die Eleganz einer stolzen Kultur. Und eines stolzen Volkes.

Nihal kam fast um eine Viertelstunde zu spät. Ich hatte das zweite Lion's Lager ausgetrunken, und der silberhaarige Kellner stellte gerade die dritte Flasche auf den Tisch. Ich war noch immer durstig.

»Was trinkst du?« fragte ich ihn.

Er zeigte auf die Flasche.

»Dasselbe!«

Kein Bitte, kein höfliches Ablehnen. So war er immer gewesen. Eine Geradlinigkeit, die mich anfangs gestört hatte. Später, als ich erkannt hatte, daß sie weder gespielt war noch Ausdruck jugendlicher Lässigkeit sein sollte, begann ich, sie zu schätzen. Nihal war einer, der es haßte, um den Brei herumzureden. Einer, der immer gleich zum Kern der Sache kam und sich dabei nicht mit unnötigen Höflichkeitsfloskeln aufhielt.

Als der Kellner weg war, beugte er sich vor, stützte den Ellbogen auf den niedrigen Tisch, legte das Kinn in die Handfläche und suchte meine Augen.

»Was hast du vor?«

Die pechschwarzen Augen, die dicken Augenbrauen und der Schnurrbart, die schwarzen Locken.

Die Frage war mir zu rasch gekommen. Ich versuchte, Zeit zu gewinnen, schenkte langsam Bier ins Glas und trank einen langen Schluck. Er wartete. Ohne Ungeduld, ohne Neugierde. Der Mittelfinger streichelte langsam seinen Nasenrücken, die Augen blieben auf meinen.

»Ich werde Thalayasingham umbringen«, sagte ich.

Er war weder überrascht noch amüsiert. Er runzelte nicht einmal die Stirn. Er versuchte nur, mich mit einem Satz zu entwaffnen.

»Und du glaubst«, sagte er, »daß du dadurch etwas änderst?«

Ich trank das Glas leer.

»Das hängt davon ab«, antwortete ich langsam, »für wen oder was man so etwas tut. Ich tu's für mich!«

»Wenn du es schaffst.«

»Wenn ich es schaffe!«

»Wie willst du es schaffen?«

Ich schüttelte den Kopf.

»Das weiß ich noch nicht. Ich habe erst heute den Entschluß gefaßt!«

Während des langen Schweigens kam der Kellner mit dem Bier. Nihal rührte es nicht an.

»Ich weiß nicht«, sagte er langsam, »was du wirklich über Sri Lanka weißt. Du warst lange weg. Und auch früher hast du hier nur angenehme Zeiten erlebt!«

»Ich weiß«, sagte ich ungeduldig. »Sri Lanka ist anders geworden. Ihr schlagt euch die Schädel ein, habt Angst vor allem und jedem, traut niemandem, und die Dinge werden immer schlimmer, weil keiner etwas tut, um sie besser zu machen.«

Er zog die Augenbrauen hoch und blickte mich verwundert an. Dann griff er nach der Bierflasche, auf deren Außenseite kalte Wasserperlen ihren Weg nach unten zogen, und schenkte sein Glas voll. Er stellte es vor sich hin.

»Simpel ausgedrückt, ich meine, ganz simpel ausgedrückt, triffst du den Kern der Sache. Da ist einmal das Tamilenproblem. Das kennst du. Das war immer schon da. Aber das allein ist es schon längst nicht mehr. Du darfst die Armee nicht vergessen. Hier findest du die primitive Mordlust des Tieres Mensch, die in vielen von uns nur durch Gesetze, Religion, Moral oder was auch immer niedergedrückt wird. Macht man das Töten legal, hängt ihm vielleicht auch noch das Mäntelchen des Helden und Vaterlandsretters um, dann wird das Tier Mensch zur Bestie Mensch. Und das geschieht in diesem Land. Viele Soldaten können nur zwischen Freund und Feind unterscheiden. Freund ist Singhalese, Feind ist Tamile. Jeder Tamile. Auch der Zivilist, der ahnungslose Fischer, die Frauen, die Kinder. Er tötet und schafft Haß. Noch mehr Haß. Immer mehr und mehr. Bis es nie wieder so etwas wie Versöhnung geben kann.«

»Wahrscheinlich«, sagte ich, »ist dieser Punkt schon erreicht.«

Er zuckte die Schultern und trank endlich einen Schluck.

»Und dann«, sagte er, »ist da noch die JVP. Die Neuauflage der singhalesischen Rebellen von 1972, die damals das Bandaranaike-Regime stürzen wollten. Jetzt sind sie etwas älter, aber viel abgebrühter und entschlossener als damals.«
Ich hatte davon gehört. Daheim war sogar ein kurzer Film von irgendeinem deutschen Fernsehmann im TV gelaufen. Ein wilder, brutaler, blutrünstiger Haufen, der vorgab, sich auf marxistische Prinzipien zu stützen, und es vor allem im Süden geschafft hatte, durch Terror enormen Einfluß zu gewinnen.
»Keiner kennt sie. Ich habe ein paar Studienkollegen von mir in Verdacht, aber keinen Beweis, daß sie bei der JVP sind. Ich werde auch nie einen bekommen. Weil politische Themen tabu sind. Mit einem Singhalesen würde ich nie so reden wie mit dir. Er könnte bei der JVP sein. Oder bei einer Splittergruppe davon. Ein falsches Wort könnte mich den Kopf kosten.«
»Armes Sri Lanka«, sagte ich und dachte an das Land, das ich früher gekannt hatte.
»Der Tod«, sagte Nihal eher zu sich selbst als zu mir, »ist etwas geworden, mit dem wir zu leben gelernt haben. Klingt paradox. Aber man trauert nur noch, wenn es jemanden in der eigenen Familie erwischt hat. Für alle anderen Toten, die man kannte, Tränen zu vergießen, ist ein Ding der Unmöglichkeit. So viele Tränen hat kein Mensch.«
Er war in sich zusammengesunken und wirkte klein und deprimiert.
Ich griff über den Tisch und legte meine Hand auf seine.
»Komm«, sagte ich, »wir gehen hinaus.«
Der Rasen vor dem Hotel war jetzt leer. Wir gingen langsam, ohne ein Wort zu sprechen, hinunter zum Strand. Dort setzten wir uns hin. Der Mond war halb von Wolken verdeckt, und eine Brise wühlte sanft in meinem Haar.

»Ich habe zwei gesehen«, sagte er. »Man hat ihnen Ohren und Zungen abgeschnitten und die Geschlechtsteile. Die hat man ihnen in den Mund gesteckt. Die Kehlen waren halb durchschnitten. Überall Blut. Und vorne auf der Brust diese stupiden Tafeln: Er war einer, der unsere Befehle nicht befolgt hat, oder so etwas Ähnliches. Der eine war ein Ladenbesitzer, dem die JVP befohlen hatte, nichts mehr zu verkaufen. Einfach so. Als Machtbeweis. Er hat's trotzdem getan. Der andere war Abgeordneter der UNP, der Regierungspartei. So wie ihm wird's allen Politikern ergehen, die das Vaterland verraten, stand auf seiner Tafel geschrieben.«
Er drehte sich zu mir her, und der Wind machte aus seinem Haar ein Bündel schwarzer Flammen.
»Am liebsten würde ich wegfliegen. Nach Europa oder sonstwohin. Aber es wäre nicht gut. Amma und Thatha würden es nicht wollen, und ich würde mir wie ein Verräter vorkommen. Ein Feigling. Trotzdem habe ich euch immer beneidet, Rani und dich. Um eure Freiheit. Wieso mußtet ihr hierher zurückkommen? Und ausgerechnet in den Zug steigen, der in die Luft fliegt?«
Ich starrte den Mond an.
»Ich werde Thalayasingham suchen«, sagte ich.
Sein Blick folgte meinem. Der Mond war jetzt wolkenfrei.
»Sie werden dich umbringen«, sagte er, »du wirst nicht einmal in seine Nähe kommen. Aber vielleicht ist es gut, daß du überhaupt etwas tust. Daß da einer ist, der nicht alles hinnimmt und Angst hat. Oder resigniert. Oder aus Verzweiflung nur noch dumpf vor sich hin brütet.«
Wir blieben noch lange sitzen, redeten aber nichts mehr.
Ich brachte ihn zum Bus, und als er einstieg, legte er mir die Hand auf die Schulter.
»Wenn du irgend etwas weißt, was ich für dich tun kann, dann laß es mich wissen!«

»Grüße Amma und Thatha von mir.«
Der Fahrer gab Gas, und ich stand in einer dicken, schwarzen Abgaswolke. Der Gestank blieb mir noch lange in der Nase.

Es war bereits zehn Uhr vormittag und drückend heiß, als ich die Hatton National Bank in Colombo-Fort betrat. Der hohe Raum mit den sich langsam dahinschleppenden Ventilatoren an der Decke war fast leer und angenehm kühl. Hinter den Schaltern waren Gesichter, deren Augen mich anstarrten.
Ich ging auf das erste zu und erkundigte mich nach meiner Geldsendung aus Europa. Das junge, hübsche Ding mit den großen Augen und dem breit lächelnden Mund unter der kleinen Nase schickte mich zwei Schalter weiter zu einem älteren kahlköpfigen Mann, der eine elegante Goldrandbrille trug. Mit fast devoter Höflichkeit erkundigte er sich nach meinen Wünschen, verschwand dann für längere Zeit und kam mit Triumphlächeln wieder zurück. Mein Geld war da!
Ich ließ mir den gesamten Betrag bar auszahlen und sorgte damit für noch erstauntere Blicke aus den Schalterhöhlen.
Ich hätte schwören können, daß mich die Kleine vom ersten Schalter ermunternd anlächelte. Als ich an ihr vorbeiging, drehte sie sich aber verschämt zur Seite und heuchelte irgendeine Tätigkeit. Ich grüßte höflich und ging.

Abduls Mutter freute sich ehrlich, als ich vor ihrer Tür stand. Die alte Dame bat mich in das grüngestrichene Wohnzimmer mit den schweren, alten Mahagonimöbeln, und ich setzte mich in einen weichen Polstersessel.

»Abdul ist nicht da«, sagte sie. »Aber trinken wir doch zuerst einmal eine Schale Tee.«

Ich schaute mich um. An den Wänden hingen ein paar Mitbringsel aus Pakistan, und ich erinnerte mich plötzlich wieder an ein paar Geschichten, die mir Abdul vor Jahren über seine Militärschulung in diesem Land erzählt hatte. Sein erster und letzter Aufenthalt in einem moslemischen Land. Für ihn als Glaubensbruder enorm beeindruckend. Jedoch nicht beeindruckend genug, um einen wirklich guten Moslem aus ihm zu machen. Kokosnuß-Arrak liebte er über alles, und als begeisterter Jäger verschmähte er auch dann und wann ein Stück Wildschweinbraten nicht.

Abdul war mein erster Freund in diesem Land gewesen. Mein eigener Freund. Keiner, den mir Rani vorgestellt hatte. Wir hatten uns im Alhambra, einem halblegalen Glücksspieltempel unten am Meer, getroffen. Ich war während eines Abendspaziergangs dort gelandet. Aus Neugierde. Bei einem Drink, an der Bar stehend, hatte ich den bunten Wirrwarr beobachtet. Rechts das Bingospiel, dann Tische, an denen Karten über Gewinn oder Verlust entschieden, der Roulettetisch und schließlich der Snookertisch.

Abdul war ein Spieler, und er hatte verloren. Weil er nicht einmal mehr genug Geld für einen Drink hatte, lud ich ihn ein. Nach zwei Gläsern schlug er mir ein todsicheres Geschäft vor. Er würde innerhalb von fünf Minuten aus hundert Rupien zweihundert machen. Oder noch besser: Aus tausend würde er zweitausend machen. Jawohl. Und fünfhundert davon würden mir gehören, wenn ich die Anfangsinvestition tätigen würde.

Ich verlor an diesem Abend zwar tausend Rupien, gewann dafür aber einen Freund.

Rani hatte Abdul nie recht leiden können. Ihr sparsamer

Geist hatte sich einfach dagegen gesträubt, einem leichtsinnigen Spielertypen allzuviel Sympathie zu schenken.
Frau Ahammed kam mit dem Tee. Stark und sehr süß.
»Abdul ist mit seiner Familie in Galle«, sagte sie nach dem ersten Schluck. »Er ist vor zwei Monaten dorthin versetzt worden. Davor war er in Trincomalee!«
»Galle«, sagte ich, »ist immer noch besser als Trinco!«
Sie schüttelte den Kopf.
»Ich weiß nicht, Stefan. Die Tamilen sind schlimm. Aber diese Wahnsinnigen von der JVP sind schlimmer.« Das traurige Lächeln. »Hättest du gedacht, daß unser schönes Land so enden würde?«
»Es ist noch nicht das Ende«, sagte ich.
Ich sah Kinderspielzeug und dachte daran, daß ich Abduls Jüngstes noch nie gesehen hatte.
»Abdul sagt das auch«, sagte sie. »Er meint aber, daß alles noch schlimmer werden würde. Wie hat es so weit kommen können, Stefan? Sag es mir! Wer hat diese Menschen so vergiftet, wer ist schuld daran, daß wir alle in Angst leben müssen?«
Ich wußte es nicht. Und die Erklärungen, die ich hatte, würden zu lange dauern und am Ende doch nur für Verwirrung sorgen. Statt dessen fragte ich sie nach ihren Enkelkindern und landete vor einem Packen schlechter Farbfotos, die Abdul, seine Frau und die Kinder in allen möglichen Situationen zeigten.
Es war doch noch ein netter Nachmittag geworden.

Ich weiß nicht, warum ich am Abend in den Swimming-Club ging. Wahrscheinlich, weil ich nicht mehr in die türkisfarbene Enge des Hotelzimmers zurückwollte. Dort hät-

te ich wieder nur gegrübelt und an den Plan gedacht, der sich vage in meinem Kopf zu formen begonnen hatte.
Palle Jespersen, der Däne, plauderte gerade mit einem langen Holländer mit wirren, blonden Locken und schlechten Zähnen, als ich eintrat. Er sah mich sofort und ließ den anderen stehen.
»Lange nicht gesehen«, sagte er.
Er schien sich zu freuen und hieb mir seine Hand auf den Rücken.
Ein Außenstehender hätte meinen können, wir wären zwei alte Schulkameraden, die einander nach Jahren zum erstenmal wiedersahen.
Der Holländer war ein Außenstehender. Er tippte dem Dicken auf die Schulter, sagte: »Na, dann will ich euch zwei nicht stören«, und setzte sich auf dem von uns am weitesten entfernten Hocker an die Bar.
Wir setzten uns an einen Tisch neben dem Pool, und bald leisteten uns zwei Drinks Gesellschaft.
Der Abend schien etwas kühler zu sein als die vorherigen. Aber es handelte sich wohl um jenen unbedeutenden Unterschied, den der Mensch in der Antarktis empfindet, wenn das Thermometer von minus sechzig auf minus fünfzig steigt.
Wir schwiegen eine Weile.
»Ich weiß eigentlich überhaupt nichts über dich«, sagte ich schließlich. »Nur, daß du Seemann bist!«
Er lachte, und es klang wie das Brummen eines Grizzlys.
»Gestatten, daß ich mich vorstelle: Palle Allan Jespersen aus Odense. Bootsmann auf der MS Kongsted der Mortensen Line. Zur Zeit allerdings Nachtwächter!«
»Nachtwächter?«
»Ja. Viel mehr ist's nicht. Die Kongsted ist ein Tanker ohne Job. Außerdem sind einige Reparaturen durchzuführen.

Wir laufen sicher während der nächsten zwei Monate nicht aus Colombo aus. Der Großteil der Crew ist ausgeflogen worden. Nur vier Mann und ich sind da. Wir lassen die Generatoren laufen, schauen, ob sonst alles in Ordnung ist, und versuchen, viel Zeit totzuschlagen.«
»Und was tun die anderen vier? Warum gehst du nicht mit ihnen auf ein paar Drinks?«
Wieder der Grizzly.
»Zwei davon sind schwul und die anderen zwei Malaien. Die bleiben lieber unter sich.«
Jetzt lachte ich.
»Vielleicht sind die beiden Malayen auch schwul.«
Wir tranken schon den dritten Doppelten und redeten immer noch über ihn und seinen Job. Bald kannte ich auch die restliche Crew. Mußte ein sonderbarer Haufen sein.
Ich begann, den Dicken zu mögen. Je länger die Nacht wurde, desto mehr. Unter der knorrigen Schale steckte ein sensibler, intelligenter Kopf, der in vielen Dingen ähnlich zu denken schien wie ich. Natürlich kamen wir irgendwann auch auf mich zu sprechen. Meine Bindung zur Insel, das Attentat auf den Zug. Und auf das, was ich plante.
»Ich wußte es«, sagte er. »So etwas kann man nicht hinnehmen, indem man die Hände in den Schoß legt und sich von Trauer, Leid, Selbstmitleid oder was weiß ich für Gefühlen erdrücken läßt. Da ist einer, irgendwo, dort oben«, er machte eine Handbewegung in die Richtung, in der er Norden vermutete, »der nicht davor zurückschreckt, Frauen, Kinder, Unbeteiligte in jeder Hinsicht, in die Luft zu blasen, nur weil er in seinen irrwitzigen Gedanken annimmt, es würde seiner Sache dienen. Er hat es vorher getan, und er wird es wieder tun. Und ändern wird sich im Lande nichts. Die Fronten verhärten sich, jeder haßt jeden, und Sri Lanka wird zu Nordirland. Oder zum Libanon. Krieg ohne Ende.

Den ursprünglichen Grund haben die meisten schon längst vergessen. Er zählt auch nicht mehr. Es geht nur noch darum, den Tod des Onkels, der Tante, des Sohnes, des Vaters zu rächen. Und man tut's. Aber man bringt nicht den wahren Schuldigen, den eigentlichen Täter um, sondern irgendeinen der anderen. Wieder einen Unschuldigen. Die Kreise derer, die irgend etwas oder irgend jemanden zu rächen haben, werden noch größer.«

Er hatte lange geredet und war zum Schluß immer heftiger geworden. Jetzt stützte er die Arme, mit denen er seine Worte gerade noch unterstützt hatte, auf den Tisch und legte den Kopf in die Hände.

»Es ist ein Wahnsinn«, sagte er. »Ein gottverfluchter Wahnsinn!«

»Krieg«, sagte ich. »Ein widerlicher, scheußlicher Krieg, den niemand gewinnen wird. Und ich mache mit. Aus genau dem niedrigen Grund, den du genannt hast! Haß! Rache!«

Er schüttelte den Kopf.

»Du hast mich nicht richtig verstanden. Du schleichst dich nicht nachts in ein Tamilendorf und sprengst irgendein Haus mit irgendwelchen Leuten in die Luft. Du suchst den, der für das verantwortlich ist, was dich zum Beteiligten an diesem Krieg gemacht hat. Den Schuldigen. Da steckt sogar so etwas wie Gerechtigkeit dahinter.«

Ich schüttelte den Kopf.

»Wie immer man es nennt – ich suche ihn. Weil ich ihn sehen möchte, ihm ins Gesicht schreien will, was er mir angetan hat. Weil ich ihm die Sinnlosigkeit begreifbar machen will. Und ich werde ihm Fotos zeigen«, ich holte meine Geldbörse aus der Hosentasche und klappte sie auf, »diese Fotos. Meine Frau, meine Kinder.« Ich schaute nicht auf die Bilder und klappte die Geldbörse wieder zu.

»Und dann«, sagte er langsam, »wirst du ihn erschießen!«

Ich blickte ins Glas, in dem das Eis langsam schmolz.
»Ich weiß es nicht. Wahrscheinlich werde ich ihn nie zu Gesicht bekommen.«
»Und wenn doch?«
»Dann habe ich das erste Ziel erreicht, das ich mir gesetzt habe. Dann erst stecke ich mir das zweite!«
Er hob sein Glas und sagte: »Skol«. Dann schlürfte er den letzten Rest Arrak von den Eiswürfeln. »Was würdest du sagen«, brummte er und begann einen Würfel zu zerkauen, »wenn ich mitmachen würde. Du bist ein Freund mit einem Problem – und ich helfe dir. Die Beweggründe kannst du ruhig mir überlassen. Zu zweit hätten wir auf alle Fälle mehr Chancen. Und wenn du dich als Journalist einschleichen willst, was ja das Logischste wäre, dann könnte ich als Fotograf mit. Völlig klar. Ein Reporter und ein Fotograf. Das ist doch überall so!«
Damit waren wir zu zweit.

Palle begleitete mich am nächsten Tag nach Galle. Seine Reederei hatte ein Auto gemietet, das der Bootsmann dann und wann auch für Privatfahrten benutzen konnte.
Es war ein alter Peugeot. Laut, rostig, stinkend. Aber die Klimaanlage funktionierte. Und das war viel mehr, als ich von einem ceylonesischen Mietwagen erwartete.
Wir quälten uns durch den Verkehr von Colombo nach Dehiwala. Der Däne lenkte das Auto mit einer beeindruckenden Mischung aus abwartender Vorsicht und rücksichtslosem Vorwärtsdrängen. Trotz der relativ angenehmen Kühle im Wageninneren rann ihm der Schweiß in kleinen Bächen von der Schläfe und versickerte im Bart. Die Fahrt war eine Summierung brenzliger Situationen. Palle fuhr auf Stoß-

stangenkontakt, überholte einmal links, dann wieder rechts, ignorierte sämtliche in Europa gebräuchlichen Verkehrsregeln und lachte dröhnend, wenn ihm ein Manöver besonders gut gelang.
Er kam mir vor wie ein Teenager an einem Flipperautomaten. Das Auto war die Kugel, und er schleuderte sie immer wieder zurück ins Geschehen. Das einzig Unangenehme war, daß ich in der Flipperkugel saß.
Nach Mount Lavinia verengte sich die Straße, und die bunten Verkaufsbuden, die den Straßenrand gesäumt hatten, wurden weniger. Statt dessen schob sich das Grün dichter an den Straßenrand. Palmen warfen mit ihren Fächern zackige Schatten auf den Asphalt, die weißen Häuser hatten grüne Grasschürzen vor sich, auf denen Kinder spielten oder grob gezimmerte Lehnstühle standen, in denen alte Männer den Tag verstreichen ließen. Es war so friedlich, daß der Däne seufzte.
»Willst du ein Bier?«
»Gern, aber wo willst du jetzt eines herkriegen?«
Er drehte den Kopf zur Seite und zeigte mit dem Kinn auf den Rücksitz. Ich hatte die blaue Plastikkiste, die dort stand, bis jetzt nicht bemerkt.
»Der Kühlschrank dort hinten ist voll!«
Ich beugte mich nach hinten, kämpfte eine Weile mit dem Verschluß und blickte dann direkt in den Biertrinkerhimmel: Dutzende Dosen Heineken und Tuborg, fein säuberlich aufgeschichtet, dazwischen zerhacktes Eis. Die Kälte machte sich in Form von silbrigem Dampf sichtbar.
Ich schnalzte mit der Zunge.
»Was darf ich servieren? Heineken, Tuborg?«
Er grunzte beleidigt.
»Biete einem Dänen nie ein Heineken an, wenn es auch Tuborg gibt. Das holländische Abwaschwasser habe ich für dich mitgebracht. Ihr Barbaren trinkt ja alles.«

Urlaub. Ferien. Während der nächsten halben Stunde ließ ich mich von einem angenehmen Freizeitgefühl einlullen. Zum ersten Mal, seit ich an jenem verhängnisvollen Tag mit Rani und den Kindern zum Bahnhof gefahren war.
Palle fuhr langsam, und einer der schönsten Teile Sri Lankas zog wie ein bunter Film draußen vorüber. Dann und wann ein hoffnungslos überladener Lastwagen oder ein klappriger Bus, Büffelkarren und Tausende Radfahrer.
Ich trank Heineken, er Tuborg. Keiner sprach.
Erst beim dritten Bier glaubte er, mir die Herkunft der blauen Schatztruhe auf dem Rücksitz erklären zu müssen.
»Die Kiste habe ich in Sidney gekauft. Große Biertrinker, die Australier. Legen Wert auf ein eiskaltes Getränk. Dort siehst du kaum ein Auto, in dem keine solche Kiste ist. Eski nennen sie's. Hat irgend etwas mit Eskimo zu tun. Kein schlechter Name!«
»Skol«, sagte ich, »auf die Australier und ihre Eskis!«
Wir brauchten fast eine Stunde bis Kalutara. Vor dem Tempel standen einige Dutzend Autos und ein paar Busse. Jeder, der hier vorbeikommt, wirft ein paar Münzen in den Opferstock. Für eine sichere Weiterreise, fürs Seelenheil, für was weiß ich noch alles.
»Den Mönchen hier«, sagte Palle, »geht's sicher ganz gut.«
Ein unsichtbarer Regisseur schaffte das perfekte Timing, denn im selben Augenblick kam eine Gruppe von Mönchen um eine Kurve. Kahlköpfig, in grelles Orange gehüllt und sehr jung. Der Kleinste war nicht älter als zwölf. Ganz hinten, am Ende der Gruppe, schritt der einzige Alte. Gebückt, ein runzliges Gesicht, aber helle Augen, die uns aufmerksam zu mustern schienen.
»Willst du etwas spenden?« fragte ich und erinnerte mich an die Fahrten mit Rani und ihrer Verwandtschaft, die uns in diese Richtung geführt hatten. Niemand hätte es ge-

wagt, ohne Spende weiterzufahren. Das hätte Unglück gebracht.

»Glaubst du, daß ihre Schutzgeister auch Zeit für uns Ungläubige haben?« fragte er.

Ich zuckte die Schultern.

»Wenn du nichts dagegen hast, würde ich gerne ein paar Münzen opfern. Aus Sentimentalität, verstehst du?«

Er verstand und hielt an.

Die Mönche waren nur noch helle Flecken am Straßenrand. Ich verdaute die heiße Ohrfeige, die mir nach dem Öffnen der Autotüre entgegenschlug, nahm etwas Geld aus meiner Brieftasche und warf es in den dafür aufgestellten Kasten. Jetzt fühlte ich mich wohler.

Zu Mittag lagen wir an einem einsamen Strandflecken unter zwei Palmen und tranken noch mehr Bier. Die Brise spielte mit den Blättern und erzeugte ein rhythmisches Rascheln. Im Einklang mit der See, die ihre Wellen rauschen, schlürfen, schmatzen und klatschen ließ, ergab das ein nettes Schlummerlied.

Es war später Nachmittag, als ich aufwachte. Die Glutkugel hing knapp über dem Meer und würde bald ihre Farbspiele mit dem Horizont treiben.

Ich schüttelte den linken Arm des Dänen, und dieser schreckte hoch, als hätte ihn eine Kobra gebissen.

»Na gut«, sagte er, als wir beide bis zu den Knien im Wasser standen und uns die Gesichter wuschen, »dann fahren wir eben heute nur bis Hikkaduwa und übernachten dort.«

Mir war's recht. Ich hätte ihn ohnehin gebeten, dort anzuhalten. Bis Mitte der achtziger Jahre war Hikkaduwa zur Ferienfabrik Nummer eins an der südlichen Westküste angewachsen. An einem etwa zwei Kilometer langen Uferstreifen reihte sich Hotel an Hotel. Und auch die dem Meer abgewandte Straßenseite war rasch mit Touristenquartieren zugepflastert worden. Als Mark und Mariko noch kleiner waren und nicht zur Schule gingen, hatten wir hier einmal zwei Wochen verbracht. Im Blue-Coral-Hotel. Es war ein schöner Urlaub gewesen. Die Kinder hatten Spaß gehabt am weichen, warmen Sand und an den sanften Wellen. Rani hatte sich von den nicht enden wollenden Verwandtenbesuchen und Essenseinladungen in Colombo erholt, und ich war meistens im Wasser gewesen. Die Korallengärten und das Riff. Brille, Schnorchel und Flossen als Eintrittskarten in die bunte Zauberwelt.

Das Blue Coral war geschlossen. An der Tür hing nicht einmal ein Schild. Die Fenster waren vom Salz verkrustet, und von den Wänden blätterte die Farbe ab.

»Sind wohl pleite gegangen«, sagte Palle.

Wir ließen das Auto stehen und schlenderten die Straße entlang. Die Sonne hatte ihren Malkasten ausgepackt und ließ Rot, Blau, Orange, Violett und Lila und Gelb zu einem riesigen Gemälde verschmelzen.

Ein kräftiger Bub in weiß-grünem Fußballdreß mit der Nummer sieben auf dem Rücken radelte vorbei, ohne uns zu beachten, zwei Fischer trugen ein zu einem riesigen Knäuel gerolltes Netz über die Straße.

Aus einem kleinen Palmenhain hinter einem niedrigen, rosarot gestrichenen Haus drangen germanische Gesänge zu uns herüber.

»Deutsche«, sagte Palle und rümpfte die Nase, »denen kann man wohl nirgendwo entkommen.«

Wir folgten dem Gesang. Am rosaroten Haus hing ein Schild mit der Aufschrift »Villa Kurumba«. Der Weg führte links am Gebäude vorbei zu einem schattigen Garten mit einem halben Dutzend Tischen, von denen einer besetzt war. Vier kräftige blonde Hünen ließen es sich offensichtlich gutgehen. Als sie uns sahen, stoppten sie den Gesang. Der Vorderste breitete einladend die Arme aus.

»Na so was! Neue Gesichter. Kommt her, Freunde. Es ist genug zum Saufen da. Setzt euch!«
Ein anderer stand auf, schwankte eine Weile hin und her und pendelte sich dann in einem schrägen Winkel ein. Er kam auf uns zu, umarmte Palle, klopfte mir so hart auf den Rücken, daß mir für eine Sekunde die Luft wegblieb, und zog uns dann zum Tisch. Ein dritter hatte in der Zwischenzeit zwei Sessel von einem Nachbartisch geholt und bot sie uns an.
»Siri«, schrie der erste, und aus dem hellen Hauseingang schälte sich ein dunkler Schatten. Eine hagere Gestalt im Sarong eilte lautlos zu uns.
»Siri«, sagte der Deutsche noch einmal und hieb dem kleinen Singhalesen seine Pranke auf die Schulter. Der ging leicht in die Knie und lächelte gequält. »Bring noch eine Flasche von dem Höllenzeug, wie heißt's doch gleich! Ach ja, Arrak. Und zwei Flaschen Bier für die neuen Gäste!«
»Gentlemen«, sagte Siri und blickte sich ängstlich um. »Darf ich Sie noch einmal bitten, ins Haus zu gehen. Es ist bald sieben Uhr, Sie wissen ja …«
»Schwirr ab, du alter Hosenscheißer«, schrie der zweite und verfiel in wieherndes Gelächter.
Der Kleine verschwand so leise, wie er gekommen war.
»Hör auf«, sagte der offenbar Nüchternste in der Runde. Ein bärtiger Mann mit eckigem Gesicht und langem Haar, das ihm in die Stirn hing. Er drehte sich zu uns her und hob entschuldigend die Schultern.
»Ich heiße Bernd, und das sind Lothar, Ulf und Thomas«, dabei zeigte er mit der Hand von einem zum anderen. »Wir arbeiten in Colombo. Montage. Eine Kühlanlage … aber das interessiert euch sicher nicht. Was führt euch denn hierher?«
Wir stellten uns ebenfalls vor.

»Der Kleine da«, sagte Bernd und zeigte auf die Türe, hinter der Siri verschwunden war, »hat Schiß, weil irgendeine obskure Terroristengruppe den Leuten hier für heute eine Ausgangssperre verordnet hat. Und verkauft werden darf ab neunzehn Uhr ebenfalls nichts.«

»Irrsinn«, lallte Ulf, der Riese, der zu unserem Empfang aufgestanden war.

»Wenn er sagt, daß wir um diese Zeit im Haus sein sollen, dann sollten wir das auch tun«, sagte Palle langsam. »Ich nehme an, er hat noch freie Zimmer.«

Der Däne stand auf und verschwand im Haus. Einige Minuten später steckte er den Kopf zur Tür heraus und rief mir zu: »In Ordnung. Wir bleiben hier! Ich gehe runter zum Blue Coral und hole das Auto!«

Da Siri im selben Augenblick mit den Drinks erschien, blieb ich sitzen und sagte nur: »Okay!«

Sie hatten ein freies Wochenende und das Firmenauto zur Verfügung. Am Nachmittag waren sie Schnorcheln gewesen, und jetzt wollten sie »so richtig auf den Putz hauen«.

»Gottverlassenes Nest hier«, klagte Thomas, ein Hundertachtzig-Zentimeter-Mann, aber trotzdem der Kleinste der Runde. »Vorige Woche haben sie ein paar Hundert Touristen vorzeitig heimgeschickt. Einfach in Busse gesteckt und zum Flughafen gebracht. Nur weil die Terroristen gedroht hatten, einige Hotels in die Luft zu blasen.«

»Da waren auch die Weiber dabei, die uns jetzt fehlen«, sagte Lothar und rülpste laut.

»Viele Häuser haben ohnehin schon längst geschlossen«, sagte Bernd. »Nur unten im Coral Garden ist noch Betrieb. Im Moment sind allerdings nur ein paar Franzosen dort, die im eigenen Auto aus Colombo gekommen sind.«

»Auch keine Weiber dabei«, lallte Ulf.

Siri stand in der Türe und unterhielt sich leise mit einer zweiten Gestalt. Auch dürr, auch im Sarong.
Palle kam zurück, setzte sich und blickte auf die Uhr.
»Fünf nach sieben. Draußen ist's wie ausgestorben. Ein paar Hunde, ein paar Hühner, aber kein Mensch. Müssen höllische Angst haben, die Leute hier.«
Siri und der andere kamen langsam auf uns zu. Unser Hausherr redete auf den zweiten ein, schüttelte dabei mehrmals den Kopf und schnalzte mißbilligend mit der Zunge.
»Mir gehört ein Geschäft, gleich da vorne. Es sind nur ein paar Schritte«, sagte der Fremde. Hageres Gesicht, schulterlanges, dichtes Haar, schütterer Schnurrbart. »Ich heiße David und bin katholisch, wie ihr!«
»Ich bin Protestant«, knurrte Ulf, bremste damit den Eifer des Hageren jedoch in keiner Weise.
»Bei mir gibt's schöne Souvenirs. Erstklassige Sachen. Alles Handarbeit. Ich mache euch Superpreise.«
Er verzog das Gesicht zu einer leidenden Grimasse.
»Nicht viel Geschäft zu machen in dieser Zeit. Keine Touristen, kein Geld. Wenn ihr mich auch im Stich laßt, gibt's nichts zu essen. Dann müssen meine Kinder hungern. Ich schwöre bei der heiligen Maria: Ihr werdet nirgends bessere Preise bekommen als bei David!«
Ulf stützte seine mächtigen Arme auf den Tisch und zog sich daran hoch.
»Na, Freunde. Dann wollen wir den armen Mann nicht im Stich lassen. Wer kommt mit?«
Siri schlug die Hände über dem Kopf zusammen.
»Es ist schon fast halb acht, David. Es ist Selbstmord. Warum bittest du die Gentlemen nicht morgen zu dir ins Geschäft?«
Der andere grinste siegessicher und blinzelte ihm vertraulich zu.

»Morgen gehen die Herren zum Strand. Da wollen sie nicht gestört werden. Wenn sie heute einkaufen wollen – warum nicht? Bei mir können sie es!«
Was er wirklich meinte, sagte er nicht. Daß die Gentlemen heute bis obenhin voll waren und ihr Geld sicher lockerer saß als morgen, wenn sie mit schweren Köpfen aufwachten.
Der Zug setzte sich in Bewegung. Vorne David, dahinter Ulf, dann Lothar, dann Thomas und am Schluß Bernd.
Siri blieb neben dem Tisch stehen, an dem Palle und ich noch immer saßen.
Ulf begann zu singen. Irgendeines jener deutschen Sauflieder, die wie Militärmärsche klingen. Die anderen stimmten ein. Es klang scheußlich und ging zum Glück bald in lautes Gelächter über.
Palle stand auf.
»Ich hau mich auf's Ohr«, sagte er und riß den Mund zu einem gewaltigen Gähnen auf.
Er ging, doch die Beklemmung blieb zurück. Von der Straße drang kein Lärm mehr herein, nur noch die Geräusche der Nacht. Der Wind, das Zirpen irgendeines winzigen Erdbewohners, Knistern, Rascheln und der eigene Atem.
Siri räusperte sich.
»Bitte gehen Sie auch ins Haus, Sir. Es hat ja nichts mit mir zu tun, aber …«
»Ich weiß schon. JVP! Hast du Angst?«
Er starrte mich mit großen Augen an und schüttelte dann den Kopf. »Nicht um mich. Um Sie und um die anderen Gentlemen!«
Ich stand auf und ging mit ihm aufs Haus zu.
»David ist verrückt«, sagte er kopfschüttelnd, »völlig irrsinnig und verrückt!«
Ich blieb stehen.

»Vielleicht ist es noch nicht zu spät«, sagte ich, »vielleicht passiert nichts, wenn sie das Ganze abbrechen.«
Ich klopfte Siri beruhigend auf die Schulter.
»Mach dir keine Sorgen. Ich geh sie holen. Wo ist denn der Laden deines Freundes?«
Er erklärte es mir.
Ich ging um das Haus und trat vom Schwarz der Nacht hinaus ins dünne Licht der Straßenbeleuchtung. Es war nur eine einzige Glühbirne, die an einem armseligen Pfahl hing. Die meisten Häuser waren dunkel, nur hinter ganz wenigen Vorhängen schimmerte Licht. In der Ferne brummte ein Auto, ein, zwei Hunde bellten, das Zirpen war vielstimmiger geworden.
Meine Schritte knirschten im Straßenstaub. Eins, zwei, eins, zwei. Wie eine marschierende Kolonne. Ich versuchte, leiser zu gehen, aber es funktionierte nicht.
An der angegebenen Stelle bog ich nach links ab und war plötzlich wieder im Dunkeln. Ich blieb stehen und überlegte einen Augenblick lang, ob es nicht vernünftiger wäre, wieder umzukehren. Das Rascheln, das der Wind in den Blättern erzeugte, und die anderen Geräusche verdichteten sich und ließen in mir ein unangenehmes Gefühl wachsen. Daß es Angst war, wollte ich mir selbst nicht eingestehen. Deshalb ging ich weiter und hörte bald das betrunkene Lachen der Deutschen.
Es war eine Bretterbude wie die meisten anderen Läden in Hikkaduwa. Über dem Eingang hing ein buntes, kunstvoll bemaltes Holzschild. »David's Treasure Chest« stand drauf, und das Ganze hatte die Form ebenjener Schatzkiste, die der Hütte den Namen gegeben hatte.
Ich trat durch die Tür, und David bemerkte mich sofort. Er war nervös, bemühte sich aber, es nicht zu zeigen. Im Augenblick spielte er den lockeren Gastgeber. Die Flasche Ar-

rak, die er hatte kreisen lassen, hatte die erste Runde soeben beendet und landete bei mir. Ich machte einen tiefen Schluck und genoß das angenehme Brennen in Brust und Magen. Als ich die Flasche wieder losgeworden war, blickte ich mich im Laden um. An der Rückwand hingen Batikhemden und Kleider, dazwischen entdeckte ich einige Batikbilder. Das Übliche. Szenen aus der Kandy-Perahera, Pfauen, exotische Vögel und pralle Frauen beim Wasserholen. Die Regale an den Seitenwänden waren mit Schnitzereien gefüllt. Natürlich dominierten Elefanten. Bemalte, solche aus Ebenholz oder Palmenstämmen, mit Stoßzähnen und ohne. Ein Winkel war allerdings wirklich gutgearbeiteten Skulpturen gewidmet. Ein Weddah-Pärchen stach mir sofort ins Auge, ich ging hin, nahm es in die Hände und betrachtete es näher.
»Schöne Arbeit«, sagte David, der plötzlich neben mir stand. »Ich habe da jemanden, unten, in der Nähe von Matara, der sein Handwerk wirklich beherrscht. Ich könnte noch mehr davon besorgen, wenn Sie es wollen!«
Ich lächelte und stellte die beiden Figuren wieder zurück.
»Ich habe genug von dem Zeug. Meine Frau ...«
»Sammelt sie solche Figuren?« fragte er.
Ich winkte ab.
»Danke. Ich brauche wirklich nichts. Ich bin nur gekommen, weil ich deine Gäste heimführen möchte. Es ist nach acht.«
Er grinste gequält.
»Sie auch? Haben Sie auch Angst vor denen?«
»Du nicht?«
Er schüttelte etwas zu eifrig den Kopf.
»Die machen nicht ernst. Hier in Hikkaduwa sicher nicht! Das ist Touristenland. Hier riskieren sie nichts.«
»Woher willst du das wissen?«

Er zog mich tiefer in den Winkel hinein. Die Deutschen waren fast am Boden der Arrakflasche angelangt und konzentrierten sich auf den letzten, müden Rest.
»Mein Schwager«, flüsterte er, »der Mann meiner ältesten Schwester ...«
Pause.
»Was ist mit ihm?« flüsterte ich zurück.
Er beugte sich ganz nah an mein Ohr.
»Der ist einer von denen. Sie werden's hoffentlich niemandem sagen?«
»Keine Sorge.« Ich lächelte.
Ulf hatte sein T-Shirt ausgezogen und mühte sich in eines von Davids Batikhemden hinein. Die Nähte hielten der Wucht seines fülligen Körpers nicht lange stand. David zuckte beim Geräusch des Zerreißens zusammen, die anderen brüllten vor Lachen. Ulf hatte es endlich geschafft, beide Arme in den Ärmeln unterzubringen.
»Schönes Hemd«, lallte er, »das behalt ich. Was soll dieses Prachtstück denn kosten?«
Der Singhalese atmete hörbar auf.
»Zweihundert Rupien!«
»Zweihundert Rupien?« heulte Bernd auf. »Das ist ja Straßenräuberei!«
»Zieh's aus«, sagte ich, »und vergiß das Ganze. Es ist acht Uhr!«
»Einhundertfünfzig«, sagte David rasch. Er wollte seine Felle nicht davonschwimmen lassen.
»Wenn ich zwei kaufe«, sagte Ulf, »und dir dafür hundertfünfzig gebe ... dann wär die Sache für mich in Ordnung!«
David nahm ein zweites Hemd von der Wand und hielt es ihm hin. »Zweihundert für zwei. Aber nur, weil ich jetzt schließe.«
»Gib's ihm«, sagte Lothar, »er hat uns ja auch den Arrak geschenkt!«

Der Riese zog aus seiner Hosentasche ein zusammengerolltes Bündel ceylonesischer Banknoten, hielt es Bernd hin und sagte: »Zahl du's. Du bist der Nüchternste von uns!«
Es war exakt zwanzig nach acht, als wir wieder in der Villa Kurumba waren. Siri hockte neben dem Eingang am Boden und sprang auf, als wir eintraten. Er zeigte mir unser Zimmer. Palle lag angezogen auf dem Bett und schnarchte. Das Moskitonetz baumelte unausgerollt über ihm.
Ich zog mich leise aus und erschlug dabei ein halbes Dutzend der lästigen Stecher. Als ich im Bett lag, steckte ich die Enden des feinen weißen Netzes sorgfältig unter die Matratze. Mich würden die Viecher nicht kriegen. An Palle hatten sie für eine Nacht sicher genug zu knabbern.
Das Geschrei, das ich hörte, als ich aufwachte, hatte ich zuvor auch im Schlaf schon gehört. Da war's aber Teil eines wirren Traumes gewesen.
Eine schrille Frauenstimme. Langgezogen und wehklagend. Dazu einige andere, höhere und tiefere, und Männerstimmen, die ein aufgeregtes Wortstakkato abfeuerten.
Palle saß im Bett und rieb sich die Augen, als ich meine öffnete.
»Weißt du, was das sein soll?« fragte er.
Ich brummte etwas, was ich selbst nicht verstand.
Der Däne stieg schimpfend aus dem Bett und stapfte aus dem Zimmer.
Ich stand ebenfalls auf, zog die Hose an und folgte ihm.
Es war knapp vor sechs Uhr, aber draußen glänzte die Sonne bereits zwischen den Palmwedeln.
Die Deutschen schliefen in zwei gegenüberliegenden Doppelzimmern und ließen sich von dem Lärm überhaupt nicht stören. Aus beiden Zimmern drangen tiefe, gleichmäßige Schnarchtöne.
Die Haustüre stand offen, und ich ging hinaus. Die Sonne

schmerzte in den Augen. Ich schloß sie für ein paar Sekunden und öffnete sie dann ganz langsam wieder.
Am gegenüberliegenden Straßenrand hatte sich eine Menschentraube gebildet. Aufgeregt gestikulierende Gestalten, die die wirren Geräusche erzeugten, welche uns aufgeweckt hatten. Palle ging über die Straße.
Als er wieder zurückkam, hatte er die Lippen fest zusammengepreßt, und seine Augen waren ganz klein.
»Sie haben's getan«, sagte er. Und ich wußte sofort, was er meinte.
»David?« fragte ich.
Er nickte.
»David Ranasinghe, so hieß er wohl!«
Wir gingen den Weg, den ich gestern abend gegangen war. Heute erschien er mir viel kürzer. Es dauerte nur ein paar Minuten, bis wir vor der Hütte standen. Der dichte Menschenring öffnete sich und ließ uns durch. Siri löste sich aus der Masse und stand plötzlich neben uns. Er deutete stumm auf den Eingang und ging voraus. Ein paar Uniformierte, die sich irgendwie verloren vorkamen, traten zur Seite.
Siri blieb im Türrahmen stehen und ließ uns vorbei. Jetzt war ich der erste. Draußen verstummte das Stimmengemurmel.
Niemand hatte die Fensterläden geöffnet. Das Halbdunkel im Raum vermischte sich mit dem süßlich-schalen Geruch von Blut. Die Stille drückte auf den Brustkorb, und irgend etwas begann in meinen Eingeweiden zu wühlen. Ich fühlte mich allein. Wäre Palle nicht hinter mir gestanden, dann hätte ich mich umgedreht und wäre wieder hinaus ins Sonnenlicht getreten.
Es war der Tod, den ich spürte. Ganz nah und intensiv.
Sie hatten ihm die Kehle durchschnitten.
Der Kopf lag seitlich auf der linken Schulter, und zwischen

Kinn und Hals klaffte ein schwarzes Dreieck. Das Blut, das sich am ganzen Körper verteilt hatte, war längst getrocknet. Sie hatten ihn auf den Boden gesetzt und seinen Oberkörper gegen die Rückwand der Hütte gelehnt. Über ihm hingen die Batikhemden. Einige so tief, daß ihre unteren Ränder knapp über dem Kopf des Toten schwebten. Ein Luftzug hielt sie ständig in Bewegung. Es schien, als wollten sie ihm Luft zufächeln. Davids Augen standen offen. Ich war sicher, Wut in ihnen zu sehen. Als hätte ihn jemand geweckt und ließ ihn nun nicht mehr schlafen.

Eine Fliege summte an mir vorbei und setzte sich auf das tote Gesicht. Dorthin, wo bereits einige andere ihrer Artgenossen hockten. Ich ging hin und verscheuchte sie.

»Sie haben nicht einmal ein Schild geschrieben«, sagte Siri. »Es weiß auch so jeder, wer es getan hat.«

»Sein Schwager«, sagte ich, »war der auch dabei?«

Siri zuckte die Schultern.

»Ich weiß es nicht. Niemand weiß es. Wir wissen nur, daß er tot ist, weil wir Angst haben sollen. Vor denen.«

Er hieb mit der Hand auf etwas Unsichtbares in der Luft ein.

»Er hat keine Angst gehabt«, sagte er so leise, daß nur ich es hörte. »Und er ist tot!«

Wir gingen hinaus, und die Sonne empfing uns hell und warm. Stumme Gesichter starrten uns an. Fragend, angstvoll, aber ohne Neugierde und Sensationslust.

Die Uniformierten blickten an uns vorbei.

Die Deutschen schnarchten noch immer, als wir in die Villa Kurumba zurückkamen. Wir nahmen unsere Sachen, zahlten Siri, was er für die Nacht verlangte, und überließen die Drinkrechnung den Schnarchern.

Das Beeindruckendste an Galle ist die gewaltige Festung, die einen Teil der Bucht umsäumt. Häuser, verwittert und alt, mit flachen Ziegeldächern, eine weiße Kathedrale, der Leuchtturm und die wuchtigen Mauern, die den holländischen Händlern einst Sicherheit gegeben haben.

Die Festung ist eine Stadt für sich allein. Und es dauerte eine ganze Weile, bis wir uns zum Büro Abduls durchgefragt hatten.

»Abdul Ahammed, Major« stand auf dem Schild an der grüngestrichenen Holztüre. Ich klopfte an. Irgend jemand sagte irgend etwas, und ich trat ein. Palle folgte mir.

Ein Kasten, ein kleines Teetischchen mit zwei Sesseln, ein Schreibtisch, ein paar Landkarten an der Wand, das Bild J. R. Jayawardenes, des Premierministers, und Abdul. Er erkannte mich sofort.

»Stefan«, sagte er und stand auf.

Wir schüttelten einander die Hände und umarmten uns. Palle tat so, als würde er eine der Landkarten studieren. Ich stellte ihn vor, dann setzten wir uns zum Teetischchen. Abdul holte seinen Stuhl hinter dem Schreibtisch hervor. Bevor er sich setzte, riß er die Türe auf und schrie irgend etwas auf singhalesisch nach draußen.

»Ihr wollt doch Tee?« fragte er. Und schmunzelte: »Für Arrak ist es wohl noch etwas zu früh, selbst für dich, Stefan!«

Wir lachten.

Ein junger Soldat kam bald darauf mit drei Schalen Tee. Weiß und süß. Wir tranken, und ich freute mich, daß ich Abdul gefunden hatte. Während der vergangenen Jahre hatte ich mir Sorgen um ihn gemacht. Jedesmal, wenn uns in Europa eine Horrormeldung aus Sri Lanka erreicht hatte, mußte ich an ihn denken und hoffte, er möge noch am Leben sein.

Ich sagte es ihm.

Er lächelte noch immer, aber es war ein ernsteres Lächeln. Die Augen waren nachdenklich geworden.
»Ich habe eben Glück gehabt«, sagte er. Sonst nichts.
Dann fragte er Palle, woher er komme und was er hier mache.
Schließlich wurde es Zeit, daß ich ihm von Rani erzählte. Und von den Kindern.
Abdul hörte mir ruhig zu, unterbrach mich nie, und am Ende weinte er. Es waren nur ein paar Tränen, die über die braunen Wangen rollten. Das Gesicht selbst war starr und unbewegt. Er war der letzte Mensch, von dem ich Tränen erwartet hatte. Der Soldat, der den Tod in jeder Variation kennengelernt hatte, den ich als harten Kämpfer kannte, der seine Gefühle stets unter Kontrolle hatte. Er weinte. Und ich weinte mit.
Palle legte mir die Hand auf die Schulter.
Es tat gut, Freunde zu haben. Und es tat gut, weinen zu können.
»Wie lange bleibst du noch auf der Insel?« fragte Abdul schließlich.
»Ich weiß es nicht. Ein paar Wochen, ein paar Monate. Ich weiß es wirklich nicht.«
Palle war es schließlich, der ihm von unserem Plan erzählte. Knapp, sachlich, nüchtern. So, als würde er einem Hafenarbeiter Instruktionen geben, wie sein Schiff beladen werden müßte.
Abdul sagte lange nichts. Dann stand er auf und begann, im Zimmer auf und ab zu gehen.
»Thalayasingham ist ein Wahnsinniger. Ein irrer Fanatiker«, überlegte er laut. »Die gesamte Armee von Sri Lanka hat es nicht geschafft, ihn zu finden. Das ist aber etwas ganz anderes. Das ist Krieg mit klaren Fronten. Hier wir und dort er mit seinen Urwaldkämpfern. Ein schwerfälliger Apparat

gegen unkonventionelle Einzelkämpfer. Du wirst versuchen, als Journalist zu ihm zu gelangen, nehme ich an. Interview für eine große europäische Zeitung. So etwas schmeichelt einem Egozentriker wie ihm. Du gibst ihm die Chance, Sympathien für seine Sache zu sammeln. Und Sympathien bedeuten nicht zuletzt auch Geld und neue Waffen. Die braucht er dringend.«

Er blickte in mein Gesicht, und ich nickte.

»Es ist ein Weg«, sagte er, »eine Möglichkeit. Winzig, aber doch real. Wenn ich dir dabei helfen kann, dann tu ich's natürlich mit allen Mitteln, die mir zur Verfügung stehen!«

Draußen marschierten Soldaten vorbei. Die Schritte mahlten knirschend durch den Kies. Ein gebrüllter Befehl. Stille. Dann wieder ein Schrei und wieder dieselben mahlenden Schritte.

Palles Haar war naß wie nach einem Bad, und auch ich schwitzte. Ich hatte es bis jetzt noch gar nicht bemerkt.

»Rajiv Gandhi hat uns oben im Norden längst die Arbeit abgenommen«, sagte Abdul. »Zwanzigtausend Mann, sowjetische Mi-24-Helikopter, beste Bewaffnung. Das Teuerste vom Teuren. Friedenstruppe nennen sie sich, seit sie vor zwei Jahren über die Palkstraße nach Jaffna gekommen sind. Aber das weißt du ja ohnehin.«

Was ich wußte, war rasch gesagt.

Daß Thalayasingham und seine Anhänger die einzigen gewesen waren, die sich damals gegen das indisch-srilankische Friedensabkommen gestellt hatten. Daß sie in einer mafiaähnlichen Nacht-und-Nebel-Aktion einen Großteil der anderen tamilischen Rebellengruppen vernichtet hatten. Daß sie den Indern immer wieder schmerzliche Verluste hatten zufügen können. Daß sie aus Mangel an Waffen, Munition und auch Männern immer seltener ins offene Kriegsgeschehen eingreifen konnten. Daß sie sich hauptsächlich auf Verzweiflungsaktionen und Terroraktivitäten verlegt hatten. Daß eine davon das Attentat auf den Nachtexpreß nach Trincomalee war. Am Fort-Bahnhof von Colombo. An jenem Tag, an dem ich mit meiner Familie in den Urlaub fahren wollte.

»Thalayasingham hat viele Sympathien in der Zivilbevölkerung verloren«, sagte Abdul. »Die meisten haben genug vom sinnlosen Blutvergießen. Und viele haben die Seiten gewechselt, als er seine eigenen Glaubensbrüder ermorden ließ. Das macht ihn aber nur noch gefährlicher. Der Tiger, der in die Enge getrieben ist. Der Killer. Von den fünftausend Mann, die er einmal hatte, sind ihm höchstens noch ein paar Hundert geblieben. Die härtesten. Die fanatischsten. Die kennen dort oben jeden Quadratmeter Dschungel, jedes Dorf, jeden Weg, jeden Hinterhalt. Wir haben keinen einzigen von Thalayasinghams Paradesoldaten bisher lebend gefaßt. Sie haben alles gegeben, haben gekämpft, bis man sie erschossen hat. Sind einfach in den Kugelhagel hineingerannt oder haben sich selbst vergiftet. Wahnsinnsschmerzen, schrecklich verzerrte Gesichter.«

Palle hatte den kühleren Kopf von uns beiden. Und er schien sich bei Waffen und Munition wesentlich besser auszukennen als ich. Seine Fragen waren gezielt und erstaunten sogar Abdul.

»AK-47, G-3, Kalaschnikows und was sonst noch?«

Abdul blickte den Dänen amüsiert an.

»Russische PPG-Panzerfäuste, Singapore Armalite und Landminen. Hunderte selbstgebastelte Landminen. Gefährliche Dinger, die völlig unberechenbar sind und zum Teil gewaltige Sprengkräfte haben. Damit haben sie unsere Militärlaster zu Dutzenden in die Luft gejagt und auch einige der alten britischen Panzer, die wir oben eingesetzt hatten, außer Gefecht gesetzt.«

»Und Züge vernichtet«, sagte ich.
Beide blickten mich gleichzeitig an.
»Das Fachsimpeln über Waffen bringt nichts«, sagte ich. »Weil wir keinen Feldzug starten wollen. Ich habe nur eine einzige Frage: Wie erreiche ich Thalayasingham?«
Stille. Draußen fuhr ein Jeep vorbei. Das Brummen des Motors verlor sich wieder. Palle wischte sich den Schweiß vom Gesicht.
»Was wir nicht geschafft haben, das schaffen auch die Inder nicht«, begann Abdul schließlich. »Wir haben die modernsten Schnellboote eingesetzt, die wir haben. Jaffna, Rameswaram, die Palkstraße, Adam's Bridge, Golf von Mannar – die Hunde waren immer schneller. Kleine Boote mit immens starken Außenbordmotoren. Und Leute, die auf dem Wasser zur Welt gekommen sind. Fischer, die jede Untiefe, jedes Riff, jede Strömung, jeden Schlupfwinkel kennen. Ich wette ein Jahresgehalt, daß die noch immer zwischen Indien und der Nordprovinz unterwegs sind. Thalayasingham läßt seine Nachschubquellen nicht versiegen. Kann er nicht. Sonst wäre er längst nicht mehr am Leben.«
»Die Inder könnten sie schon drüben abfangen. Gar nicht losfahren lassen, ihre Depots ausräumen ...«
Abdul schüttelte den Kopf.
»Drüben haben die Tiger noch jede Menge Sympathisanten. Ganze Dörfer sind auf ihrer Seite. Die haben uns immer schon gehaßt. Seit Jahrhunderten. Und das hat sich auch jetzt nicht geändert. Jetzt hassen sie eben uns und ihre eigene Friedenstruppe. Thalayasingham ist für sie ein Held. Der unerschrockene Kämpfer für Recht und Freiheit. Für ihn riskieren sie einiges. Die Küste ist lang und der Dschungel dahinter dicht. Da gibt's Millionen todsicherer Verstecke.«
Palle hatte zuletzt nur zugehört.
»Die Kontakte zu Thalayasinghams Leuten«, sagte er jetzt,

»die werden wir wohl schon in Colombo anknüpfen müssen. Nur wie? Wer kennt welche? Wer bringt uns zu ihnen?«
Abdul stand auf.
»Ich habe Hunger«, sagte er und blickte auf seine Uhr. »Wenn ihr keinen Hunger habt, seid ihr selbst schuld. Essen müßt ihr trotzdem. Ich lade euch ein!«
Ohne auf eine Reaktion von uns zu warten, ging er zum Telefon und rief seine Frau an. Er sprach Englisch, damit auch wir die Konversation verstehen konnten. Er würde nicht kommen, sagte er, weil ich mit einem Freund hier sei. Wir würden ins Closenberg-Hotel gehen und dort etwas essen. Es würde wohl drei oder vier Uhr am Nachmittag werden, bevor wir zu ihr in die Wohnung kämen. Sie solle Tee richten und schauen, daß die Kinder zu Hause seien. Er wolle ihnen einen Freund vorstellen! Dann gingen wir hinaus, wo uns die Mittagshitze beinahe erdrückte. Abduls Fahrer hockte im Schatten eines Banyan-Baumes und stand langsam auf, als wir uns näherten. Ein kleiner Mann mit schütterem Bärtchen und schlampig gekämmtem Haar. Die Uniform war zerschlissen und hatte einige Flickstellen. Den alten, klapprigen Jeep beherrschte er aber wie ein Meister. Er fuhr gerade schnell genug, daß der Fahrtwind etwas Kühlung in die verschwitzten Gesichter blies. Hinaus aus dem Fort, den Hafen entlang, ein Stückchen Küstenstraße und dann hinauf auf den Berg, der wie ein müder Wächter über der Bucht ragte.
Das Hotel war ein wuchtiger weißer Bau aus der Kolonialzeit. Die hohen Räume wirkten kühl und strahlten etwas von der steifen britischen Vornehmheit aus. Mit uns waren nur noch wenige Gäste da. Einige Offiziere, drei einheimische Geschäftsleute, keine Touristen.
In Häusern wie dem Galle Face oder dem Closenberg sind die Kellner alt. Wie die Gebäude. Die großen, modernen

Hotels, wie das Oberoi oder das Intercontinental beschäftigen jüngeres Personal. Weil die alten mit den Häusern alt geworden und nicht zu haben sind. Einige hüten ihre Langzeitdienstboten wie kostbare Schätze.
Der im Closenberg glich meinem Lieblingskellner im Galle Face beinahe aufs Haar. Weißer Sarong, weißes Hemd, mit dunkelbraunem Leder überzogene Knochen, freundlich-listige Augen und bestes britisches Englisch.
Abdul bestellte auf singhalesisch und machte dabei ein geheimnisvolles Gesicht.
»Hast du schon einmal ein richtig gutes ceylonesisches Essen serviert bekommen?« fragte er Palle.
Der schmunzelte.
»Man hat's ein paarmal mit mir versucht. Aber es hat nur höllisch scharf geschmeckt. Und am nächsten Tag erst!« Er verzog schmerzlich das Gesicht und griff sich ans Hinterteil.
Abdul lachte verständnisvoll.
»Laß dich überraschen. Das, was du bald vorgesetzt bekommst, ist zwar auch scharf, aber anders scharf.«
Der Alte kam zuerst mit den Drinks. Bier natürlich. Eiskalt. Und die unvermeidliche Arrakflasche.
Wir tranken und unterhielten uns über belanglose Dinge. Galle zum Beispiel.
»Nettes Städtchen«, sagte Abdul. Und nach einer Gedankenpause: »Wenn diese verdammten Terroristen nicht wären. Idiotische Gewalttäter, die Macht demonstrieren wollen, mit der sie ohnehin nichts anfangen könnten.«
Wir erzählten ihm von David Ranasinghe, aber er kannte den Fall bereits.
»Kurz bevor ihr hier angekommen seid, hat man uns von Hikkaduwa aus verständigt. Wir haben sofort einen Trupp hinaufgeschickt.«

Ich erinnerte mich an die mahlenden Schritte vor Abduls Büro.
»Viel werden die aber nicht ausrichten können. Militärpräsenz schreckt entweder ab, oder sie provoziert zusätzlich. Das weiß man nie. Die ganz hartnäckigen unter den Kerlen wollen dann erst recht beweisen, wie entschlossen sie sind.«
Das Bier hatte seine Rolle als Durstlöscher längst erfüllt. Jetzt waren wir beim Arrak angelangt. Ich trank ihn mit Soda und Eis, wie immer. Palle nur mit Eis, und Abdul verdünnte ihn mit Elephant-House-Ginger-ale.
»Gleich da hinten«, sagte Abdul, beugte sich vor und zeigte mit der Hand auf das Ende der Bucht, »ist eine der herrlichsten Badebuchten, die ihr euch vorstellen könnt. Wir müssen morgen unbedingt hinunter. Nein, ich habe eine noch bessere Idee: Ich packe die Familie zusammen, mach mir einen freien Tag, und wir fahren alle zusammen nach Unawatuna!«
Ich kannte Unawatuna, und Abdul wußte es. Seit wir vor Jahren das kleine Fischerdorf zwischen Galle und Weligama für uns entdeckt hatten, hatten wir ihm in Colombo oft davon vorgeschwärmt. Eine makellose Bucht, weißer Sand, dichte Palmenhaine, ein Bilderbuchriff, türkisfarbenes Wasser, Südsee-Idylle. Schöner konnten die Tropen nicht sein.
Ich hob das Glas.
»Auf Unawatuna!«
Als die Arrakflasche leer war, kam der Alte und fragte, ob er nun das Essen servieren dürfe.
Abdul hatte Hoppers bestellt, und ich wäre ihm dafür fast um den Hals gefallen. Herrliche, flaumig-weiche, pfannkuchenartige Fladen aus Reismehl. Und dazu eine ganze Reihe köstlichster Currys: Shrimps, Krabben, Wildschwein, Hühnchen, ein White Curry aus Kartoffeln, Kokosnuß-Sambol und Eier in einer milden Sauce.

Abdul und ich aßen nach alter Sitte mit den Fingern, rissen kleine Stückchen von den Hoppers ab und mischten sie abwechselnd mit dem einen oder anderen Curry oder mit mehreren zugleich.
Abdul überredete Palle, dasselbe zu tun, und amüsierte sich köstlich über die unbeholfenen Versuche des Dänen, seine Finger zu Eßwerkzeugen umzufunktionieren.
»Armselig, wie degeneriert der Mensch schon geworden ist«, knurrte der Dicke, »am Anfang haben wir doch alle mit den Fingern gegessen. Jetzt sind wir von den gezackten und gebogenen Metalldingern so abhängig, daß wir ohne sie fast verhungern würden.«
Abdul beherrschte das Essen mit den Fingern perfekt. Nur die Fingerspitzen seiner rechten Hand kamen mit den Speisen in Berührung. Bei Palle zog sich die Speisenspur beinahe bis zum Ellenbogen hoch.
Auf Abduls Geheiß kam der Alte mit einer Schüssel lauwarmen Wassers und einem Handtuch und offerierte es dem Dänen. Der machte dankbar davon Gebrauch und aß mit Messer und Gabel weiter. Jetzt schnalzte er mit der Zunge, rollte die Augen und brummte mit vollem Mund: »Wunderbar. Nicht zu scharf, aber scharf genug. Besonders das Wildschwein. Ich habe gar nicht gewußt, daß ihr hier auf der Insel Wildschweine habt.«
»Sind auch schon selten geworden«, sagte Abdul. »Aber dann und wann hat ein Jäger Glück und erlegt eines. Im Urwald. Das hier kommt sicher aus der Tiefkühltruhe. Ich habe nicht gehört, daß hier in letzter Zeit eines geschossen wurde.«
»Du trinkst«, sagte Palle und schaute Abdul vorsichtig an, »und du ißt Schweinefleisch und bezeichnest dich trotzdem als Moslem?«
Der Soldat schaute vom Essen auf.

»Der Prophet hat diese Gesetze erlassen, als die Leute giftigen Fusel tranken und sich mit trichinösem Fleisch ins Grab brachten. Würde er heute leben, dann gäbe es diese Verbote sicher nicht. Ich halte Mohammed für weise und vernünftig. Und Allah ist mein Gott. Beantwortet das deine Frage?«

Palle zuckte die Schultern.

»Natürlich. Ich hoffe, du nimmst mir die Frage nicht übel!«

Abdul lachte.

»Wir Ceylon-Moslems haben schon viele Fremde verblüfft. Dabei bin ich noch ein Engel im Vergleich zu meinem Freund Ahmed Ismail. Du kennst ihn, Stefan! Ein Wahnsinniger. Aber ich kenne nur wenige Menschen, denen ich blinder vertrauen würde als ihm.«

Wenn er von seiner Religion und seinen Freunden sprach, dann kam die Rede auch bald auf Mohammed Lafir.

»Uns Moslems verdankt dieses Land den einzigen Weltmeister, den es je hervorgebracht hat«, sagte er und spannte dabei seine Brust so, daß die Uniformknöpfe fast aus ihren Löchern hüpften.

»Amateur Snooker World Champion Mohammed Lafir. Ein guter Freund! Leider lebt er nicht mehr!«

Ich hatte Lafir am Snookertisch an der Arbeit gesehen. Im Atlanta, einer Spielhölle an der Galle Road. Er hatte die Kugeln ins Loch gestreichelt wie kein zweiter. Und als er damals aus England den ersten Weltmeistertitel für Ceylon nach Hause gebracht hatte, da hatte man ihn als Nationalhelden gefeiert. Gestorben ist er als armer Mann. Weil Snooker, auch wenn es weltmeisterlich gespielt wird, in Sri Lanka einen Mann nicht ernähren kann. Lafir kannte und konnte nichts anderes. Und ins Ausland wollte er nicht.

Gegen sechzehn Uhr brachen wir auf. Irgend jemand hatte

die Kniegelenke durch Gummi ersetzt. Wir lachten und stützten uns gegenseitig.
Es war noch heiß, als wir ins Freie taumelten. Der Fahrer hatte die ganze Zeit über geduldig vor dem Hotel gewartet. Ein Küchenjunge hatte ihm ein paar Happen zu Essen gebracht, aber das Hotel selbst war tabu für ihn. Da durften nur Offiziere hinein, arme Schlucker wie er hatten draußen zu bleiben. Die Standes- und Klassenunterschiede, die in diesem Land noch immer selbstverständlich waren, schockierten mich auch nach all den Jahren noch. Den Betroffenen selbst schienen sie allerdings überhaupt nichts auszumachen.
Der Mann grinste fröhlich und fuhr uns zurück ins Fort.
Abduls Frau wartete schon mit dem Tee, und die Kinder waren auch da. Frisch gewaschen und in blitzsauberes Weiß gekleidet. Es wurde ein angenehmer Nachmittag und ein noch angenehmerer Abend mit lieben Freunden. Ich fühlte mich nach langer Zeit wieder geborgen und wohl. Das Vergangene war draußen vor dem Haus geblieben, und die Zukunft lauerte diskret und unaufdringlich im Hintergrund.
Auch der nächste Tag wurde ein guter Tag. Wir fuhren schon früh an den Strand. Abdul lieh mir Flossen, Brille und Schnorchel, und ich verbrachte den Großteil des Vormittags im größten Aquarium der Welt. Auf den Indischen Ozean folgte ein vorzügliches Picknick im Schatten gutmütiger Palmen, dann leerten wir eine Flasche Arrak und schliefen, bis uns die Abendbrise weckte.
Erst das helle Kindergeschrei ließ die Erinnerungen wach werden, vor denen ich mich so gefürchtet hatte. Rani, die Kinder und ich hatten Unawatuna beinahe so geliebt wie Trinco.

Auf der Rückfahrt nach Colombo tranken wir wieder Heineken und Tuborg und redeten wenig. In Ambalangoda hielten wir kurz an und fotografierten die Arbeitselefanten, die wir schon bei der Hinfahrt gesehen hatten. Gewaltige, dunkelgraue Burschen mit rosaroten Flecken auf Stirn und Rüssel und den gutmütigen Augen, die wachsame Intelligenz ausstrahlten.
Palles Fotoausrüstung war nahezu perfekt. Profihaft. Er habe sie im Vorjahr in Singapur erstanden, meinte er, und dafür drei Tage lang mit drei verschiedenen Händlern in ein und demselben Shopping-Center gefeilscht. Der Preis, den er schließlich dafür bezahlt habe, sei für europäische Vorstellungen lächerlich niedrig gewesen. Ich versprach ihm noch einige Objektive und eine zweite Fototasche aus meinem Besitz. Einen Presseausweis konnte er ebenfalls von mir bekommen. Ich hatte einen nationalen und einen internationalen. In irgendeinem der beiden würde ich das Foto austauschen und den Namen ändern. Wahrscheinlich würde uns aber ohnehin niemand nach einer Berufslegitimation fragen. Und wenn doch, dann müßte meine genügen. Der Schreiber ist immer der Chef der Truppe, und er würde es auch sein, der die Tendenz der Story bestimmte.
Die Elefanten trugen gewaltige Baumstämme über die Straße, als wären es Zahnstocher. Für einen Zwanzigrupienschein unterbrach einer der Mahmuds die Arbeit und ließ sich mit Palle und seinem Elefanten fotografieren. Dann mußte er dasselbe mit mir an seiner Seite tun.
Warum wir es taten, wußten wir selbst nicht. Vielleicht als Übung für Palle, den Pressefotografen. Vielleicht aber auch, um noch einmal als naive, ahnungslose Touristen aufzutreten. Der Illusion des friedlichen Erholungssuchens nachjagend. Später, im Auto, lachten wir darüber.
»Wenn du willst«, sagte der Däne irgendwo zwischen Ben-

tota und Kalutara, »kannst du deine Sachen aus dem Hotel holen und es dir in einer Kabine auf der Kongsted gemütlich machen. Genug Platz auf dem alten Kahn!«
Ich überlegte kurz, denn im Falle einer Zusage würde ich einen Teil meiner Unabhängigkeit aufgeben. Andererseits konnte ich damit aber den langen Abenden und den düsteren Stunden des Grübelns und Nachdenkens entkommen.
Palle ahnte meine Gedanken.
»Dutzende Videofilme, Musik in Hülle und Fülle, zollfreier Fusel, nur Weiber gibt's keine.«
Das Lachen, das er anstimmen wollte, erstarb.
»Laß nur«, sagte ich, »ich bin vielleicht bald wieder so weit, daß ich sogar über dreckige Witze lachen kann. Im Moment geht's noch nicht.«

Colombo war heiß und laut wie immer.
Ich packte im Lucky Star rasch meine Sachen zusammen, sagte der Empfangsdame, daß ich ausziehen würde, und beglich die Rechnung. Die Summe, die unter »Bar« stand, war beträchtlich. Und das nicht nur wegen des unverschämten Preises, den sie für eine Flasche Arrak verrechneten.
In Fort schaute Palle noch kurz beim Postamt vorbei und kam mit einigen Briefen zurück, die er mit an Bord nehmen wollte. Im Hafen bestiegen wir ein »Taxi« – ein altes Holzboot mit einem Dieseltuckerer, der längst pensionsreif war, aber noch immer unermüdlich seine Arbeit tat.
Nach einer endlos langen Schaukelei war der stählerne Riese vor uns schließlich so groß geworden, daß er das Blickfeld zur Gänze ausfüllte. Die MS Kongsted – ein erstaunliches Werk von Menschenhand. Daß so viel Stahl schwimmen kann, wird mir immer ein Rätsel bleiben.

Die Gangway war heruntergelassen. Rostrote Flecken hatten sich an vielen Stellen durch die graue Haut des Riesen gefressen. Es roch nach Salzwasser, Öl, Fisch und Farbe.
Der Däne bezahlte den Singhalesen im Boot, ohne zu feilschen. Die Preise waren längst fix ausgemacht. Dann schwang er sich über die Bordwand des kleinen Meeresschnaufers und kletterte behende wie ein russischer Geräteturner die Gangway hoch. Ich kam mir vor wie ein Fünfzigjähriger, der zum erstenmal im Leben auf Schlittschuhen steht. Alles schwankte. Das Seil, das als Geländer diente, gab nach wie Wackelpudding. Oben blickte ich in das breite Grinsen der beiden Malaien. Freundliche kleine Männer mit nackten Oberkörpern und schulterlangem pechschwarzem Haar.
»Willkommen an Bord«, sagte einer. Der andere nickte und zeigte noch immer blitzweiße Zähne.
Palle stellte mich vor und befahl dem Grinsenden, mich in die Kajüte des dritten Ingenieurs zu führen.
Unter Deck war's kühl, der Boden vibrierte leicht unter den Füßen, und das leise Brummen, das irgendeine Maschine – ich nahm an, es war der Generator – verbreitete, wirkte angenehm beruhigend. Das späte zwanzigste Jahrhundert, Zeitalter der Riesenmaschinen. Und ich kletterte im Bauch einer davon herum. Später, in der Messe, trafen wir den zweiten Ingenieur, einen Schweizer namens Urs Zimmermann, und den zweiten Offizier, einen Norweger namens Tore Ungard. Man sah sofort, daß die beiden einander mochten. Zu mir waren sie höflich und distanziert. Das machte sie sympathisch.
Ich begann, mich auf der MS Kongsted zu Hause zu fühlen.

Zum Frühstück gab es gebratenen Speck und Eier, Grapefruitjuice und guten starken Kaffee. Dazu süße dänische Frühstücksröllchen mit Zimt und Rosinen, direkt aus dem Tiefkühlraum, in der Mikrowelle aufgewärmt.
Urs, Tore und Palle besprachen während des Kaffees das Programm des Tages. Der Schweizer würde die Generatoren laufen lassen und die Überprüfung der Maschinen fortsetzen, der Norweger wollte mit der Reederei telefonieren, und Palle würde Bobby Tan und Terrence Goh zu Reinigungsarbeiten auf der Brücke einteilen. Die beiden Malaien waren fröhlich und freundlich wie am Tag zuvor.
Ich mußte an Land. Während der Nacht war ich aufgewacht. Sicherlich wegen der ungewohnten Kühle, die die Klimaanlage erzeugte, und vielleicht auch wegen der Geräusche, die von überall herkamen, nie aufhörten und mich an das Herannahen eines perfekt programmierten, stets bereiten Haushaltsroboters erinnerten. Ganz sicher aber auch wegen meiner Gedanken, die einfach nicht zur Ruhe kommen konnten.
Auf der Suche nach einer möglichen Kontaktperson zu Thalayasingham war mir plötzlich der Name Alwis' eingefallen. Ein alter Mann mit weißem Haar und vornehm-distanziertem Gehabe. Wann immer eine größere Feier in der Familie angesagt war, hatte man ihn eingeladen. Ich sah ihn vor mir in seinem weißen Sarong und dem altmodischen Hemd, das bis zum Kinn zugeknöpft war und einen Stehkragen hatte.
Mister Alwis war eine Respektsperson. Vor allem, weil er einmal MP war – Member of Parliament, Parlamentsabgeordneter!
Und Mister Alwis hatte mir, ich glaube, es war bei Upalis Hochzeit, einmal einen langen Vortrag gehalten, wie wichtig es sei, die TULF ins politische Geschehen des Landes ein-

zugliedern. Die TULF war die moderate politische Vertretung der Tamilen im Parlament. Trotz des kämpferischen Namens »Tamil United Liberation Front« waren die Mitglieder dieser Partei kompromißbereite Vertreter einer evolutionären Entwicklung gewesen. Zumindest hatten sie diesen Eindruck nach außen hin erweckt. Seit dem offenen Ausbruch des Bürgerkriegs gab es die TULF im Parlament nicht mehr. Aber Mister Alwis würde sicher noch einige ihrer Vertreter kennen. Und über die konnte ich mir vielleicht eine Brücke zu Thalayasingham und seinen Tigern bauen.
Palle kontaktierte über Funk den Hafenmeister, und bald tuckerte der alte Kahn mit dem geduldigen Schiffer am Ruder an die Seite der Kongsted.
Im Hafen nahm ich mir ein Taxi zum Intercontinental, trank an der Bar den ersten Arrak des Tages und fand im Telefonbuch von Colombo bald die gesuchte Adresse.
Der alte Herr saß auf der Veranda eines versteckt hinter blühenden Büschen stehenden Hauses und fütterte einen grauen Papagei, als ich aus dem Taxi stieg.
Er erkannte mich sofort. Sein Gesicht zeigte trauriges Erstaunen, und ich wußte, daß er meine Geschichte kannte. Die Verwandtschaft, der er selbst ja auch am Rande angehörte, hatte ihn bereits informiert.
Er blieb höflich und distanziert wie immer und bat mich ins Haus. Außer einem alten Dienstboten war niemand da. Er bot mir Bier, Arrak oder Tee an. Ich wählte Bier.
Sein vorsichtiges Abtasten endete abrupt, als ich ihn geradeheraus nach seinen Kontakten zur TULF fragte.
»Eine sonderbare Frage«, sagte er nach einer Weile, »was versprichst du dir von einer Begegnung mit einem Tamilenvertreter?«
Ich überlegte kurz und beschloß dann, ihm die Wahrheit zu sagen. Nicht die ganze, aber den wichtigsten Teil davon.

»Ich möchte Thalayasingham treffen«, sagte ich, und er runzelte die weißen, buschigen Brauen. »Ich möchte ihn treffen und ihn mit den Folgen seiner wahnwitzigen Gewaltakte konfrontieren. Ich bin Journalist. Und als solcher möchte ich von ihm wissen, wie lange er noch gedenkt, dieses Land immer wieder aufs neue zu erschüttern. Ich möchte ihn fragen, wann er es endlich in Frieden lassen wird!«

Seine langen, schlanken Finger hatten die ganze Zeit gearbeitet, und er starrte sie noch immer an, als er mir antwortete: »Niemand wird dir diese Antwort geben können. Weil sie niemand weiß. Vielleicht wird dieses Land nie mehr den Frieden finden, den es einmal hatte.«

Ich lächelte bitter.

»Die Antwort auf meine Frage will ich nur von ihm hören. Und dazu muß ich ihn treffen. Können Sie mir helfen?«

Er schüttelte den Kopf.

»Seit den großen Unruhen in Fort, als unsere Leute die tamilischen Läden niederbrannten, als ein gutes Dutzend tamilischer Fabriken in Flammen aufging – seit damals habe ich keine tamilischen Freunde mehr. Einige sind tot, andere weg, und diejenigen, die da sind, würden mit mir wahrscheinlich nicht mehr sprechen wollen.«

Er strich sich mit langen Fingern über den kahlen Fleck zwischen den weißen Haarbüscheln auf seinem Kopf.

»Im nächsten Jahr wählen wir einen neuen Präsidenten. J. R. Jayawardene ist alt und war nie in der Lage, die wahren Dimensionen des Desasters zu erkennen. Vielleicht kommt Sirimavo Bandaranaike wieder. Vielleicht kommt aber auch alles ganz anders.«

Er war eben doch ein Politiker. Und er blieb einer.

Ich verabschiedete mich bald und ging.

Es war Mittag, und ich aß im Tabrobane ein Club-Sandwich. Dazu trank ich ein Lion's Lager. Das internationale

Interieur und die Klimaanlage ließen die Außenwelt weit weg und irreal erscheinen. Es war alles nur ein böser Traum gewesen. Ich würde jetzt hinausgehen und nach Hause fahren. Und dort würde Rani sein. Und die Kinder würden mich fragen, was ich ihnen denn mitgebracht hätte. Mark und ich würden einen unserer Boxkämpfe inszenieren, und ich würde am Ende als Verlierer am Boden liegen. Mariko würde mich um Süßigkeiten anbetteln und zum hundertsten Mal jammern, daß sie so gerne so einen Hund hätte wie ihre Freundin Lisa und daß ich grausam und herzlos sei, weil ich immer wieder nein sage.
Ich blickte zum Fenster hinaus auf den Hafen. Ein paar kleine Holzboote zogen ihre Spur durch das glatte Graublau des Hafenwassers, ein riesiger Kran drehte sich langsam zu mir her und ließ ein paar große Ballen durch die Luft schweben. Draußen, ganz klein und im Gegenlicht kaum sichtbar, lagen die Tanker. Die Kongsted sah ich nicht.
Das Club-Sandwich war gut wie immer, und ich bestellte ein zweites. Der Kellner deutete fragend auf die leere Bierflasche, und ich nickte. Essen, Trinken, Atmen. Was konnte ich sonst noch tun? Vergessen?
Jetzt war die Beklemmung wieder da. Das Unding, das mir auf der Brust saß und das Atmen schwermachte. Um es zu verscheuchen, begann ich, mich wieder auf die unmittelbare Zukunft zu konzentrieren.
Alwis war eine Nullmeldung gewesen. Aber es mußte doch in dieser riesigen Stadt Menschen geben, die einen Draht zu Thalayasingham hatten. Oder jemanden kannten, der wußte, wie man eine Verbindung herstellen könnte.
Ich trank und aß und blickte wieder zum Fenster hinaus. Eine Möwe setzte sich auf den Fenstersims und glotzte mich an.
Plötzlich wußte ich es.

Wohin geht ein Journalist, wenn er etwas wissen will? Natürlich zu einem anderen Journalisten!
Ich bat den Kellner um eine Lanka Times, fand das Impressum und notierte mir die Adresse: Galle Face Center Road 18. Und den Namen des Chefredakteurs: Francis Wijewardene.
Die Möwe glotzte noch immer, und ich schnitt eine Grimasse in ihre Richtung. Sie legte den Kopf noch etwas weiter zur Seite, klopfte mit dem Schnabel gegen die Scheibe, schüttelte kurz ihr Gefieder aus und flog davon.
Ich fühlte mich wesentlich besser, bat um die Rechnung, zahlte und ging.
Draußen umhüllte mich der feuchtheiße Mantel und saugte mir den Schweiß aus den Poren. Trotzdem ging ich zu Fuß. In den Arkaden von Miller's und Cargill's, den supermarktähnlichen Läden aus der Kolonialzeit, stellte sich mir eine junge Mutter mit einem dickbauchigen Baby in den Weg. Auf dem Gesicht des Kleinen hatten sich Unmengen von Fliegen niedergelassen und marschierten über eine Reihe übel aussehender Ekzeme. Die Frau hatte die Augen bittend aufgerissen und hielt mir eine abgearbeitete Hand entgegen. Ich holte ein paar Münzen aus der Hosentasche und gab sie ihr. Die Szene wiederholte sich mit wechselnden Darstellern, bis ich keine Münzen mehr in der Tasche hatte. Da gerade ein Taxi vorbeifuhr, stoppte ich es und ließ mich zum Zeitungsgebäude fahren.
Am Tor saß eine Respektsperson mit gewaltigem Bauch und öligem Grinsen. Sie wollte exakt wissen, zu wem ich weshalb wollte, bevor sie mich durchließ.
Im Haus selbst war es düster. Ein riesiges Treppenhaus und der Geruch von Papier, Druckerschwärze und irgendeinem Putzmittel. Menschen huschten vorbei. Lächelten, lächelten nicht, trugen etwas, hatten es eilig. Ein Hauch von Wichtigkeit hing über dem Ganzen.

»Zeitung«, dachte ich. Wie lange es doch schon her war, seit ich selbst Bestandteil dieser alles erfassenden Wichtigkeit gewesen war!
Die Ironie der Situation brachte mich zum Lachen. Hier war ich und bereitete die größte Story vor, der ich jemals nachgejagt war. Krieg, Dschungel, ein mysteriöser Rebellenführer, Bomben, Tod, Schicksal, Zukunft einer ganzen Nation. Da war alles drin. Und ich war frei und keiner Zeitung verpflichtet.
Gerade diese Geschichte würde ich aber niemals schreiben!
Ich hatte den zweiten Stock erreicht und war von einer Geräuschwolke umgeben, die sich aus menschlichen Stimmen und Schreibmaschinengeklapper zusammensetzte.
Wijewardenes Büro lag am Ende des Ganges. Nach zweimaligem Fragen stand ich vor seiner Türe.
Das Signal zum Eintreten kam erst nach mehrmaligem Klopfen. Ich schob die Türe auf und stand in einem kleinen Raum mit nur einem Schreibtisch, hinter dem eine ältere Dame saß und mich freundlich anlächelte.
Nachdem ich ihr meine halbe Lebensgeschichte und mein Anliegen an den Herrn Chefredakteur geschildert hatte, stand sie auf und ging durch eine weitere Türe in ein weiteres Zimmer.
Ein paar Minuten später stand ich Francis Wijewardene gegenüber. Zweifellos eine Respektsperson. Schlohweißes, zurückgekämmtes Haar, Goldrandbrille, Oberlippenbärtchen, makelloser Anzug, gepflegte Hände, kein Lächeln.
Ich stellte mich kurz vor, er hörte zu und nickte dann wohlwollend.
»Wollen Sie nicht Platz nehmen?« fragte er und zeigte dabei auf einen schweren Holzsessel neben dem Schreibtisch.
Die Bücherregale an der rechten Seitenwand waren gut ge-

füllt, die Fenster hinter dem Tisch geschlossen. Klimaanlage. Ich setzte mich.
Beim Vortragen meines Anliegens mußte ich vorsichtig sein, das wußte ich. Würde er erfahren, daß ich einer der Überlebenden des Bombenanschlags auf den Zug im Bahnhof Colombo-Fort war, dann könnte er – als guter Journalist – wohl nicht umhin, eine Story mit mir zu machen. Oder dachte ich da zu europäisch? Es war ja auch über den Anschlag selbst kaum etwas in den Zeitungen zu finden gewesen. Angst, die die Freiheit der Presse lähmte?
»Für welche Zeitung schreiben Sie?« hörte ich ihn fragen.
»Ich bin freier Schriftsteller«, sagte ich und nahm meinen internationalen Presseausweis aus der Brusttasche. Ich legte ihn vor ihm auf den Schreibtisch.
»Für diese Story habe ich Abnahmegarantien von einer Illustrierten und einer Tageszeitung. Für letztere soll ich eine Serie machen.«
Er blickte mich über den Rand seiner Brille hinweg an.
»Wissen Sie eigentlich, wie gefährlich das Pflaster ist, auf dem Sie sich bewegen? Wenn ich Sie richtig verstanden habe, wollen Sie zu den Tamilenrebellen. Genügen Ihnen die Nachrichten nicht, die Sie von uns bekommen? Glauben Sie, daß Sie von den offiziellen Stellen hier falsch informiert werden?«
Francis Wijewardene war sicher nicht der richtige Mann für mich.
»Ich glaube«, sagte ich vorsichtig, »Sie verwechseln da zwei Dinge. Nachrichten und Hintergrundinformation. Ich bin wegen letzterer gekommen. Man erwartet von mir eine Reportage über eine Gruppe von Menschen in diesem Krieg, die noch keinen westlichen Journalisten zu sich gelassen hat. Das schürt die Neugierde der Menschen daheim, die in ihren sicheren Lehnstühlen sitzen, weit weg vom Geschehen.«

Er runzelte die Stirn.
»Da besteht natürlich immer die Gefahr der Glorifizierung«, sagte er. »Thalayasingham, der einsame Tiger. Das wollen Ihre Lehnstuhlleser doch wohl lesen! Haben Sie überhaupt schon mit den zuständigen Regierungsstellen über Ihren Plan gesprochen?«
Jetzt wurde es kritisch.
Ich erwähnte Mister Alwis, der mich kennen und sicher auch dafür garantieren würde, daß ich nicht die Absicht hätte, der Regierung zu schaden. Und auch meinen Kontakt zu Abdul warf ich ins Gefecht.
»Major Ahammed, der die Kämpfe oben im Norden mitgemacht hat und jetzt unten in Galle stationiert ist, kennt mich seit Jahren persönlich. Über ihn und Mister Alwis laufen alle meine Ansuchen an die Regierung. Es wird allerdings noch eine Weile dauern, bis ich die erforderlichen Genehmigungen habe. Sie kennen das ja!«
Er nickte. Etwas freundlicher, wie mir schien.
»Und bis dahin versuche ich, soviel wie möglich zu erledigen. Dazu gehört auch meine Bitte an Sie: Können Sie mir jemanden nennen, der mir ein Interview mit Thalayasingham oder einem seiner Frontmänner vermitteln kann?«
Ich hoffte nur, daß er nie Nachforschungen in meiner Sache anstellen würde.
Insgeheim hatte ich den Weg in die Galle Face Center Road schon längst bereut. Da saß einer, der seiner Regierung bedingungslos die Treue hielt. Oder ihr zu Dank verpflichtet war. Einer, der mir einen gewaltigen Strich durch die Rechnung machen konnte. Ich mußte höllisch aufpassen.
»Ich glaube«, sagte er, während er mit einem blütenweißen Tuch seine Brille putzte, »Sie verlangen da etwas zuviel von mir.« Er legte die Brille weg und begann meinen Presseausweis zum zweitenmal zu studieren.

»Dieser Krieg braucht keine Helden. Auf beiden Seiten nicht. Helden schaffen Sympathie. Und Sympathie kann rasch zu Glorifizierungen führen.«
Er wiederholte sich. »Glorifizierung« schien zu seinen Lieblingswörtern zu gehören. Und er gebrauchte es gleich noch einmal.
»Und von der Glorifizierung zum Mythos ist es dann auch nicht mehr weit. Der Heilige Krieg. Es wird zum Heiligen Krieg, und dabei ist das Ganze nicht viel mehr als ein Mißverständnis ...«
Ich ließ ihn reden und nickte dann und wann. Die Rolle des Lehrmeisters und Moralapostels gefiel ihm offensichtlich. Wenn seine Leitartikel genauso langweilig waren, dann taten mir die Leser leid.
Die Lektion des Herrn Wijewardene in Sachen Journalismus und Ethik endete damit, daß er aufstand und auf mich zukam. Im Glauben, mich mit seinem Wortschwall überzeugt zu haben, lächelte er siegessicher.
»Schreiben Sie Ihre Geschichte! Natürlich sollen Sie Ihre Geschichte schreiben! Aber bleiben Sie von denen weg, die den Blick aufs Ganze längst verloren haben. Meiden Sie die Engstirnigen, die Verbohrten, die Fanatiker. Ihre Leser in Europa wollen doch die Wahrheit lesen. Hat ein Fanatiker jemals die Wahrheit gesagt? Kann er überhaupt noch verstehen, was der andere, der vermeintliche Gegner, empfindet?«
Während der ganzen Zeit hatte er mir die Hand gedrückt. Seine lag unangenehm weich und warm in meiner. Ich lächelte und zog meine langsam zurück.
»Sie haben recht«, sagte ich. »Außer ein paar Wahnsinnigen, Moskitos, Malaria und was weiß ich noch für andere Unannehmlichkeiten dürfte dort oben im Norden nicht viel auf mich warten. Ich werde meine Auftraggeber in Europa

anrufen und ihnen sagen, daß ich eine andere Story liefern werde.«
Er lächelte stolz, griff zum Tisch und setzte seine Brille wieder auf.

Wir verbrachten einen gemütlichen Abend an Bord. Terrence Goh und Bobby Tan saßen an einem der Tische in der Offiziersmesse und spielten Karten. Offensichtlich um ziemlich hohe Summen, denn das Spiel wurde immer wieder durch hitzige Debatten unterbrochen, dann aber fortgesetzt, als ob nichts gewesen wäre. In den braunen Gesichtern lag Spannung und Konzentration, und der Fernseher, der in ihrer Nähe lief, schien sie überhaupt nicht zu interessieren.
Urs und Tore sahen sich einen Videofilm an. Beinharte Action. Ich erkannte Sylvester Stallone und tippte auf Rambo II, III oder IV. Rambo I hatte ich selbst irgendwann einmal gesehen. Die beiden »Zweiten« saßen halb liegend in einem Fauteuil und starrten gebannt auf die Mattscheibe.
Palle war gerade von seinem abendlichen Schiffsrundgang zurückgekommen und kam mit einer Flasche Jack Daniels an den Tisch, an dem ich saß. Er setzte sich und füllte die beiden Gläser, die vor uns standen, halb voll.
»Kein Eis«, sagte er und zuckte bedauernd die Schultern. »Jemand hat vergessen, das Wasser nachzufüllen.«
»Besser kein Eis als nichts zu trinken«, grinste ich.
Dann erzählte ich ihm die Ereignisse des Tages. Die Sache mit Wijewardene schmückte ich etwas aus, schürte zunächst die Spannung, indem ich die Drohung, er würde mich bei der zuständigen Regierungsstelle melden, in den Mittelpunkt rückte, ließ den regierungstreuen Chef der

Lanka Times dann allerdings ziemlich rasch zu einem schrulligen, alten Vielredner werden, der mir außer eintönigen Predigten nichts mit auf den Weg geben konnte.
Der Däne grinste gequält.
»Und was nun?«
Ich starrte ins Glas und dann auf den Fernseher, in dem ein Mann im grünen Kampfanzug in meine Richtung ballerte.
»Morgen versuche ich es noch einmal mit Nihal. Meinem Schwager. Der steckt mitten in der Studentenszene. Linke, Rechte, Wahnsinnige – und sicher auch ein paar Tamilen. Zumindest gab es früher einige in seinem engeren Bekanntenkreis. Das weiß ich. Vielleicht gibt's noch Verbindungen. Einen Versuch ist es auf alle Fälle wert.«
Der Dicke sagte nichts. Statt dessen füllte er die Gläser erneut. Diesmal bis zum Rand.
»Nächste Woche müssen wir los«, sagte er, nachdem er einen guten Achtelliter Bourbon in einem Zug versenkt hatte. »Ich habe heute mit der Reederei gesprochen. Die schicken am Montag einen Ersatzmann. Ich nehme mir einen Monat Urlaub. Bis dahin werden wir den verdammten Tamilenrebellen wohl geschafft haben.«
Er lachte, aber die Augen blieben eiskalt.

Um lästige Fragen nach meinen Plänen und Absichten zu vermeiden, ließ ich Palle bei Amma und Thatha anrufen. Erst als Nihal selbst am Telefon war, griff ich zum Hörer.
Er sagte sofort zu, als ich ihn um ein Treffen bat.
Diesmal war's das Oberoi, Palles Lieblingshotel. Wir saßen im kühlen Foyer, das eher dem Inneren eines enormen Vierkanthofes glich. Drei riesige Batikfahnen hingen von oben herab. Gewaltige, schreiende Farbflecken in einer sonst

eintönigen Betonburg. Das einzige, das außer dem Personal verriet, daß wir uns auf Sri Lanka befanden. Der Rest war international und hätte sich überall zwischen dem Nordkap und Feuerland befinden können.
Nihal preßte die Lippen erstaunt zusammen, als ich ihm den Dänen als eingeweihten Partner vorstellte. Die beiden schüttelten einander kräftig die Hände und vergeudeten keine Zeit mit Small talk.
»Bist du weitergekommen?« fragte mich Nihal, nachdem er sich in einen der gepolsterten Stühle hatte fallen lassen.
Ich deutete auf Palle, der mit ausdruckslosem Gesicht dasaß.
»Ich habe jetzt immerhin einen Partner«, sagte ich.
»Und was ist mit einem Plan?«
»Auch da sind wir weitergekommen. Wir werden uns bei Thalayasingham als Journalisten einschleichen. Ich als Schreiber, er als Fotograf.«
»Nicht sehr originell«, sagte Nihal, »aber wahrscheinlich die einzige Möglichkeit. Bleibt noch die wichtigste Frage: Wie wollt ihr den Kontakt zu ihm herstellen?«
Der Däne räusperte sich und verlagerte sein Gewicht von der linken Gesäßbacke auf die rechte, indem er das linke Bein vom rechten Knie hob und sich mit dem rechten Ellenbogen am Tischrand aufstützte.
»Deshalb«, sagte der Dicke langsam, »sitzen wir hier!«
Der Singhalese runzelte die Stirn und tippte sich mit dem Zeigefinger gegen die Brust.
»Ich?« fragte er gedehnt. »Ihr erwartet doch wohl nicht im Ernst, daß ich für euch den Kontakt zu den Tamilen im Norden herstelle?«
Ich erzählte ihm kurz von meinen gescheiterten Versuchen bei Alwis und Wijewardene und entlockte ihm ein leichtes Schmunzeln.

»Ich kann mir vorstellen, daß Wijewardene leicht geschockt war, als du ihn mit deinem Ansinnen überfallen hast. Jeder auf der Insel weiß, daß der Alte bedingungslos regierungstreu ist, daß er immer auf der Seite derer war, die gerade im Land das Sagen hatten. Und dann kommst du und bittest ihn, dich bei den Tamilen einzuführen?«

»So schlimm war's nicht«, schwächte ich ab, »und ich glaube auch, daß er mich höchstens für einen Unwissenden hält, einen armen Irren, dem er die Flausen gründlich ausgetrieben hat.«

»Du hoffst es«, sagte Nihal.

Ich zuckte die Schultern.

Sein Zynismus störte mich plötzlich. Immerhin war er Ranis Bruder und hatte die verdammte Pflicht, mich zu unterstützen, wenn es … Ich war gerade im Begriff gewesen, den Satz laut aus- und zu Ende zu sprechen, hielt mich aber zurück. Ich dachte ihn nur zu Ende: Wenn es … worum eigentlich ging? Rache? Ranis Tod durch den eines anderen für mich leichter zu machen?

Nein, Nihal hatte damit nichts zu tun. Es war meine ureigene Therapie, das einzige, wozu ich im Augenblick fähig zu sein schien. Die große Aufgabe, die mich Vergangenheit und Gegenwart vergessen ließ, die meine Gedanken so in Anspruch nahm, daß ich keine anderen, schmerzvollen, denken konnte.

Wir schwiegen.

Da waren nur die Geräusche des Hotels. Stimmen, sanftes Gläserklirren, Schritte, Maschinen, ein weinendes Kind, amerikanische Supermarktmusik.

Nihal war der erste, der das Schweigen durchbrach.

»Wenn wir Glück haben«, sagte er langsam, »ich meine wirklich großes Glück, dann könnte es funktionieren.«

»Was?« fragten Palle und ich beinahe zugleich.

»Du kennst doch Lucas. Meinen Freund von der Universität. Den Burgher.«
»Lucas de Wildt?«
»Ja«, sagte er. »Wohlhabende Leute. Der Vater ist im Export-Import-Geschäft und hat eine Plantage. Kokosnüsse, oben, in der Nähe von Chilaw. Ich war einmal dort. Ist noch gar nicht so lange her.«
Ich kannte die Gegend. Trocken, nicht sehr interessant. Wenn man vom Meer aus landeinwärts fuhr, stieß man allerdings auf eine ganze Reihe großer, bestens gepflegter Plantagen, die den Reichen in der Hauptstadt gehörten. Viele von ihnen benutzten sie als Wochenenddomizile, die sich durch den Ernteertrag selbst finanzierten.
»Die de Wildts überlassen die Verwaltung der Plantage einem Mann namens Wijearajah.«
»Ein Tamile«, stellte ich fest.
»Ein Tamile«, wiederholte Nihal. »Er hat mich durch die Plantage geführt. An die fünfzig, kompetent, ehrlich, fleißig und gar nicht unsympathisch. Und er hat mir auch von seiner Familie erzählt. Alle aus Mannar. Sein Vater war Apotheker, ein angesehener Mann, eine Schwester ist Ärztin, oben in Jaffna. Er betonte immer wieder, wie sehr er gegen Gewalt sei, wie sehr er es bedauere, daß Thalayasingham und seine Killer eine kaum zu überbrückende Kluft zwischen uns und sie gesprengt hatten.«
Palle war nervös geworden. Er verlagerte sein Gewicht wieder auf die andere Seite.
»Und was ist jetzt das Geheimnis des alten Wije-Irgendwas?«
Nihal blitzte ihn kurz an.
»Ich bin gleich soweit. Wijearajahs Schwester hat einen Sohn. Früher Medizinstudent in Colombo, jetzt einer von Thalayasinghams Frontmännern!«

Plötzlich verstand ich.
»Halleluja«, sagte Palle.
Nihal blieb ernst.
»Es könnte klappen«, sagte er. »Lucas fährt dieses Wochenende wieder hoch. Wir haben erst gestern darüber geredet. Da er allein ist, würde er sich wahrscheinlich sogar freuen, wenn ich ihn bitten würde, uns mitzunehmen.«
»Du willst auch mit?«
»Es wird wohl die einzige Möglichkeit sein. Außer ihr wollt Lucas in euer Vorhaben einweihen. Der Alte würde mit euch kein Wort über Politik reden. Ihr seid Fremde, Ausländer. Euch gegenüber würde er nicht einmal zugeben, daß in diesem Land Krieg herrscht. Zwischen seinen Leuten und meinen Leuten.«
»Nichts dagegen«, brummte Palle und klopfte mir auf die Schulter. »Gar kein so übler Kerl, dein Schwager!«
Nihal verschwand und kam zehn Minuten später wieder zurück.
»Ich habe ihn angerufen. Es ist so, wie ich gesagt habe: Lucas würde sich freuen, wenn wir mitkämen!«
Wir vereinbarten Ort und Zeit des Zusammentreffens: Freitag, zehn Uhr vor dem Taprobane.
Als Nihal gegangen war, setzten wir uns an die Bar und stießen auf das Wochenende an. Endlich würden wir einen Schritt weiterkommen. Hofften wir.

Lucas entpuppte sich als exzellenter Autofahrer. Und das Fahrzeug, ein Suzuki-Geländewagen, als ideales Verkehrsmittel für ceylonesische Straßen.
Palle, der Umfangreichste, saß vorne neben dem Fahrer, Nihal und ich teilten uns die rückwärtige Sitzbank. Die Un-

terhaltung stockte bald. Es war zu mühsam geworden, sich durch den Lärm, den das Auto verursachte, verständlich zu machen.

Kurz vor Katunayaka hielt Lucas an und meinte, wir sollten aussteigen. Wir gingen über die Straße zu einer kleinen Bretterbude, und nach kurzem Feilschen bot uns der Burgher je eine wuchtige, orangefarbene Königskokosnuß an. Wir standen und warteten, bis sie der Verkäufer kunstvoll mit einem krummen, aber immens scharfen Messer geköpft hatte, dann ließ ich den fruchtigen, kühlen Saft durch die Kehle laufen. Langsam, Schluck für Schluck.

»Ich bleibe immer hier stehen, wenn ich vorbeikomme«, schmunzelte Lucas. »Er hat die besten Thambilis – so nennen wir die Königskokosnüsse. Und das bilde ich mir nicht nur ein!«

»Eine Thambili ist wie die andere«, knurrte Nihal. »Jedesmal, wenn wir hier vorbeikommen, haben wir dieselbe Diskussion. Er sagt, diese Kokosnüsse seien die besten, ich sage, alle schmecken gleich. Es sei denn, du erwischst eine faule!«

Lucas setzte seine Kokosnuß vom Mund ab, wischte sich mit dem Handrücken über die Lippen und machte mit der anderen Hand eine ausholende Bewegung in die Richtung, in der Palle und ich standen.

»Jetzt haben wir zwei völlig unbeeinflußte Schiedsrichter. Ich mache euch einen Vorschlag: Wir kaufen noch zwei Thambilis, nehmen sie mit, kaufen irgendwo am Weg, den Ort kannst du bestimmen, Nihal, ein paar andere Kokosnüsse und vergleichen dann! Okay?«

Wir lachten.

Als wir weiterfuhren, schaukelten zwei dicke, orangefarbene Königskokosnüsse zwischen Nihal und mir auf der Sitzbank. Der kurze Ausflug in die flimmernde Hitze, die sich wie ein heißes, dampfendes Tuch auf mein Gesicht gelegt hatte, hatte mich müde gemacht. Ich schlief ein und träumte, ich wäre auf einem großen Schiff, stünde über die Reling gebeugt und starrte ins Wasser. Unten schwamm ein gelbes Schlauchboot. Die Wellen hoben es, bis es beinahe auf meiner Höhe war, und ich sah, daß Mark darin saß. Er blickte mich flehend an und streckte die Arme in meine Richtung aus. Ich beugte mich vor, um ihn an Bord zu ziehen, da zog ihn die Welle wieder nach unten. Das Spiel wiederholte sich, und ich schrie seinen Namen, beugte mich immer weiter vor, berührte sogar einmal das Boot, doch meine Hand glitt am glatten Plastik ab und blieb leer zurück. Plötzlich wurde das Boot kleiner, die Wellen trugen es fort. Marks Gestalt war nur noch ein Punkt mit zwei kleinen Strichen. Ich stieg auf die Reling und sprang ins Meer.

Mein Gesicht war naß, meine Hände waren naß. Als ich aufwachte, erkannte ich, daß es Schweiß war. Trotz der Klimaanlage klebte mir das Hemd am Körper, und das Haar war so naß, als wäre ich im Wasser gewesen.

Ich erzählte niemandem von meinem Traum. Es dauerte aber sehr lange, bis sich die Schraubzwinge, die sich um meine Brust gelegt hatte, wieder lockerte.

Negombo lag längst hinter uns. Das Land war trockener geworden. Mehr Sand, weniger Grün. Büsche und bräunliche Gräser auf ockerfarbenem Untergrund. Die Hütten wichen dem Straßenrand aus und duckten sich nur noch dort, wo man Palmen sah, in den Schatten. Armeelastwagen rollten uns entgegen, am Straßenrand stand ein CTB-Bus. Voll besetzt, aber da waren immer noch fünf oder sechs Leute mit schweren Packen, die sich hineinzwängen wollten.

»Magst du Toddy«, fragte mich Nihal plötzlich.

Ich zuckte zusammen und starrte ihn an.
»Toddy«, wiederholte er. »Du willst mir doch nicht sagen, daß du noch nie Toddy getrunken hast?«
Natürlich hatte ich Toddy getrunken. Den frischen, noch gärenden Palmwein. Nicht süß, aber auch nicht sauer. Erfrischend und berauschend. Ja, ich hätte gern Toddy getrunken. Und ich sagte es ihm auch.
»Ich weiß jetzt, wo wir die Thambilis kaufen. In Marawila. Ich kenne dort einen, der den besten Toddy der ganzen Gegend verkauft. Wer guten Toddy hat, der hat sicher auch gute Kokosnüsse!«
Lucas drehte sich grinsend um.
»Wie du meinst! Aber ich wette trotzdem, daß sie nicht so gut sind wie meine. Der Verlierer zahlt den Toddy, okay?«
Nihal blickte auf die Uhr.
»Noch nicht Mittag«, sagte er. Und zu Palle, der sich umgedreht hatte und ihm zuhörte: »Toddy darfst du nur am Vormittag trinken. Wenn er zu stark vergoren ist, tut er deinem Magen und deiner Verdauung Fürchterliches an!«
Der Däne klopfte sich auf den Bauch.
»Der da verträgt schon einiges. Keine Sorge!«
Ein Dorf. Die Häuser drängten sich wieder an den Straßenrand. Bunte Läden, Radfahrer, Fußgänger, Kinder, die am Straßenrand spielten, ein alter Mann, der auf seinen Stock gelehnt wie eine Statue dastand und dem Leben rings um sich herum ein steinernes Gesicht zeigte.
Wir fuhren weiter, bis sich die Häuserreihe wieder lichtete. Ein großer staubiger Platz tat sich rechts auf und breitete sich bis zu einem großen, weißen Gebäude aus. Wir waren langsamer geworden und bogen auf Nihals Zeichen rechts in einen holprigen Lehmweg ein. Das Palmendach über uns wurde dichter, wir fuhren im Schrittempo und hielten schließlich an.

Erst als ich ausstieg, sah ich die kleine Hütte, die ganz im Schatten lag und so niedrig war, daß ein Mann in ihr gerade noch stehen konnte.
Nihal rief etwas, was ich nicht verstand, und wartete ein paar Sekunden lang, bis ein Mann in einem rostroten Sarong aus der Hütte trat. Die beiden begrüßten einander wie alte Bekannte, und nach kurzem Palaver lud uns der Mann in die Hütte ein. Die Türe war so niedrig, daß ich mich bücken mußte, um durchzukommen. Drinnen war es schummrig, durch ein Loch in der aus Palmwedeln geflochtenen Rückwand drang mattes Licht. Es schien, wie alles um die Hütte herum, grün zu sein. Draußen kreischten ein paar Affen, Vogelstimmen mischten sich dazu.
Auf einer primitiven Liege saßen zwei Männer. Sie starrten uns glasig an und murmelten irgend etwas.
»Habe ich nicht gesagt, daß der Toddy gut ist?« sagte Nihal und deutete grinsend auf die beiden.
Der Mann im rostroten Sarong gab jedem von uns einen Plastikbecher.
Ich roch kurz daran, stellte aber nichts Abstoßendes fest. Der Toddy war in einem großen weißen Plastikkanister, der in einer Ecke stand. Der Mann hob ihn auf, hielt ihn ans Ohr und schüttelte ihn. Dann füllte er unsere Becher randvoll.
Es schmeckte gut. Erfrischend. Vielleicht schon etwas zu stark vergoren, denn das Säuerlich-Prickelnde dominierte den Geschmack. Palle hatte seinen Becher lange vor uns geleert und hielt ihn dem Rostroten zum Nachfüllen hin.
»Nicht schlecht«, grunzte er, »aber nach diesen paar Tropfen kann man wirklich noch kein Urteil abgeben!«
Wir blieben etwa eine halbe Stunde und einige Becherfüllungen lang, dann gingen wir ins Freie, und Nihal kaufte zwei gewaltige Kokosnüsse. Lucas holte die beiden anderen, die wir aus Katunayaka mitgebracht hatten, aus dem

Auto, und der Hüttenbesitzer öffnete alle vier mit einer Art Machete.
Der Test verlief unbefriedigend. Für Lucas zumindest. Denn weder Palle noch ich konnten nach mehrmaligem Kosten einen Qualitätsunterschied feststellen.
Wir tranken gerade den letzten Becher Toddy, als eine der beiden Palmweinleichen in der Hütte erwachte und ins Freie torkelte. Es war ein junger kräftiger Bursche mit schulterlangem dichtem Haar und einer kurzen weißen Hose, der geradewegs auf mich zusteuerte. Dabei schob er wütend die Augenbrauen zusammen, ballte die Fäuste und brüllte mir heiser etwas entgegen. Bevor er mich erreichte, bewegte Palle seine Masse mit erstaunlicher Geschwindigkeit auf ihn zu, eine riesige Faust packte den Burschen am rechten Oberarm und wirbelte ihn herum. Zur selben Zeit versetzte ihm der Däne mit der Rechten einen gewaltigen Stoß in den Rücken und beförderte ihn so ins dichte Gras neben der Hütte.
Der Mann im rostroten Sarong erstarrte, und ich sah, wie sein Blick zur Machete wanderte, die an der Hüttenwand lehnte.
Lucas erkannte die Gefahr ebenfalls, drückte dem Mann rasch ein paar Geldscheine in die Hand und riß die Autotüre auf.
Als wir wegfuhren, stand Palles Opfer im hüfthohen Gras und schüttelte die Fäuste in unsere Richtung.
»Guter Toddy, ha?« fragte Lucas in Nihals Richtung.
Nihal drehte sich um und blickte zurück.
»Versteh ich nicht«, brummte Palle, »wo wir doch so nette Leute sind!«

Das Haupthaus der De-Wildt-Plantage machte einen ungemein gepflegten Eindruck. Der Zufahrtsweg aus rotem Sand war mit einem weißgestrichenen Betonrand eingesäumt. Vor dem Gebäude befand sich ein runder Rasenflecken, auf dem in exakt ausgemessenen Abständen Blumen wuchsen, die sorgfältig nach Art und Farbe zusammengestellt waren.
Das Gebäude selbst war blütenweiß. Ein breiter Treppenaufgang, dicke, hohe Säulen, die so dicht aneinanderstanden, daß sie aus einiger Entfernung wie das Gebiß eines grinsenden Monsters aussahen. Sie strahlten trotzdem sanfte Ruhe aus. Das Dach war aus gewellten Ziegeln und schnitt ein rostrotes Trapez aus dem beherrschenden Grün des Hintergrundes.
Das große, mit geschnitzten Ornamenten verzierte Eingangstor war verschlossen. Lucas zog einen Schlüsselbund aus der Tasche, wählte einen Schlüssel aus und schloß auf.
Im Inneren war es düster, es roch feucht und muffig. Unser Gastgeber beeilte sich, die Fensterläden zu öffnen. Nach und nach übergoß das Außenlicht einen großen hohen Saal. Die Möbel waren mit weißen Leinenhüllen bedeckt, und vor dem rückwärtigen Fenster stand ein Billardtisch. Die Hüllen verbargen schwere, kunstvoll aus Ebenholz geschnitzte, mit weichem grünem Samt überzogene Sitzmöbel.
Das Haus beeindruckte mich, und ich machte Lucas ein Kompliment.
Er lächelte verlegen.
»Es hat einmal einem Engländer gehört. Meine Familie hat es gekauft, als er in einer finanziellen Notlage war. War nicht sehr teuer damals.«
Er ging zu einem Schrank, der dem Stil der restlichen Möbel angepaßt war, und kam mit einer Flasche Arrak zurück.

Als er sie öffnete, kam eine ältere, weißhaarige Frau ins Haus und stellte eine Flasche Eiswasser und einen Kübel Eis auf den Tisch. Das geschah so diskret und gespenstisch leise, daß Palle und ich verblüfft aufschauten.
Lucas lächelte wieder.
»Das ist Jane«, sagte er, »der gute Geist des Hauses. Sie kennt mich schon seit der Zeit, als ich noch ein Baby war. Wir waren früher oft hier. Viel öfter als jetzt.«
»Ist sie stumm?« fragte Palle, und ich entdeckte Mitgefühl in seiner Stimme.
Jetzt lachte Lucas laut.
»Keine Spur! Sie wollte angesichts der Gäste nur möglichst kompetent wirken. Wenn wir allein sind, hört sie kaum auf zu reden. Da erfahre ich dann minutiös genau, was sich seit meinem letzten Besuch auf der Plantage ereignet hat, wer in der Nachbarschaft gestorben ist, wie viele Kinder auf die Welt gekommen sind, wer geheiratet hat.«
Suriyakumar Wijearajah kam erst gegen Abend. Ein hagerer Mann mit einem intelligenten Gesicht und wachen Augen. Er trug einen weißen Leinenanzug altmodischen Schnitts und hielt einen khakifarbenen Tropenhelm in der Hand, wie ihn früher die britischen Kolonialbeamten getragen haben mußten. Er sei den ganzen Tag auf der Plantage unterwegs gewesen, sagte er entschuldigend. Drei Männer aus dem Dorf seien ausgefallen, und er habe einen Mann auf dem Fahrrad bis Udiyane schicken müssen, um Ersatz zu holen.
Lucas nickte.
»Du wirst es schon richtig machen, Suriyakumar!«
Dann lud er ihn ein, Platz zu nehmen, und bot ihm ein Glas Arrak an.
Wir tranken und redeten über die Plantage, über die Ernteaussichten, über die Faulheit der Dorfburschen und über

das Wetter, das in diesem Jahr besonders gut zu den Pflanzern gewesen war.
Palle war wie immer ein exzellenter Zuhörer. Er ließ nie den Eindruck aufkommen, daß er einem Gespräch nicht folgte, hing dem jeweils Redenden an den Lippen und warf nur dann und wann ein passendes Wort ein. Seine großen Hände griffen dabei oft zum Glas, und der starke Kokosnuß-Schnaps schien in seinem gewaltigen Körper zu versickern, ohne auch nur den geringsten Effekt zu haben.
Dann führte der Däne großartig Regie. Er lud Lucas zu einem Billardspiel ein und ließ Nihal und mich mit dem Tamilen allein zurück. Wir verstanden sofort, und Ranis Bruder lenkte nach einer Weile das Gespräch geschickt in die Richtung, in der wir es haben wollten.
»Wie geht es Ihrer Schwester oben in Jaffna?«
Die Augen des Plantagenverwalters wurden traurig, er schüttelte nachdenklich den Kopf.
»Dort oben geht's keinem gut. Es ist ein verfluchtes Land. Und seit die Inder dort sind, ist es noch schlimmer.«
Ich lehnte mich weit zurück, drehte meinen Kopf zur Seite und versuchte, den Eindruck zu erwecken, meine ganze Aufmerksamkeit gehöre dem Billardspiel.
»Ich war auch dagegen, daß die Inder ins Land kommen«, sagte Nihal. »Es ist eine verdammte Schande, Soldaten aus einem anderen Land hier haben zu müssen. Es hat auch nichts geändert. Es hat nicht einmal weniger Tote gegeben. Nur daß Thalayasinghams Leute jetzt mehr Inder umbringen, die Singhalesen deshalb aber trotzdem nicht in Ruhe lassen.«
Wijearajah beugte sich vor, bis sein Gesicht einen halben Meter vor dem von Nihal war.
»Sie kämpfen nur noch, um zu kämpfen«, sagte er leise. »Seit die Inder da sind, ist ihre Sache verloren. Solange sich

Rajiv Gandhi nicht für einen eigenen Tamilenstaat einsetzt, wird es auch keinen solchen geben. Aber sie kämpfen weiter. Und das schmerzt mich. Sie kämpfen und töten. Und sie werden getötet. Von ihren eigenen Leuten. Von den Burschen aus Tamil Nadu. Gleich drüben, am anderen Ende der Adam's Bridge. Die tragen Gandhis Uniform und wissen überhaupt nicht, warum sie hier sind. Aber sie schießen. Weil sie den Befehl dazu erhalten.«

»Und wohl auch, um selbst nicht erschossen zu werden«, sagte Nihal.

»Es ist ein verfluchtes Land«, sagte der Plantagenverwalter.

Die beiden schwiegen eine Weile.

»Sie haben ja einen Neffen, der Thalayasingham bewundert«, begann Nihal wieder.

»Rajan«, sagte der Hagere und nickte bedächtig. »Ein guter Junge. Wäre sicher jetzt schon Arzt, wenn alles normal verlaufen wäre in seinem Leben.«

Dann schwieg er wieder.

In mir schrillte eine Alarmklingel. Wenn er jetzt aufstehen und gehen würde, dann wäre Nihals Mühe umsonst gewesen.

Der Verwalter blickte in meine Richtung und lächelte müde. Ich lächelte zurück, nahm einen tiefen Schluck aus dem Glas und stand auf.

»Ich glaube«, sagte ich, »daß Lucas meinem dicken Freund dort drüben gerade eine Billardlektion erteilt!«

Ich ging ans andere Ende des Raumes, lehnte mich gegen den Fenstersims und konzentrierte mich auf das Spiel der beiden. Der Däne lag hoffnungslos im Nachteil. Er spielte nicht schlecht, aber der Burgher beherrschte das Queue meisterhaft.

Während der nächsten halben Stunde schielte ich immer wieder zu Nihal und Wijearajah hinüber. Die beiden waren in ein leises, intensives Gespräch vertieft. Einmal wurde der Jüngere lauter, und ich hörte so etwas wie Begeisterung in seiner Stimme. Dann zog er einen Zettel und einen Bic-Kugelschreiber aus der Tasche, und der Tamile kritzelte ein paar Zeilen darauf.

Es war eine Stunde vor Mitternacht, als wir uns alle an den Tisch setzten, auf den Jane drei Stunden zuvor das Abendessen gestellt hatte. Der Reis war ebenso kalt wie die verschiedenen Currys, wir aßen aber trotzdem mit Heißhunger. Um Mitternacht verabschiedeten wir uns vom Verwalter und gingen zu Bett. Ich hatte erst am nächsten Morgen Gelegenheit, mit Nihal zu sprechen.

Nach dem Frühstück zog er mich zur Seite. Wir schlenderten den roten Weg entlang.

»Sein Neffe«, sagte er, als wir außer Hörweite waren, »ist nicht mehr bei Thalayasingham. Sie haben ihn zu Verwandten nach Madras geschickt. Er soll dort fertigstudieren und die Revolution vorläufig vergessen. Ich glaub's nicht ganz. Ich glaube, er hält auch dort drüben noch Kontakt mit dem Tiger. Vielleicht organisiert er den Nachschub, besorgt Waffen und Munition. Vielleicht tut er auch etwas ganz anderes. Wer weiß?«

Er zuckte die Schultern.

»Jedenfalls ist er der einzige Kontakt zu Thalayasingham, den wir haben. Was Besseres gibt es nicht! Und ich habe auch seine Adresse in Madras!«

Ich boxte ihn in die Seite.

»Du bist ein Zauberer, Nihal! Wie hast du – ein Singhalese – es geschafft, einem Tamilen die Adresse eines Tiger-Mannes herauszulocken?«

»Ich habe in Madras eine Tante. Schwester meiner Mutter, weißt du's nicht«, er lachte und blinzelte mir zu. »Die ist dort mit einem Kaufmann verheiratet. Einem Tamilen. Je-

ganathan heißt er. Wohnt in einem guten Viertel. Gleich beim Nehru Square. Und wie's der Zufall will, fliege ich in zwei Wochen hinüber. Die wollen schon lange, daß ich sie einmal besuche. Da kann ich doch auch gleich Wijearajahs Neffen treffen. Den braven Studenten!«
»Woher hast du nur so viel Phantasie?«
»Muß wohl so sein. In einer Familie, in der es von Journalisten nur so wimmelt.«
Wir lachten nicht mehr. Er hatte wohl für einen Augenblick vergessen, daß Rani tot war.

Die Air-India-Maschine nach Madras war halb leer. Ein paar Geschäftsleute, ein paar Frauen, ein paar Soldaten. Offiziere. Die Flugzeit reichte gerade für einen Snack und ein paar Drinks.
Palle war in einer aufgekratzt-heiteren Stimmung, hielt die Stewardessen mit seinen Drink-Bestellungen auf Trab und erzählte mir Anekdoten aus seinem Seemannsleben.
Ich hatte ein mulmiges Gefühl im Magen, und die Heiterkeit meines Sitznachbarn wirkte auf mich eher abstoßend als ansteckend.
Jetzt tat es mir leid, daß ich diese Reise nicht allein unternommen hatte.
Ich wollte einfach dasitzen und mit mir und meinen Gefühlen allein sein. Seit wir am Bandaranaike International Airport in die Maschine gestiegen waren, war alles, was vorher noch Plan, Wahn oder sonst etwas gewesen war, zu etwas Endgültigem geworden. In Madras würde ich den jungen Rajan Ponniah finden. Daran zweifelte ich keinen Augenblick. Und der würde mir den Weg zurück nach Sri Lanka ebnen. Auch daran zweifelte ich nicht. In einigen Ta-

gen würde ich in einem wackeligen Fischerkahn über die Palkstraße schaukeln und irgendwo im Norden der Insel landen. Und was dann?
Ich würde den Tiger töten!
Ich erinnerte mich an eine Geschichte, die ich irgendwann, wahrscheinlich schon als Schulbub, gelesen hatte. Indien? Ja, sie spielte in Indien. Ein riesiger bengalischer Königstiger, ein Einzelgänger, war von einem Jäger verwundet worden und übte fürchterliche Rache am ganzen Dorf, indem er einen Bewohner nach dem anderen zerfleischte. Seine Opfer waren Frauen, die zum Fluß mußten, um Wasser zu holen. In großen irdenen Krügen, die sie schwer über einen Dschungelpfad schleppen mußten. Und Knaben, die im Wald spielten. Und Männer, die sich aufgemacht hatten, um ihn zur Strecke zu bringen.
Ich hätte die Geschichte gerne weitergesponnen. Parallelen zu Thalayasingham ersonnen. Aber neben mir war der Däne. Er redete und forderte Antworten. Der Tiger verschwand.
Dafür tauchte unter uns Indien auf.
Palle hob den Plastikbecher, in dem noch ein Rest von Whisky die Eiswürfel umspülte, und blickte mir tief und mit plötzlichem Ernst in die Augen.
»Auf gutes Gelingen, alter Freund!«
Ich nickte und spürte, wie die Spannung wieder stieg.
Der Whisky senkte sich in den Magen und begann dort zu glühen. Bald würden wir landen.
Der Immigration Officer machte mit seinem dichten weißen Schnauzbart und den Hunderten Runzeln im dunklen Gesicht einen gemütlichen Eindruck. Er begann auch mit einem Lächeln, wechselte aber bald zu einer nicht enden wollenden Serie bohrender Fragen über.
»Was haben Sie auf Sri Lanka gemacht?«

»Wir sind Touristen!«
»Da steht aber Seemann und beim anderen Schriftsteller.«
Aus Vorsicht hatte ich als Beruf im Reisepaß nicht »Journalist« stehen.
»Wir sind trotzdem Touristen!«
»Was habt ihr auf Sri Lanka gemacht?«
»Wir waren Touristen!«
»Sri Lanka ist kein gutes Land für Touristen. Zu gefährlich! Haben Sie das gewußt?«
»Natürlich haben wir das gewußt. Wir haben's aber überlebt!«
»Und jetzt wollen Sie nach Indien. Warum wollen Sie nach Indien?«
Palle knurrte neben mir. Es war sein gereiztes Knurren.
Ich ignorierte es.
»Man hat uns gesagt, Indien sei ein schönes und hochinteressantes Land. Wir wollen viel reisen, viel sehen ...«
Er fragte weiter.
Der Däne lehnte neben mir am Schalter und starrte in die Ferne. Hinter uns begann eine Frau zu schimpfen. Nicht sehr laut, aber sehr intensiv. Es war noch heißer als in Colombo. Der Schweiß rann unter dem Hemd über den Bauch und sammelte sich am Hosenbund.
Schließlich war's vorbei. Der Grauhaarige lächelte wieder, stempelte unsere Pässe und reichte sie mir.
»Willkommen in Indien, Sir!«
Ich lächelte zurück, hieb Palle meinen Ellenbogen in die Seite und beeilte mich wegzukommen.
Am Informationsschalter erkundigten wir uns nach einem guten Hotel, und man nannte uns das Ashoka an der Kreuzung Pantheon und Harris.
Als wir ins Freie traten, raubte mir zunächst die Hitze den Atem, dann überfielen mich mehrere Dutzend schreiender,

gestikulierender Menschen. Es dauerte einige Sekunden, bis ich erkannte, daß uns jeder seine Dienste anbot. Hände kreisten vor meinem Gesicht, weitaufgerissene Münder und Augen.
Und der Menschenwall um uns herum wurde immer dichter. Es roch nach Schweiß und Benzin, nach dem süßlichen Duft tropischer Blüten und nach Urin.
Ich versuchte gar nicht, zu reden oder zu verhandeln. Ich stand nur stumm da und ließ den Menschenozean über mir zusammenschwappen. Bis Palle seine große Ledertasche packte, direkt auf den ersten Kerl, der vor ihm stand, zusteuerte, ihn zur Seite schob, als wäre er aus Pappkarton, und die Menge durchbrach. Die Wogen teilten sich, die Schreie klangen jetzt verärgert, aber ich hatte einen Weg, den ich beschreiten konnte. Ich blieb dicht hinter dem breiten Rücken des Dänen, umklammerte meine Tasche und erreichte so mehr oder weniger unversehrt das nächste Taxi.
Jetzt, als die Menge merkte, daß wir nicht bereit waren, sie für Dienste irgendwelcher Art zu bezahlen, verlegte sie sich aufs Betteln. Die Gesichter wurden trauriger, die Hände flacher und länger, die Stimmen flehend.
Während wir das Gepäck im Auto verstauten und uns selbst auf den Rücksitz zwängten, stand der Fahrer vor dem Wagen und brüllte bellende, von allen ignorierte Befehle in die Masse. Es dauerte unendlich lang, bis wir endlich rollten. Durch das offene Fenster strich ein heißer Wind. Ich hatte Durst, und mich ekelte vor meinem Hemd, das klatschnaß zwischen dem Plastikbezug des Sitzes und meiner Haut klebte.
»Ashoka Hotel«, sagte ich. Und vergaß völlig, um den Fahrpreis zu feilschen. Es war mir auch egal. In diesem Augenblick hätte ich eine goldene Uhr oder sonst etwas Wertvol-

les für einen kühlen Drink und ein Zimmer mit Klimaanlage gegeben.
Das Auto war alt und klapprig, was aber keine Rolle spielte, weil es ohnehin nur im gehobenen Schrittempo vorwärts ging. Der Fahrer hupte sich durch einen scheinbar undurchdringlichen Wall aus vollbesetzten Autobussen, Moped-Rikschas, Radfahrern, anderen Taxis, Pferde-, Esel- und Ochsenkarren. Die Farbenpracht des indischen Straßenalltags wurde von den riesigen, kunstvoll gestalteten Film-Reklametafeln noch überstrahlt. Mann küßt Frau, sie blickt schmachtend in die Ferne. Darüber eine Reihe glitzernder, verschnörkelter Buchstaben.
Die Straße wurde breiter, die Häuser wurden höher, die Läden bunter, das Treiben noch hektischer.
»Das ist die Mount Road«, sagte der Fahrer. »Alter Name. Neuer Name: Anna Salai! Nach Mister Annadurai benannt. War großer Mann. Politiker und Filmemacher!«
»Wie lange dauert es noch bis zum Hotel?« fragte ich.
»Sind gleich da, Sir! Ein paar Minuten!«
Er hatte wirklich recht. Zehn Minuten später standen wir in der klimatisierten Rezeption des Ashoka. Der Taxifahrpreis war unverschämt hoch gewesen. Ich hatte ihn widerstandslos bezahlt.
Das Hotel war nicht erstklassig, aber gut. Ein junger Sikh zeigte uns die Zimmer, war sich aber zu gut, auch die beiden Reisetaschen zu tragen. Das besorgten zwei Buben, die nicht älter als zehn waren und auf einen kaum bemerkbaren Wink des beturbanten Meisters nach getaner Arbeit verschwanden, ohne auf ein Trinkgeld zu warten. Der Meister wartete dafür um so intensiver, bewahrte dabei aber immer noch den hochnäsigen Stolz, der Menschen seiner Art eigen ist.
Ich wusch das Gesicht, putzte die Zähne, zog ein frisches

Hemd an und klopfte dann an Palles Zimmertür. Er hatte offenbar dasselbe getan und trug jetzt ein T-Shirt von Michelin mit dem aufgedruckten Reifenmännchen. Es spannte sich im unteren Bereich besorgniserregend, hielt aber der Belastung stand.
Das Bier an der Hotelbar war eiskalt und überraschend gut.
»Frag doch den Kellner, wo unser Freund wohnt«, sagte der Däne nach einer Weile.
»Laß dir Zeit«, sagte ich. »Der rennt uns sicher nicht davon!«
»Was man weiß, das weiß man«, philosophierte er und mußte im selben Augenblick selbst über den sinnigen Unsinn seiner Worte lachen.
Ich spürte trotz der Heiterkeit, die er sich auszustrahlen bemühte, daß eine innere Spannung von ihm Besitz ergriffen hatte. Etwas Unsichtbares zog an der Sehne, der Pfeil lag in Schußposition. Der Jäger, der im Zielfernrohr seine Beute sucht. Der Panther, der sich bei Sonnenuntergang der Wasserstelle nähert.
Ich hatte schon längst erkannt, daß das behäbige Äußere und das schläfrig Gutmütige bei weitem nicht den wahren Charakter meines Reisegefährten ausdrückten. Wer und was er wirklich war, wußte ich noch immer nicht. Und jetzt war auch nicht der Zeitpunkt, das herauszufinden.
Ein ungemein fetter Inder schob sich schnaufend und schaukelnd in den Raum, rülpste laut und versuchte stöhnend und schwitzend, einen Barhocker zu erklimmen. Der kleine Mann mit dem spitzen Gesicht, der flink wie eine hungrige Ratte hinter der Theke hin und her gehuscht war und als Kellner beeindruckende Effizienz ausstrahlte, grüßte den neuen Gast ehrerbietig und beeilte sich, die Klettersuche des Hundertfünfzig-Kilo-Brockens zu unterstützen. Dieser rülpste erneut, diesmal zustimmend, und als er

endlich oben saß, ließ er einen lauten, dankbaren Furz erschallen.
In Palles Gesicht, das eben noch friedliche Ruhe ausgestrahlt hatte, begann es zu arbeiten. Die Kiefer begannen zu mahlen, die Augen verengten sich.
»Schwein«, zischte er. Und ich wußte, daß er – falls ich nicht sofort einschreiten würde – innerhalb der nächsten Sekunde auf den Koloß am Hocker losgehen würde.
»Ich frage den Kellner nach der Adresse«, sagte ich rasch und winkte den Spitzgesichtigen zu uns.
Der Däne entspannte sich langsam, schielte aber immer noch nach jedem zweiten Atemzug zu dem Fleischberg hinüber, der nun, gekonnt auf den dünnen Beinchen des Hockers balancierend, an einer Cola saugte.
Ich zeigte dem kleinen Mann den Zettel mit der Adresse, den Nihal mir gegeben hatte. Er studierte ihn einige Sekunden lang, runzelte die Stirn, dachte sichtbar angestrengt nach, schüttelte den Kopf, huschte wieselflink davon und hielt das Papier dem Koloß am Hocker unter die Nase. Die beiden unterhielten sich eine Weile in einer fremden Sprache, gestikulierten, deuteten mit ihren Händen abwechselnd in alle Himmelsrichtungen und nickten schließlich übereinstimmend. Während der Kellner zu uns zurückhuschte, drehte sich der Dicke um und schenkte uns ein kurzes, aber freundliches Lächeln.
»Connemara Road 138 c«, sagte der Kleine, »ist in der Nähe des Neuen Leuchtturms. Kennen Sie San Thomé?«
Ich verneinte.
»San Thomé«, sagte er, »erreichen Sie, wenn Sie die Harris Road bis zur Wallajah Road gehen, dann die Wallajah entlang bis zur South Beach Road.«
»Wie weit ist es mit dem Taxi?« unterbrach ihn Palle.
»Mit dem Taxi?« fragte Spitzgesicht.

»Ja, mit dem Taxi«, antwortete der Däne überraschend geduldig.
»Mit dem Taxi zwanzig Minuten, vielleicht auch weniger!«
»Wieviel darf es kosten?« fragte ich.
Er überlegte, rechnete im stillen und nickte dann.
»Nicht mehr als fünfzig Rupien!«
Ich zahlte, gab ihm ein anständiges Trinkgeld, er dankte, und wir gingen.
Der Livrierte am Hoteleingang trieb binnen weniger Sekunden ein Taxi für uns auf, wir nannten die Adresse und ließen uns wieder vom Irrsinn des indischen Normalverkehrs dahintreiben.
Nach einigen gewagten Manövern landeten wir erneut auf der breiten Straße, auf der wir hergekommen waren, fuhren an bunten Läden und einigen eindrucksvollen weißen Prachtbauten vorbei, wichen Kühen und wahnsinnigen Moped-Rikscha-Fahrern aus, hupten, stoppten, fuhren, schwitzten.
Nach einer halben Stunde hielt der Fahrer vor einem riesigen Wohnsilo und verlangte hundert Rupien. Ich gab ihm fünfzig, er schüttelte den Kopf. Wir gingen, er ging uns nach, drängte zuerst und schimpfte dann.
»Weißt du«, fragte Palle und blieb stehen, »wie wir von hier aus wieder zum Hotel zurückkommen?« Er blickte sich um. »Ich glaube kaum, daß es leicht ist, hier ein anderes Taxi aufzutreiben. Gib ihm zehn Rupien und sag ihm, er soll auf uns warten. Für die Rückfahrt gibt's dann nochmals fünfzig!«
Ich wunderte mich zwar, warum er ihm das alles nicht gleich selbst gesagt hatte, einigte mich aber bald mit dem Taxifahrer, und dieser versprach, im Auto auf uns zu warten. »Mindestens eine halbe Stunde lang!«
»Warum hast du es ihm nicht selbst gesagt?« fragte ich, als wir auf den rostrot angestrichenen Betonklotz zugingen.

Er zuckte die Schultern. »Du bist der Reiseleiter!«
Ein Bub mit weißem Lendenschurz und nacktem Oberkörper schleppte ein riesiges Ölfaß an uns vorbei. Den Kopf hatte er mit einem schmutzigen Lappen umwickelt. Wohl um den Druck des schweren Metallrings auf seinem Skalp etwas zu dämpfen. Er blickte uns neugierig aus großen Augen an, die dünnen Beine verlangsamten den Schritt dabei aber nicht. Er erinnerte mich an eine Ameise, die das Vielfache ihres Körpergewichts schleppt, dabei aber nie den Eindruck erweckt, sie würde schwere Arbeit leisten.
Vor einem Eingang hockten zwei alte Männer in langen weißen Mänteln. Dunkle Augen blickten uns fragend an, die Lippen zwischen den Büschen der ungepflegten weißen Bärte bewegten sich in ständigen Kaubewegungen.
»Wissen Sie, ob Rajan Ponniah hier lebt?« fragte ich einen.
Er lächelte amüsiert, drehte sich zum anderen um und sagte in einer hohen, piepsenden Stimme ein paar Worte, die ich nicht verstand. Jetzt lächelte auch der zweite, antwortete in einer ebenso hoch piepsenden Stimme. Sie redeten und beachteten uns nicht mehr.
»Ponniah?« fragte ich nach einer Weile nochmals.
Die beiden stoppten ihre Konversation und blickten mich erstaunt an.
»Ponniah?« sagte der zweite.
Ich nickte.
»Ponniah, Ponniah«, wiederholte er. Dann schüttelte er den Kopf und setzte das Gespräch wieder fort.
Wir gingen weiter. Zum nächsten Eingang des Wohnblocks. Obwohl die Gebäude nicht allzu alt sein konnten, waren sie verwahrlost und ungepflegt. Die häßliche Farbe bröckelte an vielen Stellen ab, die Balkone, die wie Hunderte kleine Schwalbennester aussahen, die auf einer steilen, rostroten Klippe klebten, waren überladen und mit trocknender Wä-

sche und Krimskrams aller Art vollgestopft. Es roch nach einer Mischung aus Öl, exotischen Gewürzen, Exkrementen, Fisch und manchmal, wenn es die leichte Brise geschafft hatte, sich bis zu unseren Nasen durchzukämpfen, auch nach Meer. Die See mußte gleich hinter den Häusern beginnen. Wir fanden die Ponniahs.

Ein Teenager in sauberer Hose und frisch gebügeltem Hemd hielt sein Fahrrad an. Ich hatte ihn gestoppt, als ich das Bündel Schulbücher gesehen hatte, das er am Gepäckträger verstaut hatte.

»Rajan Ponniah kenne ich nicht«, sagte er, »aber eine Familie mit diesem Namen wohnt dort drüben.« Er zeigte auf einen der nächsten Eingänge.

Der junge Mann nannte uns das Stockwerk, beschrieb die Türe, verabschiedete sich höflich und radelte davon.

Die Ponniahs lebten im dritten Stock. Gemeinsam mit einem Dutzend anderer Familien. Kindergeschrei hallte in den Gängen, das Stiegenhaus war mit Zeichnungen und Schriftzeichen vollgeschmiert, es war düster.

Palle klopfte wuchtig an die Türe, und eine kleine alte Frau öffnete. Sie erschrak, als sie den Dänen erblickte, und verschwand wieder. Die Türe hatte sie jedoch offengelassen, und Palle trat ein. Ich folgte ihm.

Wir standen in einem kleinen dunklen Vorraum. Ich war verlegen und fühlte mich nicht wohl. Unhöfliches Eindringen, wie es der Däne praktiziert hatte, lag mir nicht.

Ein junges hübsches Mädchen rettete die Situation für mich. Sie sprach lupenreines Englisch und fragte uns, wer wir seien. Ich stellte uns vor.

»Wir sind Bekannte von Rajans Onkel. Herrn Suriyakumar Wijearajah. Er hat uns gebeten, seinen Neffen aufzusuchen, als er erfahren hatte, daß wir nach Madras reisen würden.« Sie lächelte erfreut.

»Rajan!« rief sie über ihre Schulter. Und als sich hinter ihr nicht sofort etwas rührte, wiederholte sie den Namen.
Ich war gespannt, wie der junge Mann aussehen würde. Immerhin würde er der erste aus Thalayasinghams Mordbande sein, den ich zu Gesicht bekommen würde.
Er enttäuschte mich. Nicht, daß ich ein narbengesichtiges Monstrum erwartet hatte oder eine verschlagene Killerfratze. Rajan Ponniah war beinahe noch ein Kind. Auf den ersten Blick unterschied er sich kaum von dem höflichen jungen Mann auf dem Fahrrad, der uns vor einigen Minuten den Weg zu dieser Wohnung gezeigt hatte. Das dichte schwarze Haar war halblang und sorgsam gekämmt, die Augen blitzten neugierig, das Gesicht war für einen jungen Mann beinahe zu hübsch und hatte etwas Mädchenhaftes. Er trug nur einen Sarong, der Oberkörper war nackt.
»Die beiden Gentlemen kommen von deinem Onkel«, sagte das Mädchen.
»Er ist doch auch dein Onkel«, lächelte der Jüngling und wandte sich an uns.
»Sie kennen Onkel Suriya?«
Ich hielt ihm meine Hand entgegen.
»Wir haben ihn durch einen gemeinsamen Bekannten kennengelernt. Lucas de Wildt.«
Das hübsche Gesicht verfinsterte sich.
»Er arbeitet noch immer für diese Leute, das hatte ich beinahe vergessen.« Die Miene hellte sich aber sofort wieder auf. »Ich habe ihn schon seit einigen Jahren nicht mehr gesehen. Zuletzt in Jaffna bei meiner Mutter. Wie geht es Onkel Suriya?«
Ich erzählte ihm kurz von unserem Zusammentreffen, schmückte die Begegnung etwas aus und richtete dem Jungen die allerherzlichsten Grüße von drüben aus.
Wir saßen in einem viel zu kleinen, völlig überladenen

Wohnzimmer, das einigen Bewohnern offenbar auch als Schlafzimmer diente. Immer wieder tauchten Menschen auf. Junge Männer, ältere Männer, junge Frauen, ältere Frauen. Nur die Alte von der Türe war nicht mehr zu sehen. Palles Anblick hatte sie anscheinend tief geschockt. Das Mädchen – es hieß Shanthi – servierte uns Chai, süßen milchigen Tee.

Für das, was ich von ihm wollte, mußten wir allein sein. Und das konnten wir in dieser Wohnung nie. Ich ließ die Konversation noch eine Weile dahintröpfeln und lud ihn dann zum Abendessen in unser Hotel ein. Er könne gleich mit uns im Taxi mitkommen, sagte ich.

Rajan Ponniah schien hoch erfreut über die Einladung zu sein. Zugleich aber entdeckte ich in seinen Augen einen mißtrauischen Schimmer. Er war zu intelligent, um nicht zu wissen, daß mehr hinter unserem Besuch stecken mußte als nur das Ausrichten harmloser Grüße von einem Onkel, den er seit Jahren nicht mehr gesehen hatte.

Er zog alte, aber frisch gewaschene Jeans an und ein Hemd mit altmodisch großem Kragen. Dann schlüpfte er in Lederpantoffeln. »Gehen wir!« sagte er.

Der Taxifahrer stand neben seinem Auto und rauchte eine Zigarette. Als ich nahe genug bei ihm war, blickte er auf die Uhr und meinte vorwurfsvoll: »Ich habe fast eine Stunde lang gewartet. Das kostet nochmals zehn Rupien!«

»Wieviel haben Sie für die Fahrt hierher bezahlt?« fragte Rajan.

»Fünfzig Rupien und zehn Rupien fürs Warten.«

Der junge Mann verzog das Gesicht zu einer schmerzlichen Grimasse und schüttelte den Kopf. »Sie sind Räuber. Verdammte Räuber«, sagte er mehr zu sich selbst. Dann drehte er sich zum Fahrer um, der gerade im Begriff war einzusteigen, und begann, wütend auf ihn einzureden. Der zuck-

te die Schultern, hörte eine Weile zu, startete den Wagen und fuhr los. Palle rannte dem Auto ein paar Schritte weit nach und hieb mit der Faust wütend aufs Wagendach.
»Der Mann ist ein Verbrecher«, sagte Rajan, noch immer erbost. »Ich habe ihm gesagt, er müsse uns gratis zum Hotel zurückfahren, weil er ohnehin schon mehr als den doppelten Fahrpreis kassiert hätte.«
Palles Gesicht war nicht nur wegen der Hitze rot.
Der junge Tamile schien nicht zu bemerken, daß er neben einem Vulkan stand, der innerhalb der nächsten Sekunden ausbrechen würde.
»Macht nichts«, sagte er, »ich weiß, wo wir ein anderes Taxi bekommen. Zu einem fairen Preis!« Er ging ein paar Schritte voraus und winkte uns, nachzukommen. »Es ist nicht weit. Nur ein paar Straßen!«
Ich blickte den Dänen an und schüttelte warnend den Kopf. Dieser brummte ein dänisches Schimpfwort, biß die Zähne zusammen und trottete los. Der Schweiß begann sein T-Shirt dunkel zu färben.
Wir bogen in eine Allee ein. Nur der Mittelteil der breiten Straße war hier asphaltiert. Rechts und links davon waren mindestens ebensobreite Streifen roten festgefahrenen Lehms. Am Rand standen in unregelmäßigen Abständen große Bäume mit dichten, grünen Kronen. In den Schattenkreisen hockten Menschen. Zum Teil regungslos, fast schlafend. Andere tranken Tee und unterhielten sich. An den äußeren Rändern der Schattenzonen hatten sich Kühe niedergelassen. Jämmerlich aussehende Kreaturen, deren abgewetzte Felle sich über scharfkantige Knochen spannten. Auf ihren Augen und Nüstern hockten Schwärme fauler Fliegen. Die Sonne trocknete Kuhfladen und beschleunigte den Verfaulungsprozeß herumliegender Obstfragmente. Der Geruch war so intensiv, daß ich von Zeit zu Zeit den

Atem anhielt und schneller ging. Hinter mir begann Palle erneut zu fluchen.
Als wir endlich in einem Taxi saßen, waren wir klatschnaß. Rajan lächelte glücklich.
»Ich habe mit ihm gesprochen«, sagte er, »er verlangt zwanzig Rupien bis zum Hotel. Ist Ihnen das recht?«
Ich nickte, und wir fuhren ab.
Das Essen war mittelmäßig. Auf der Hotelspeisekarte standen fast nur europäische Gerichte, und diese waren von einem Koch mit indischem Gaumen zubereitet worden. Ich hatte jedenfalls nur mäßigen Appetit. Vielleicht lag's auch an der Hitze, die uns während des Fußmarsches ausgesaugt und plattgedrückt hatte. Außer uns saßen nur wenige Gäste im weiten weißen Speisesaal des Ashoka. Offenbar hatte sich die Qualität des Essens herumgesprochen.
Rajan aß langsam, immer bereit, zwischen den einzelnen Bissen Konversation zu machen. Palle hatte keine Zeit, weil der Akt des Essens wie immer seine ganze Aufmerksamkeit erforderte. Und ich hatte noch keine Lust zu reden. Während ich mich mühsam durch einige zähe Fleischstücke kaute, überlegte ich, wie ich unseren Gast am unauffälligsten für unsere Zwecke einspannen könnte.
Er ersparte mir die Mühe. Als sein Teller leer war, wischte er sich mit der Serviette den Mund ab, trank einen Schluck Wasser und lehnte sich zurück.
»Ich danke euch für die freundliche Einladung«, sagte er. »Aber jetzt möchte ich bitte erfahren, was der wirkliche Zweck unseres Zusammenseins ist. Warum seid ihr hier? Warum habt ihr mich aufgesucht?«
Palles Kaugeräusche verstummten. Er blickte den Tamilen erstaunt an. Ich lächelte.
»Wir sind Journalisten«, sagte ich. Und versuchte damit

ebenso schonungslose Offenheit zu demonstrieren wie er. »Und wir sind hier, weil wir einen Auftrag haben.«
Die darauffolgende Pause war von mir als dramaturgisch wichtiger Schachzug gedacht. Wir saßen da und starrten einander an. Der Däne wartete, der Junge wartete. Ich wartete. Wir alle wußten, daß von meinen nächsten Worten und Rajans Reaktion immens viel abhängen würde.
Daß er es war, der das Schweigen durchbrach, überraschte mich.
»Wenn euer Auftrag etwas mit meiner Vergangenheit zu tun hat, dann muß ich euch enttäuschen. Ich bin Student und werde mein Studium hier, in Madras, beenden. Mein Leben ist langweilig und ereignislos.« Er verzog die Lippen ganz leicht und malte damit den Hauch eines spöttischen Lächelns in sein Gesicht. »Wenn ihr mehr von der Stadt sehen wollt, dann stelle ich mich gern als Fremdenführer zur Verfügung. Kostenlos natürlich. Ihr seid ja Freunde meines Onkels. Wie wär's mit morgen? Später Nachmittag?«
»Danke«, sagte ich kurz.
Palle hob die Hand zum Zeichen, daß er etwas sagen wollte, kaute bedächtig zu Ende, schluckte und wischte sich mit dem Rücken seines rechten Zeigefingers langsam über den Mund.
»Der Fall liegt etwas anders, junger Freund«, sagte er. »Wir arbeiten für Zeitungen und Zeitschriften in halb Europa. Für ein Millionenpublikum. Und die meisten dieser Menschen kennen euren Bürgerkrieg höchstens aus Meldungen, die der offizielle Nachrichtendienst der Regierung von Colombo aus um die Welt kabelt. Von eurem Thalayasingham wissen sie nur, daß er Busse in die Luft sprengt, Zivilisten massakriert und den sonnenhungrigen Europäern das Paradies, in dem sie sich so gerne erholen würden, gründlich versaut hat.«

Rajans Augenbrauen hatten sich zusammengeschoben, das Kinn stach trotzig aus dem Gesicht. Er wollte etwas sagen, doch der Däne ließ ihn nicht zu Wort kommen. Er drehte meisterhaft an der Kurbel, die den Geduldsfaden des Jungen spannte.

»Ich will nicht sagen, daß ich den Tiger für einen Helden halte. Oder für den großen Befreier. Aber irgendwie imponiert mir der Bursche. Mir gefällt es, wie er unbeirrt seinen Weg geht und sich auch von zwanzigtausend oder mehr indischen Soldaten nicht davon abbringen läßt.«

Rajans Augen glitzerten. Er wollte reden.

»Thalayasingham wird zweifellos in die Geschichte eures Landes eingehen ...«

»Tamil Eelam!« unterbrach der Tamile den Dänen. Dieser nickte.

»Vielleicht wird es ein Tamil Eelam geben. Vielleicht auch nicht. Ob es jemals eines geben wird, das wird auch stark von den Sympathien abhängen, die die Welt eurer Sache gegenüber empfindet. Oder nicht. Und dazu müßte sie mehr darüber wissen. Wir könnten einen Beitrag dazu leisten!«

»Genial«, dachte ich.

»Okay«, sagte Rajan, »was wollt ihr von mir wissen? Wie wir kämpfen? Woher wir die Waffen kriegen? Wie wir uns die Zukunft vorstellen?«

Palle schüttelte den Kopf.

»Mehr als das. Viel mehr. Wir wollen Thalayasingham treffen!«

Der Junge schwieg. Er dachte nach.

»Das hat bisher noch niemand geschafft. Nur seine Soldaten dürfen in seiner Nähe sein«, sagte er schließlich.

»Der Tiger ist in die Enge getrieben«, sagte Palle, »er muß langsam beginnen, seine Taktik zu ändern, indem er sich nach außen hin öffnet. Die Welt in seine Höhle läßt.«

»Ihr überschätzt mich«, sagte Rajan mit plötzlicher Heftigkeit. »Ich bin ein Niemand, ein Nichts. Ich bin nicht einmal mehr bei ihnen. Erwartet ihr wirklich, daß ich euch zum Tiger bringen kann?«

»Du kannst es«, sagte ich.

Er schüttelte den Kopf.

»Ich kann es nicht!«

»Dann bring uns mit Menschen zusammen, die es können. Euer Tiger wird dir den Kopf abreißen, wenn du es nicht tust«, sagte Palle.

Ein Kellner brachte Kaffee und Cognac.

»Ich werde es versuchen«, sagte der Tamile, als die weißgekleidete Gestalt wieder außer Hörweite war.

»Dann treffen wir uns morgen«, schlug ich vor.

»Das ist zu früh«, sagte er. »Übermorgen beim Shore-Tempel in Mahabalipuram. Ihr werdet ihn finden. Ich sitze auf den Stufen auf der Meerseite. Mittags um zwölf Uhr. Da sind nur wenige Menschen am Strand!«

Der Däne lächelte zufrieden, trank die Hälfte seines Cognacs aus und schüttete die andere Hälfte in seinen Kaffee.

Der Himmel war grau, und über dem Meer hing ein zarter weißer Dunstschleier. Ein böiger Wind blies mir dann und wann salzigen Regen ins Gesicht. Palle und ich hatten die Schuhe ausgezogen und trugen sie in der Hand. Wir gingen dort, wo das Meer mit nasser Zunge am Sand leckte. Dünne weiße Gischt rollte über das schmutzige Gold des Strandes, schien stillzustehen, gab sich einen letzten Ruck und arbeitete sich noch etwas höher den Strand hinauf. Wir hatten die Hosenbeine hochgesteckt und waren bis über die

Knöchel naß. Der Sand war weich und kühl, und es war angenehm, sich von ihm tragen zu lassen.
Zwei Buben in weißen Shorts und weißen Hemden gingen mit ihren Eltern spazieren. Der Vater war ebenso weiß gekleidet wie seine Söhne, und hinter ihnen ging eine hochgewachsene schlanke Frau in einem bunten Sari, wahrscheinlich die Mutter der Buben.
Die Szene war friedlich und schmeckte nach Salz.
Ein knochiger Mann mit fast schwarzer Haut, nur mit einem Lendentuch bekleidet, schleppte ein Bündel Kokosnüsse an uns vorbei. Der Schritt war wiegend und gleichmäßig schnell. Die nackten Zehen preßten Abdrücke in den Sand, die sich rasch mit Wasser füllten.
Wir waren mit dem Taxi über die Adayar Bridge gefahren, hatten den berühmten Großen Affenschwanzbaum, von dem wir in der Hotelbroschüre gelesen hatten, passiert und waren sechzig Kilometer weit nach Süden gefahren. Vorbei an Cholamandal und Covelong, das durch seine Krokodilzuchtstätte berühmt-berüchtigt ist. Auch das wußten wir aus einem Prospekt, den wir in der Hotelhalle aufgelesen hatten. Sightseeing stand aber nicht auf dem Programm, deshalb waren wir ohne anzuhalten durchgefahren.
Wir waren relativ früh in Madras weggefahren und waren auch zu früh in Mahabalipuram angekommen. Der Taxifahrer hatte uns vor der Traveller's Lodge abgesetzt und gemeint, es wäre nicht mehr weit bis zum Tempel. Ein schöner, erholsamer Fußmarsch. Er würde in der Zwischenzeit in der Lodge auf uns warten.
Nun standen wir vor dem Tempel. Zwei pyramidenartige, kunstvoll aus Stein gehauene Türme, keine zwanzig Meter hoch. Eine wuchtige Mauer umgab sie und schützte sie vor dem Meer, das fast bis zu den Stufen auf der Ostseite reichte.

Es roch nach Räucherstäbchen und süßem Blütenduft. Die Sonne versuchte, unsere Haare zum Lodern zu bringen.
Es war zwanzig Minuten vor zwölf. Palle stöhnte und fluchte und beeilte sich, einen Schattenplatz zu finden. Er fand einen schmalen Flecken, dessen eine Hälfte von einer zusammengekrümmten Gestalt ausgefüllt wurde. Es war ein Mann. Ausgemergelt, in Fetzen gehüllt. Das Gesicht war von den Armen verdeckt, neben dem regungslosen Körper lag ein abgegriffener Holzstab.
Der Däne ließ sich ächzend neben dem Schlafenden nieder und wischte sich den Schweiß vom Kopf. Für mich gab es nur noch ein winziges Fleckchen Schatten. Ich war dankbar, daß ich wenigstens einen Fingerhut voll Kühle genießen durfte.
Wir hockten da und schauten aufs Meer hinaus. Der Himmel war jetzt blaßblau, und die Brise hatte völlig aufgehört. Es gab nur noch die Hitze.
Ein paar Einheimische kamen und gingen, zwei amerikanische Touristen machten ein paar Erinnerungsfotos und lasen einander laut aus einem Reiseführer vor. Demnach sei der Tempel ein Granitbau aus dem achten Jahrhundert und habe früher auch der Schiffahrt als Orientierungshilfe gedient. Man habe zu diesem Zweck nachts ein Feuer auf einem hohen Steinpfeiler entzündet.
Es interessierte mich nicht.
Rajan Ponniah kam kurz vor zwölf und stieg aus einem Lastwagen, der aus dem Ort gekommen war. Er befand sich in Begleitung zweier junger Männer.
Beide trugen ihr Haar halblang und hatten pechschwarze Schnurrbärte. Der eine trug eine weiße Leinenhose und ein T-Shirt mit irgendeiner Reklameaufschrift. Der andere einen Sarong und ein großkariertes Hemd. Beide waren barfuß.

Wieder zwei aus Mohan Thalayasinghams Killerbrigade.
Palles Augen, die soeben noch etwas Schläfrig-Leidendes in sich hatten, wurden klein und hart. Die plumpe Gestalt straffte sich.
Wir standen auf und gingen ihnen entgegen.
Rajan lächelte zufrieden. Er faltete die Hände vor der Brust, verneigte sich leicht und sagte: »Namaste«. Die beiden anderen sagten nichts. Sie waren weder freundlich, noch hatte ich das Gefühl, daß sie uns als Feinde betrachteten. Sie standen da und warteten ab.
Ich erwiderte den Gruß auf dieselbe Art. Palle nickte nur kurz.
»Das sind Kumar und Shan«, sagte Rajan. »Ich habe ihnen von eurem Anliegen erzählt. Sie werden den Tiger fragen und sich wieder bei euch melden.«
Ich schaute den größeren der beiden an. Den, der uns als Shan vorgestellt worden war. Er war etwas älter als Rajan und hatte abgearbeitete Hände. Der andere war zarter gebaut und schien der Intelligentere der beiden zu sein. Er war es auch, der als erster versuchte, das Eis zu brechen.
»Es wird ein paar Tage dauern. Vielleicht eine Woche«, sagte er. Sein Englisch war ausgezeichnet, ich tippte auf eine Ausbildung in Großbritannien. Ich schätzte beide auf fünfundzwanzig.
Wir setzten uns auf die Stufen. Der Alte, der den Schattenfleck hinter uns besetzte, schlief immer noch.
»Ich würde vorschlagen«, sagte Rajan, »daß Sie und ihr Freund in den nächsten Tagen hier herunterziehen. Sie können in der Traveller's Lodge wohnen. Kein First-Class-Haus, aber besser als das meiste andere, das es in dieser Gegend gibt. Kumar wird Ihnen, sofern er Zeit hat, als Fremdenführer zur Verfügung stehen.«

Er lächelte und blickte den Älteren an. Wie einen großen Bruder, auf den man stolz ist.
»Kumar hat in London studiert«, sagte er. »Archäologie! Er ist fast fertig!«
Kumar schmunzelte und schüttelte den Kopf mit einer Mischung aus gespielter Trauer und echter Heiterkeit.
»Und wird wohl nie fertig werden«, sagte er.
Shan hatte uns die ganze Zeit über beobachtet. Ein schwarz-düsterer Blick aus schwarz-düsteren Augen. Sein Englisch klang guttural und hatte den singenden Unterton der Singhalesen.
»Ich brauche eure Ausweise. Ihr bekommt sie zurück. Ich werde sie kopieren und die Kopien nach drüben schicken.«
Er machte eine Kopfbewegung in Richtung Meer.
Ich nickte, als ob ich mit dieser Bitte gerechnet hätte, und gab dem Tamilen die verlangten Papiere.
»Habt ihr irgendwelche Referenzen? Artikel, die ihr über ähnliche Themen geschrieben habt? Empfehlungsschreiben?«
Ich schüttelte den Kopf und brachte ein kühles Grinsen zustande. »Ich bin seit zwanzig Jahren in diesem Geschäft. Da schleppt man seine Geschichten nicht mehr mit sich herum. Das tun Anfänger oder Dilettanten. Mein Empfehlungsschreiben ist mein Name. Man kennt mich in der Branche. Ich war im Libanon und in Nicaragua. Im Iran, in Namibia. Fragt doch dort nach!«
Die selbstsichere, hochnäsige Art, mit der ich ihm die Lügen auftischte, zeigte Wirkung.
Kumar ergriff wieder die Initiative.
»Ihr müßt uns verstehen. Der Tiger hat noch nie ausländische Journalisten empfangen. Und es ist fraglich, ob er es diesmal tun wird. Unsere Vorsicht ist kein Zeichen von Mißtrauen. Wir sind im Krieg, und wir haben viele Feinde, die uns lieber heute als morgen tot sehen würden.«

Palle klopfte ihm väterlich auf die Schulter.
»Schon gut! Wir verstehen. Euer Tiger wird uns empfangen. Mach dir darüber keine Sorgen. Ich schätze ihn als tapferen, umsichtigen und intelligenten Menschen ein, der die Chance, seine Sache wieder nach vorne zu bringen, ganz sicher nutzen wird!«
Kumar lächelte. »Ich werde euch in drei Tagen in der Traveller's Lodge kontaktieren.«
»Am Morgen, zu Mittag, am Abend?« fragte der Däne.
»Keine Sorge«, sagte der Tamile, »ich werde euch finden!«
Damit schien der offizielle Teil unserer Unterhaltung beendet zu sein. Shan nickte uns kurz zu und ging in Richtung Lastwagen. Kumar folgte ihm, nachdem er uns die Hände geschüttelt hatte. Rajan zögerte.
»Willst du mit uns zurückfahren?« fragte ich. »Unser Taxi muß irgendwo dort oben warten!«
Er schüttelte den Kopf.
»Es wäre nicht gut, wenn man uns zu oft zusammen sehen würde. Viele von der Polizei und vom Militär sympathisieren zwar noch immer mit uns und unserer Sache, aber es gibt auch andere. Es sind ja schließlich indische Truppen, die drüben auf uns schießen.«
Er spuckte verächtlich in den Sand.
»Ich fahre wieder mit dem Bus!«
Rajan Ponniah ging. Nach einigen Schritten blieb er aber stehen und drehte sich um.
»Shan ist in Ordnung«, sagte er. »Er war lange drüben. War bei den meisten schweren Kämpfen dabei. Und er ist auch verwundet worden. Wäre beinahe draufgegangen dabei.«
Ich blickte dem düsteren Langen nach und bemerkte erst jetzt, daß er leicht hinkte.

»Wir werden schon mit ihm auskommen«, sagte Palle.
Rajan schien beruhigt zu sein.
»Es wird klappen«, sagte er, »in spätestens zwei Wochen seid ihr drüben in Jaffna!«

An unserem letzten Tag in Madras machten wir noch einige Besorgungen. Es war gar nicht so einfach, die beiden Rucksäcke zu finden, in denen wir das Nötigste für den Dschungel verstauen wollten. Trinkflaschen, leichte Schlafsäcke, Taschenlampen, Feuerzeuge – das meiste fanden wir in einem Secondhandshop, der der internationalen Travellerschar hier in Madras als Tausch- und Umschlagplatz diente.
Zum Schluß kaufte Palle zwei Messer. Keine Taschenmesser, sondern große, dolchähnliche, die er sorgfältig auswählte und vom Geschäftsinhaber auf Rasierklingenschärfe schleifen ließ.
Am nächsten Morgen fuhren wir nach Mahabalipuram zurück. Ich hatte ein unangenehmes Stechen in der Magengegend und fühlte mich auch sonst nicht wohl. In der Nacht hatte ich schlecht geschlafen, und daran war nicht allein die Hitze schuld gewesen. Ich hatte wieder den Traum vom Schiff gehabt und Marks Gesicht ganz deutlich vor mir gesehen. In der darauf folgenden Wachphase hatte ich immer wieder an Rani und die Kinder denken müssen und mich unendlich leer und ausgebrannt gefühlt. Erst als ich die Gedanken als sentimentales Selbstmitleid abgetan und mich auf Thalayasingham als den Verursacher meiner jetzigen Situation konzentriert hatte, hatte sich die Beklemmung etwas gelöst. Ich hatte versucht, mir die Begegnung mit ihm vorzustellen, und war dabei in ei-

nen Schlaf mit wirren, wilden, unruhigen Traumbildern verfallen, deren Inhalt und Bedeutung ich am Morgen vergessen hatte.
Jetzt war das scheußliche Gefühl der Nacht wieder da. Es blieb auch, als wir in unser Zimmer in der Traveller's Lodge gezogen waren. Kein sehr großer Raum mit Deckenventilator, die Betten hatten Moskitonetze, und auf dem Tisch standen ein Krug mit Wasser und zwei Gläser.
Hier würden wir warten. Zwei Tage, drei Tage, eine Woche?
Im Gegensatz zu mir war Palle aufgekratzt und trotz des Wasserfalls von Schweißperlen, der ständig über sein rotes Gesicht tropfte, bester Laune. Er packte die Flasche aus, die er kurz vor unserem Abflug vom Bandaranaike Airport im Duty-free-Shop gekauft hatte, und schenkte die Gläser randvoll.
»Skol«, sagte er und hielt mir eines der beiden entgegen. Ich griff nach dem zweiten, stieß mit ihm an und leerte es zur Hälfte. Das scharfe Zeug stieg mir sofort in den Kopf. Die Kehle wurde trocken, und ich hätte gerne einen Schluck von dem Wasser auf dem Tisch getrunken. Aber ich hatte meine Lektionen längst gelernt. Und mit Magenkrämpfen und Durchfall bezahlt. Statt dessen trank ich den Rest des Whiskys.
Bald fühlte ich mich besser.
Wir tranken noch ein Glas und schliefen bis in den späten Nachmittag hinein. Dann spazierten wir in den Ort, fanden ein kleines, sauberes Restaurant und aßen ein ausgezeichnetes Rindfleisch-Curry mit Reis.
Es war etwas kühler geworden, die Brise vom Meer her war wieder da. Wir zogen die Schuhe aus und gingen am Strand spazieren. Das Zurückweichen der Gluthitze hatte viele Menschen ans Meer gelockt. Kinder spielten Ball oder ließen Drachen steigen, junge Männer schlenderten plau-

dernd und händchenhaltend über den Sand, Mädchen in bunten Saris standen in Gruppen umher und kicherten verschämt. Die Welt schien unendlich friedlich zu sein. Bald würde sie ihren Kindern die Decke der Nacht überziehen und ihnen die Augen zudrücken.

Wenn ich jünger gewesen wäre, hätte ich mich wahrscheinlich in den Sand gesetzt und romantisch-kitschige Gedichte geschrieben. Jetzt setzte ich mich in den Sand und unterhielt mich mit Palle Jespersen. Es war eine schleppende Unterhaltung. Ich hatte sonderbarerweise nie den Wunsch gehabt, mehr über ihn, seine Herkunft, seine Familie und alles, was man sonst noch über einen Freund wissen sollte, erfahren zu wollen. Ich hatte ihn auch jetzt nicht. Vielleicht hatte ich Angst, alles, was er zu diesem Thema sagen würde, könnte das Bild, das ich mir von ihm zurechtgebastelt hatte, zerstören. Oder auch nur verändern.

Der Däne war für mich ein wuchtiger Menschenklotz mit enormen physischen Kräften, freundlich, aber auch berechnend. Seine stärkste Waffe war die oft verblüffende Geradlinigkeit, von der ich annahm, daß sie bisweilen auch gespielt war. Ich mußte aber zugeben, daß ich ihn so gut wie gar nicht kannte. Abgesehen von dem einen besoffenen Abend im Swimming-Club hatten wir uns kaum jemals längere Zeit über persönliche Dinge unterhalten. Unsere Gespräche betrafen die Ereignisse des täglichen Lebens, drehten sich um die Qualität der Hotelbetten, die Frisur des Kellners, die Temperatur der Getränke, die Fahrkünste der Taxifahrer, die Hitze, das Essen. Was mir an ihm in letzter Zeit besonders aufgefallen war, war die Wachsamkeit, die von ihm Besitz ergriffen hatte. Nichts Gehetztes, Animalisches. Seine Wachsamkeit war höchstens in den Augen und einigen Worten, die er sprach, zu erkennen. Ich hatte den Eindruck, daß er die von uns gewählte Deckung selbst mir

gegenüber nicht brechen wollte. Ich war der Journalist, er der Fotograf. Er schien immer tiefer in seine Rolle hineinzuwachsen.
Das Thema Familie hatten wir bis jetzt vermieden. Er sicherlich aus Pietät mir gegenüber, und ich, um die Geister der bösen Träume von mir fernzuhalten.
Nun fragte ich.
Er streifte mich mit einem kurzen erstaunten Blick und starrte dann die Sonne an, die als blaßroter Ball kurz am Horizont stehengeblieben war und sich nun langsam dahinter zu verstecken begann.
»Familie«, sagte er, zog mit der Unterlippe ein paar Schnurrbarthaare in den Mund und begann daran zu kauen.
»Ich habe eine Tochter. Fünfzehn. Die lebt bei meiner Mutter in Odense.«
»Und deine Frau?«
Er blickte mich hart an.
»Ich habe keine Frau!«
Ich fragte nicht mehr weiter. Er schien froh darüber zu sein. Nach einer Weile gab er sich einen Ruck. Die Sonne war verschwunden, und dem Himmelbemaler gingen langsam die kräftigen Farben aus. Der Däne drehte sich zu mir her und blickte mir in die Augen.
»Allmählich«, sagte er bedächtig, »sollten wir anfangen, uns Gedanken zu machen, wie es sein wird, wenn wir dem Tiger auf den Pelz gerückt sind. Ganz nah. Von Angesicht zu Angesicht.«
Ich zuckte die Schultern.
»Ich weiß es nicht!«
»Du wirst es wissen müssen«, sagte er mit plötzlicher Schärfe. »Du wirst dem Mann von Angesicht zu Angesicht gegenüberstehen, der dafür verantwortlich ist, daß du kei-

ne Frau und keine Kinder mehr hast. Du wirst daran denken, daß er es vielleicht sogar persönlich getan hat. Daß er mit seinen dreckigen Händen die Bombe im Zug versteckt hat. Und dann wirst du dich verraten. Du wirst zu schreien beginnen, zu toben, vielleicht sogar zu weinen. Und dann wird er grinsen, und sie werden uns abknallen. Wenn sie es gut mit uns meinen. Wenn nicht, wenn sie mit uns ein wenig spielen wollen, dann hängen sie uns an den Beinen auf und lassen die Hitze die Arbeit tun. Vielleicht heften sie dann Tafeln an unsere aufgeblähten Körper: Das geschieht mit Verrätern! Dann werden sie uns fotografieren und die Bilder nach Colombo schicken. Und dein Freund von der Zeitung wird triumphieren. Weil genau das eingetroffen ist, was er vorausgesagt hat.«
»Hör auf!« sagte ich.
»Warum?« fragte er. »Weil es dir unangenehm ist, daran zu denken? Weil du glaubst, wir statten dem lieben Onkel Thalayasingham nur einen harmlosen Besuch ab und verabschieden uns dann wieder höflich? Vergiß alles, was du bisher gemacht hast. Deine sogenannten großen und gefährlichen Geschichten. Du gehst nicht hin, um jemanden zu interviewen – du willst ihn töten! Vergiß das nicht! Töten! Weil du ihn abgrundtief haßt! Weil er deine Familie umgebracht hat und ein ganzes Land nicht zum Frieden kommen läßt!«
Seine Worte verfehlten trotz des zu dicken Pathos, mit dem er sie ausgesprochen hatte, nicht ihre Wirkung.
Ich sah das Gesicht des Tigers vor mir. Zur häßlichen, hämischen Fratze verzerrt. Die phlegmatische Trauer, die mich immer dann lähmte, wenn ich an Rani und die Kinder dachte, löste sich auf und machte einem prickelnden, schmerzhaft nach außen drückenden Gefühl der Unruhe Platz.

Ich spürte, wie mir Tränen über die Wangen rollten, obwohl ich gar nicht weinen wollte.
»Wir müssen danach trachten, daß unser Fluchtweg möglichst kurz ist«, sagte der Däne trocken. »Daß singhalesisches oder indisches Militär in der Nähe ist. Oder eine Stadt mit Polizei.«
Es klang vernünftig.
»Und wir müssen mit ihm allein sein, wenn es geschieht. Zumindest einer von uns. Dann werden wir den Leichnam verstecken. So gut, daß man ihn erst dann findet, wenn wir in Sicherheit sind.«
Die Nüchternheit der Worte machte mir plötzlich angst. Es klang nach Militär, nach Sondereinheit, nach Killerbrigade. Wer war Palle Jespersen wirklich?
Ich schwieg.
»Was sagst du dazu?« fragte er.
Ich zögerte.
»Klingt vernünftig«, sagte ich schließlich. Und nach einer Pause: »Und wie sollen wir es machen? Ihn töten, meine ich?«
Er grinste und zog das Messer, das er in Madras gekauft hatte, aus der Tasche. Ich hatte nicht bemerkt, daß er es eingesteckt hatte. Er mußte die Hosentasche weggeschnitten oder durchbohrt haben, sonst hätte das lange Ding nie Platz gehabt.
»Schüsse würden uns sofort verraten«, sagte er.
»Und wer wird es tun?« fragte ich.
»Derjenige, der in der besseren Position dafür ist«, sagte er.
Was auch immer das heißen mochte, es hieß auf alle Fälle, daß er auch mich einschloß. Zu Recht. Denn es war meine Expedition. Und es hatte eine Zeit gegeben, da wäre ich auch allein losgezogen.
Palles Nähe und seine unerschütterliche Ruhe hatten mich träge gemacht. Oder war's der Alkohol gewesen? Ich nahm

mir vor, wachsamer zu werden. Mich selbst besser in den Griff zu bekommen. Ich erinnerte mich wieder daran, daß ich nichts mehr zu verlieren hatte. Gar nichts. Nur mein Leben. Aber was war das denn schon wert?

Die nächsten eineinhalb Tage verrannen zäh.
Palle hatte es geschafft, zwei Flaschen Whisky aufzutreiben, und verbrachte die meiste Zeit auf dem Zimmer oder im schattigen Hof unserer Herberge. In den Morgenstunden, wenn die Sonne es noch nicht ganz geschafft hatte, den Horizont zu durchstoßen, badeten wir im Meer. Nach dem Frühstück ging ich meistens am Strand spazieren, bis es zu heiß wurde, dann leistete ich dem Dänen bei einem Glas Gesellschaft und döste im Schatten dahin. Palle las Clavells »Noble House«, und ich vergrub mich in den Ross McDonald, den ich mir vor unserem Abflug nach Sri Lanka als lockere Urlaubslektüre besorgt hatte.
Vor unserem Abflug nach Sri Lanka? Unendlich fern. Das war damals, als meine Zeitrechnung noch intakt war. Als es den Begriff Zukunft noch gab.
Die Nachmittage nutzte ich zum Sightseeing. Am ersten schlenderte ich ziellos von einem Tempel zum anderen, stand plötzlich vor einem großen Felsenrelief, ließ mich durch die Straßen des Ortes treiben, verfing mich im Small talk mit einigen amerikanischen Touristen, schaute einer Französin auf die Beine und landete wieder am Strand. Irgend etwas Starkes, Unsichtbares schien mich immer wieder dorthin zu ziehen. Da stand ich dann und starrte aufs Meer, dann setzte ich mich nieder und starrte weiter aufs Meer. Eine Welt von Gedanken plätscherte dabei durch mein Gehirn. Nichts Großes, nichts Entscheidendes, nicht

einmal Trauriges oder Schmerzhaftes. Nur Bilder. Wie Comics. Meine alte Schule, der Lateinprofessor, der jeden Montag besoffen war und uns bat, wir möchten uns still beschäftigen. Meine Mutter, die mich jeden Morgen mit süßem Malzkaffee anfüllte und mich nie ohne Mütze aus dem Haus ließ. Die Kellnerin im Dorfgasthaus, die mich entjungfert hatte.

Am zweiten Nachmittag tauchte plötzlich Kumar neben mir auf, als ich am Postamt vorbei in Richtung Busstation schlenderte.

»Sie brauchen Führer, Mister?« fragte er im Tonfall der kleinen Gassenjungen, die ständig präsent waren, immer neben einem herliefen, nach einiger Zeit aber kaum noch registriert wurden. Er lachte.

»Ich Ihnen machen Sonderpreis. Studentenrabatt!«

Ich spielte das Spiel mit und fragte: »Wieviel?«

»Nur zehn Dollar«, sagte er.

Ich griff in meine Tasche und gab ihm das Geld. Er nahm den Schein und betrachtete ihn verblüfft. Dann lachten wir beide.

»Wenn mir das als Junge passiert wäre, dann wären Sie so etwas wie eine göttliche Erscheinung für mich gewesen. Oder realer: ein Lotteriehauptgewinn!«

Er gab mir den Schein zurück.

»Für Sie mach ich's gratis. Allerdings nur heute!«

»Dann nützen wir die Zeit«, sagte ich. »Ich habe noch nie das Glück gehabt, einen Archäologen als Fremdenführer zu haben!«

»Fast-Archäologen«, lächelte er.

Er zeigte mir den Draupadi Ratha, den Nakula-Shadeva Ratha, den Bhima Ratha, erklärte mir die Bauweise dieser seltsamen Tempel bis ins Detail, machte mit knappen Worten eine Zeit lebendig, die zwölf Jahrhunderte oder länger

zurücklag, und verblüffte mich mehrmals mit Hinweisen auf winzige Details an Steinfiguren, die fürs Auge kaum erkennbar waren, für den Wissenschaftler aber enorme Bedeutung zu haben schienen.
Kumar war mir sympathisch. Ich versuchte gar nicht, dagegen anzukämpfen. War er mein Feind oder ich seiner? Im Augenblick war er ein junger, sehr intelligenter Mann, in dessen Gesellschaft ich mich wohl fühlte.

Die Nachricht von Thalayasingham muß während der Nacht eingetroffen sein.
Kurz nach dem Frühstück kam ein etwa zehnjähriger Bub in die Lodge und bat uns, ihm zu folgen. Nach einigen Gehminuten sahen wir den Lastwagen, in dem die drei Tiger-Gefolgsleute zu unserem ersten Treffen gekommen waren. Er parkte am Straßenrand, und der Junge öffnete die Führerhaustüre. Shan saß am Steuer und deutete uns, rasch einzusteigen.
Wir fuhren durch das Ortszentrum und bogen dann in die Hauptstraße nach Süden ein.
Rötlichbraune Erde und dürres Gras. Dann und wann Palmenwälder und Reisfelder. In einem ausgetrockneten Flußlauf standen ein paar Wasserbüffel. Schwarz und düster wie Statuen aus der Urzeit. Irgendwann lenkte Shan den Laster in einen kaum sichtbaren Seitenweg, und wir schaukelten träge in einer Staubwolke einem grünen Flecken am Horizont entgegen.
Unser Fahrer hatte die ganze Fahrt über kein Wort gesprochen. Jetzt deutete er mit der Hand nach vorn.
»Das Dorf«, sagte er.
Wir starrten durch den Dreck der Windschutzscheibe, sa-

hen aber nichts. Ich wußte nur, daß wir uns wieder dem Meer näherten. Eine Viertelstunde später rollten wir durch einen dichten Wall aus Palmen und anderen, niedrigeren Bäumen und blieben auf einer Lichtung stehen. Ein paar Palmwedelhütten duckten sich an den schattigen Rand der Baumzone. Niedrige Seitenwände und große, fast bis auf den Boden reichende Schrägdächer. Neben den Eingängen lagen riesige schwarze Tonkrüge. Am anderen Ende der Lichtung hingen Fischernetze auf aufgestellten Pfählen, und der Wind bewegte sie so, als wären sie sanfte braune Wogen. Das Meer selbst war nicht weit entfernt. Wenn man still dastand und den Atem anhielt, konnte man die Brandung hören.

Außer einer alten Frau, die uns neugierig anstarrte, und zwei nackten Kindern, die eine ausgemergelte Kuh vorbeitrieben, schien niemand im Dorf zu sein.

Shan führte uns an den Hütten vorbei in den Wald, wo, von außen kaum sichtbar, im Schatten eine weitere Behausung aufgebaut war. Sie war etwas kleiner als die anderen und schien ziemlich neu zu sein.

Wir duckten uns und traten ein. Es roch nach Gras und Erde und Rauch. Und nach Benzin, Plastik und elektrischem Strom. Nach einigen Sekunden hatten sich meine Augen an das Halbdunkel gewöhnt, und ich sah Kumar. Er saß auf einem primitiven Sessel vor einem primitiven Tisch, und auf diesem stand eine gar nicht primitive, in dieser Umgebung noch eindrucksvoller wirkende moderne Funkanlage.

»Die Antenne haben wir ganz oben auf der höchsten Palme angebracht«, sagte er, als er mir zur Begrüßung die Hand entgegenstreckte.

Palle blickte sich in der Hütte um.

»Das ist also euer Hauptquartier am Festland«, sagte er.

Kumar lächelte.

»Nicht das Hauptquartier. Nur ein Stützpunkt. Wir sind über Funk mit dem Tiger verbunden und geben von hier aus nur Aufträge weiter!«
Shan schien die Unterhaltung nicht zu gefallen.
Er deutete mit der Hand auf ein Bettgestell und machte mit dem Kopf eine Bewegung, die uns zum Sitzen einladen sollte.
»Setzt euch«, sagte Kumar.
Palle zuckte die Schultern und begann seine Masse zu bewegen.
»Tee?« fragte Kumar, als wir saßen.
Wir nickten, und Shan verschwand. Jetzt bemerkte ich wieder das leichte Hinken.
»Mohan Thalayasingham war selbst am Funkgerät«, sagte Kumar und versuchte gar nicht, seinen Stolz zu verbergen. »Es war um sechs Uhr früh. Er hat mich ausgefragt, und ich bin draufgekommen, daß ich eigentlich fast nichts über euch weiß. Nur Nationalität, Beruf und«, er lächelte in meine Richtung, »was ein Fremdenführer eben von einem Klienten so erfährt, wenn er ihn einen Nachmittag lang von Tempel zu Tempel schleppt.«
Deshalb war er also in die Ortschaft gekommen! Ich überlegte blitzartig, ob mir irgendein Wort herausgerutscht war, das uns hätte verraten können. Ich erinnerte mich jedoch an keines.
»Ich habe ihm empfohlen, euch zu empfangen«, sagte Kumar, und Palle nickte. Als ob er damit sagen wollte, er hätte ohnehin nichts anderes erwartet.
»Morgen nacht wird euch ein Boot von hier abholen. Es gehört einem Franzosen aus Pondicherry. Ihr seid Touristen und habt ihn für ein paar Tage gechartert. Zum Hochseefischen! Er hat alles an Bord, was dazu nötig ist. Bis zu eurem Bestimmungsort sind es etwa dreihundert Seemeilen. Wenn

das Wetter gut ist, schafft ihr es in vierundzwanzig Stunden.«
Ich spürte etwas Hartes im Magen, und meine Kehle wurde trocken. Wenn wir an Bord des Schiffes waren, hatten wir den Punkt ohne Wiederkehr erreicht.
Shan kam mit dem Tee, und wir saßen und tranken und unterhielten uns über das Leben der Fischer in diesem Dorf. Es sei ein ausgezeichneter Platz, meinte Shan. Die indischen Truppen oder die Polizei wären noch nie hiergewesen.
»Seit dem Wahnsinnsabkommen zwischen Gandhi und Jayawardene haben wir fast alle unserer anderen Stützpunkte verloren«, sagte Kumar. »Die Inder wollen mit allen Mitteln verhindern, daß über uns Nachschub für die Kämpfer drüben besorgt wird.«
»Das hat alles nichts mit diesen beiden zu tun«, knurrte Shan. Er stand auf.
»Ich fahre in einer halben Stunde zurück«, sagte er. »Wir treffen uns beim Lastwagen.«
Er ging aus der Hütte, und wir hörten seine Schritte und das Rascheln der Blätter, die er zur Seite schob, um sich den Weg zum Dorfplatz zu bahnen.
»Das Dorf«, sagte ich, »warum sind nur so wenige Menschen hier?«
»Mehr als ein paar Dutzend haben hier nie gelebt. Jetzt sind's vielleicht zwanzig, die noch da sind. Die jüngeren Männer sind in die nächste Stadt gezogen, einige sogar nach Madras, später haben sie die Älteren nachkommen lassen. Auch ich habe Verwandte hier gehabt«, Kumar blickte nachdenklich zu Boden. »Jetzt sind nur noch ein paar Familien übrig. Fischer. Aber der Fang ist immer schlechter geworden, und der Fischpreis wird immer niedriger. Von Madras aus fahren moderne Fangboote hinaus und kommen mit gefüllten Laderäumen zurück. Unsere Fi-

scher hier schuften Tag und Nacht für das Nötigste. Wenn die Ausbeute wirklich einmal gut ist, dann fährt sie Shan mit dem Lastwagen in die umliegenden Dörfer und verkauft sie. Das Geld reicht nicht einmal für das Nötigste. Wenn ein Hai einmal eines der großen Netze zerreißt, bricht hier der Notstand aus.«

Ich verstand.

»Dann helft ihr ihnen aus«, sagte ich. »Und deshalb dürft ihr euch hier verstecken!«

Kumar nickte.

»Sie lassen uns hier leben. Und sie würden uns auch nicht verraten. Für viel Geld nicht. Weil die Leute hier ehrlich sind. Arm, aber stolz. Weil sie der Regierung in Delhi oder Madras absolut nichts schulden. Man läßt sie leben. Das ist aber auch schon alles, was die dort oben für sie tun. Und wenn sie verrecken, dann macht's auch nichts. Es ist wie drüben.«

Wir schwiegen, und er dachte wohl darüber nach, ob er uns mehr von sich und seiner Welt erzählen sollte.

»Drüben in unserer Heimat«, sagte er, und ich bemerkte, daß er das Wort »Sri Lanka« vermied, »da sind wir der letzte Dreck. Die Parias des Landes. Tamilen-Abschaum.«

Er blickte mich an. Ein kleiner junger Mann mit feurigen Augen. Jetzt konnte ich ihn mir als Dschungelkämpfer vorstellen. Ich sah den Tötungswillen, der ihn vorwärts trieb, den Entschluß zur Selbstaufgabe, den Drang, der Sache zu dienen und damit alles besser zu machen.

»Wir wollen ihr Land gar nicht«, sagte er, »zumindest wollen wir kein Land mit ihnen teilen. Sie sollen uns nur das Stück davon geben, das uns zusteht, und wir machen unser eigenes Land. Ein besseres Land. Ein Land, in dem wir freie Menschen sind, respektiert werden, für uns und unsere Leute arbeiten können!«

»Tamil Eelam«, sagte ich.
»Tamil Eelam«, wiederholte er.
»Keine Sorge«, unterbrach Palle das darauf folgende Schweigen, »ihr werdet es schaffen! Daran zweifle ich keinen Augenblick. Thalayasingham ist ein geschickter Bursche!«
»Er hat nur kaum noch Leute«, murmelte Kumar, »was wir brauchen, sind Menschen. Das Land drüben ist ausgeblutet. Wer mit uns kämpfen wollte, hat es getan. Ist getötet oder von den Indern gefaßt und eingekerkert worden. Das Gefängnis in Jaffna platzt aus den Nähten.«
»Ihr werdet es schaffen«, wiederholte der Däne.
Als wir auf den Dorfplatz traten, kamen die Fischer gerade vom Strand zurück. Schweigsame, drahtige Männer. Schwarz, nur mit Lendentüchern bekleidet. Ihre Blicke waren hohl und mutlos.
Wir setzten uns in den Lastwagen und fuhren weg.
Am nächsten Tag kamen wir wieder. Unsere Rucksäcke waren gepackt, Palle hatte die Tasche mit seiner Kameraausrüstung umgehängt und trug eine ärmellose Jacke mit vielen Taschen. »Für die Objektive und Filme«, erklärte er Shan. Der Däne wirkte professionell.
Wir schauten den Fischern bei der Arbeit zu, badeten im Meer, tranken Tee und aßen Reis und Curry. Fisch und Gemüse. So scharf, daß meine Augen tränten und meine Nase tropfte. Am Nachmittag legte ich mich in Kumars Hütte, las ein paar Seiten und döste dann eine Zeitlang dahin. Das Funkgerät wachte wie ein schweigender Roboter über mich.
Palle, der sonst die Hitze des Tages mied, strotzte nun plötzlich vor Energie. Er fotografierte die Hütte von allen Seiten, schaute den Fischern zu, wie sie am Strand ein Boot reparierten, und verschoß einen ganzen Film dabei.

»Die Generalprobe«, sagte er, als ich ihn nach dem Sinn der plötzlichen Hektik fragte.
Die Nacht legte sich rasch über das Dorf. Durch die Eingänge der Hütten konnte man die Feuer der Herdstellen sehen, und es begann, nach Essen zu riechen. Irgendwo sang eine Frau leise und monoton. Nur ein paar Takte lang, aber es erzeugte in mir eine seltsame Rührung.
Der Däne und ich saßen auf dem umgekippten Rumpf eines alten Einbaums. Ich war barfuß und grub die Zehen in den warmen Sand, bis ich auf eine kühlere Schicht stieß.
Palle stand auf und verschwand.
Der Mond war zur Hälfte voll, und die Palmen über dem Dorf hoben sich als bizarre schwarze Sterne vom helleren Hintergrund ab. Die Welt schien mir ein Friedensangebot zu machen. »Laß es sein – noch kannst du zurück«, sagte sie. Ich legte den Kopf weit nach hinten und starrte den Mond an. Ich spürte, wie die Kälte in meine Zehen kroch.
»Nein«, sagte ich halblaut, »ich möchte den treffen, der es getan hat!«
Plötzlich war Palle neben mir und hielt mir die Whiskyflasche entgegen.
»Viel ist's nicht mehr«, sagte er, »aber es hilft!«
Wogegen es helfen würde, sagte er nicht.
Ich trank einen langen, tiefen Schluck und gab ihm die Flasche zurück.
»Kumar sitzt am Funkgerät«, sagte er. »Ich glaube, er spricht mit drüben. Der Franzose war's nicht. Mit dem hätte er englisch gesprochen.«
Er trank und reichte mir wieder die Flasche.
Der Whisky glühte heiß im Magen.
»Wann, glaubst du, wird er kommen?«
»Der Franzose?« fragte Palle.
»Natürlich der Franzose«, sagte ich.

Er schüttelte den Kopf.
»Vielleicht noch vor Mitternacht. Ich weiß es nicht.«
Eine Frau trat aus einer Hütte und leerte den Inhalt eines Tonkruges in den Sand. Dann sah sie uns und verschwand eilig wieder in der Hütte.
»Bald sind sie uns los«, sagte Palle.
Eine Viertelstunde später kam Kumar. Er setzte sich neben mich auf den Einbaum.
»Der Franzose ist noch vierzig Meilen entfernt. Ich habe soeben mit ihm gesprochen. Es wird wohl Mitternacht werden, bis er da ist. In zwei Stunden werden wir am Strand drei Feuer machen. Zu seiner Orientierung!«
»Hast du auch mit drüben Kontakt gehabt?« fragte der Däne.
»Das ist die nächste Neuigkeit, die ich euch mitteilen kann. Thalayasingham wünscht, daß ich euch begleite. Ich werde also auch auf dem Schiff sein.«
»Gut«, sagte ich. Ich freute mich ehrlich darüber.
»Du bist wohl unser Wachhund«, sagte Palle. Und alle hörten den Sarkasmus in seiner Stimme.
»Ihr könnt es sehen, wie ihr wollt«, antwortete der Tamile scharf. »Ich werde auf alle Fälle dabeisein. Ob als Helfer oder Aufpasser ist nur eine Sache des Blickwinkels.«
Er stand auf und ging.
Wir tranken schweigend den Rest des Whiskys. Ein leichter Wind kam auf und bewegte die Palmkronen über dem Dorf.
Die Situation war irreal. Da saß ich irgendwo in Südindien und wartete auf einen zwielichtigen französischen Waffenschmuggler, der mich und meinen Begleiter, einen fetten Dänen, den ich erst vor kurzem kennengelernt hatte, zu einem Guerillaführer bringen würde. Dort würde ich dann alles unternehmen, um diesen zu töten.

Eine Wolke verhüllte den Mond und tauchte die Welt um mich herum in undurchdringliches Schwarz.

Die Situation war real. Ebenso real wie die Tatsache, daß Rani, Mark und Mariko tot waren. Nichts war mehr so wie früher. Und nichts konnte das ändern. Thalayasingham hatte mich in ein neues Leben katapultiert. Statt meiner Familie stand jetzt er im Mittelpunkt. Er und nur er. Ich versuchte, das nicht zu vergessen.

Nach einer Weile tauchte Shan auf und meinte, wir müßten jetzt an den Strand gehen, um die Feuer vorzubereiten. Der Franzose nähere sich bereits der Küste.

Die Fischer hatten während des Tages etwas Treibholz angehäuft und ein paar trockene Palmblätter dazugelegt. Wir teilten das Ganze in drei gleich große Haufen, die je zehn Schritte auseinanderlagen. Dann gingen wir zurück zur Hütte.

Kumar saß am Funkgerät und sprach mit dem Franzosen.

»Es ist jetzt fünf Minuten nach dreiundzwanzig Uhr«, sagte er, »in exakt zehn Minuten werden wir die Feuer entzünden. Sie werden nur zehn Minuten lang brennen. Vor der Küste gibt es keine Riffe und Untiefen. Du kannst dich dem Strand bis auf etwa hundert Meter nähern. Wenn du nahe genug heran bist, gib uns mit der Taschenlampe ein Blinkzeichen. Dann gehen wir in die Boote und kommen!«

Die Stimme, die aus dem Funkgerät kam, hatte einen dicken französischen Akzent. Sie klang tief und angenehm.

»Verstanden«, sagte sie, »bis bald!«

»Bis bald, Ende«, sagte Kumar.

Wir nahmen unsere Rucksäcke, Palle hängte sich die Fototasche um. Sie war prall gefüllt und schwer. Kumar hatte nur eine kleine Segeltuchtasche.

»Gehen wir«, sagte er.

Wir stapften durch den Wald auf die Lichtung. Shan ging zu

einem Hütteneingang und rief ein paar Worte hinein. Zwei Männer tauchten im Schein des Herdfeuers auf und traten zu uns in die Dunkelheit.
Am Strand blickte Kumar auf die Uhr. Wir warteten kurz, dann gab er das Zeichen zum Entzünden der Feuer. Die trockenen Palmblätter brannten wie Zunder.
Das Licht der Feuer warf gespenstische Schatten. Keiner sprach. Da war nur das Knistern und Krachen der Flammen und das Schlürfen und Klatschen des Meeres.
Ich setzte mich in den Sand und lehnte mich mit dem Rücken gegen meinen Rucksack. Die Fischer zogen zwei Einbäume ins Wasser. Palle und Shan halfen ihnen dabei und kamen bald wieder zurück. Die zwei Männer aus dem Dorf standen bis zum Bauch im Wasser und hielten die Boote fest. Die Wellen schoben die Boote dicht an ihre Körper heran, und in ihrer starren Bewegungslosigkeit sahen die beiden aus wie zwei hölzerne Galionsfiguren.
Wir hörten das Schiff, lange bevor wir die Blinkzeichen sahen. Zuerst war's nur ein schwaches Brummen, das immer wieder in den Geräuschen des Meeres versickerte. Dann wurde es lauter und dominierender und war schließlich so nahe, daß ein technisch versierterer Mensch als ich sicher Art und Typ des Motors erkannt hätte.
Die beiden Fischer schoben die Boote jetzt ganz nah ans Ufer heran, und wir stiegen ein. Als wir saßen und mit langsamen Paddelschlägen vorwärtsbewegt wurden, kamen die Blinksignale. Sie waren näher, als ich zuerst vermutet hatte.
»Der Franzose heißt Gilles Ducasse«, sagte Kumar, der mit mir im Boot saß. »Ein sonderbarer Typ. Du wirst ihn gleich kennenlernen.«
Ein paar Minuten später lagen wir längsseits. Ich erkannte nur, daß die Wand vor mir aus Stahl war und weiß.

An der Reling tauchte eine Gestalt auf und ließ eine Strickleiter herunter. Kumar kletterte als erster hoch und stieg an Bord. Ich reichte ihm seine Tasche und meinen Rucksack und folgte ihm. Der Fischer legte ab und ruderte zurück.
Ich blickte zum Strand und sah, daß die Feuer erloschen waren. Irgend jemand hatte sie erstickt, während wir hier herausgerudert waren.
Das Mondlicht reichte aus, um die Umgebung vage erkennen zu können. Ich stand auf einem schmalen Gang zwischen Reling und niedrigen Deckaufbauten. Der Boden unter meinen Füßen wiegte sich sanft, die Vibrationen, die der laufende Motor verursachte, waren unter den Sohlen meiner Tennisschuhe spürbar. Das zweite Boot war nun längsseits gekommen. Ich hörte Flüstern, ein leises Kratzen an der Schiffswand, dann schwang sich Palle wuchtig an Bord.
Das Schiff war überraschend groß, ich schätzte es auf mindestens fünfzehn Meter. Die niedrigen Deckaufbauten, auf die ich in Bugnähe gestoßen war, setzten sich bis zum Heck fort, nur das Cockpit ragte in der Mitte des Schiffes etwas höher empor. Hinter dem Führerstand stach ein niedriger Mast in den Himmel, wohl die Funkantenne, die auch einige elektronische Navigationshilfsmittel trug.
Der Däne hatte es noch nicht ganz bis zu mir geschafft, als das Brummen aus dem Schiffsbauch bösartig laut wurde. Wir begannen Fahrt zu machen.
Kumar lotste uns um das Führerhaus herum. Ich erkannte einen Rettungsring, der an der Wand hing, und schaffte es, den Namen, der darauf stand, zu entziffern: Denise D.
Wir stiegen ein paar Stufen hinab und gelangten in einen geräumigen Salon, der allerdings mit Kisten und Säcken vollgepfropft war. Eine Deckenlampe verbreitete eher kümmerliches Licht, und dicke Vorhänge verhinderten, daß es nach draußen drang.

Ein Inder in schmutzigen weißen Shorts und einem mit Ölflecken beschmierten T-Shirt bemühte sich, etwas Ordnung in das Chaos zu bringen. Er schaute auf, als wir eintraten, und lächelte breit. »Der Skipper ist oben am Steuer«, sagte er. »Ich werde ihn jetzt ablösen. Er wird gleich hier sein!«
Er zwängte sich, noch immer lächelnd, an uns vorbei und verschwand an Deck.
Kumar räumte ein paar Kisten zur Seite. Wir setzten uns. Die Inneneinrichtung war alt und schien kostbar zu sein. Teak, Mahagoni, viel Messing. Mir gegenüber stand ein kunstvoll geschnitztes Bücherregal an der Wand, das prall gefüllt war. Englische und französische Titel hielten sich die Waage. Ich sah Faulkner, Hemingway, Steinbeck, Leon Uris, aber auch Bradbury, Castaneda, Ken Kesey und Tom Wolfe. An Dekorationsstücken gab es einige durchschnittliche Batikbilder und eine schöne Holzeinlegearbeit, die eine indische Tempeltänzerin darstellte.
Ich zählte acht Kisten, etwa einen Meter lang, einen halben breit und ebenso hoch.
Kumar hatte meinen Blick gesehen.
»Nachschub für den Tiger«, sagte er kurz. Ich verzichtete auf genauere Aufklärung. An Deck hörte ich wieder Schritte, dann kam jemand die Stufen herab. Tennisschuhe, eine weiße Leinenhose, nicht mehr ganz sauber, ein breiter Leinengürtel, T-Shirt mit abgeschnittenen Ärmeln, dünne, aber drahtige Arme, Bart mit weißen Strähnen, hageres Gesicht, eine spitze, etwas zu lange Nase, wache Augen, langes Haar, das zu einem Pferdeschwanz zusammengebunden war.
»Hallo«, sagte er. Und bereits dieses eine Wort klang so französisch, daß der Hagere seine Nationalität nie und nimmer hätte verleugnen können.
»Ich bin Gilles!«

Er hielt mir die Hand entgegen, und ich schüttelte sie. Kräftiger Händedruck, trockene Haut.
Wir stellten uns der Reihe nach vor. Bei Kumar nickte der Franzose. »Wird Zeit, daß wir einander einmal persönlich über den Weg laufen«, sagte er. »Über Funk sind wir ja schon dicke Kumpels!«
Er setzte sich und machte eine entschuldigende Handbewegung in die Richtung, in der die Kisten lagen.
»Sie müssen die Unordnung verzeihen. Ramesh und ich haben bisher noch keine Zeit gehabt, das in Ordnung zu bringen. Es gibt genügend Stauraum an Bord.« Er lächelte dünn. »Sie werden bald nichts mehr davon merken.«
Ich vermutete, daß sich in den Kisten Waffen und Munition befanden. Die Übergabe von einem anderen Schiff hatte wahrscheinlich außerhalb der Hoheitsgewässer stattgefunden, und zwar vor kurzer Zeit.
»Wir steuern jetzt etwa drei Stunden lang einen exakten Ostkurs, dann schwenken wir in Richtung Süden. Bis Ceylon sind es ungefähr zweihundert Seemeilen. Wir werden tagsüber gemütlich dahintuckern. Touristentempo. Ihr könnt eure Angeln auswerfen oder in der Badehose an Deck liegen. Kühle Drinks gibt's auch!«
»Rockefeller und Sohn«, grinste Palle.
Der Franzose blickte auf seine Armbanduhr.
»Ramesh steht bis vier Uhr auf Wache, dann löse ich ihn ab.« Er gähnte. »Für mich war's ein langer Tag. Ich werde mich aufs Ohr hauen, und ich rate euch, dasselbe zu tun. Morgen nacht wird nicht viel Zeit dazu bleiben. Wir werden die Insel wahrscheinlich noch vor Mitternacht erreichen.«
Meine Koje lag im Vorschiff. Ich zog mich bis auf die Unterhose aus und rollte mich in ein Leintuch ein. Es war frisch gewaschen und roch auch so.
Das sanfte Dahinrollen und das Brummen des Diesels.

Von dem Augenblick an, an dem wir an Bord gekommen waren, hatte sich unsere Situation entscheidend verändert. Es gab nun absolut kein Zurück mehr. Alle Türen waren hinter uns zugefallen, und vielleicht wartete vor uns die Schlangengrube.
Ich wunderte mich darüber, daß die beklemmende Spannung, die mich bis hierher begleitet hatte, plötzlich weg war. Wenn ich bisher insgeheim an meinem Durchhaltevermögen gezweifelt hatte, so hatte ich jetzt den Beweis dafür, daß das falsch gewesen war. Ich war da, und es ging zurück auf die Insel.
Ich war erleichtert. Da war Zuversicht, und da war Mut. Und da war auch der Wunsch, es zu Ende zu bringen. So oder so.
Mit diesem Gefühl schlief ich ein. Der tiefe, traumlose Zustand dauerte bis in den Vormittag hinein.
Es war der Franzose, der mich weckte. Und der Duft frischen Kaffees, der im Halbschlaf Assoziationen zu einem gepflegten Frühstück in einem gepflegten Heim mit einer vor Morgenfrische strahlenden Familie erzeugte.
»Bonjour«, sagte er. Ich schlug die Augen auf und blickte auf eine Schale, aus der es dampfte.
»Ihr Kaffee!«
Er trug dieselbe Hose wie in der Nacht und roch nach Zahncreme mit Pfefferminzgeschmack.
Ich setzte mich auf und streckte mich. Dann griff ich nach dem Kaffee und dankte dem Käpt'n mit einem Kopfnicken. Nach ein paar Schlucken stellte ich die Schale ab und stand auf.
»Herrliches Wetter, wie immer in dieser Gegend«, sagte der Franzose. »Wir machen gute Fahrt und sind im Plansoll!«
»Dann werfen wir die Angel aus«, sagte ich und schlüpfte in meine Hose.

Palle und Kumar waren bereits an Deck, als ich hochkam. Der Indische Ozean war glatt wie ein Spiegel. Der Bug durchschnitt ihn, und das Heck spuckte einen Trümmerhaufen aus. Die Sonne stand schon ziemlich hoch, und die Luft flimmerte. Es war heiß. Daran änderte auch der Fahrtwind, den man hier oben spürte, wenig. Dann und wann warf er einem eine Handvoll salzigen Sprühregens ins Gesicht. Ich leckte mir die Lippen.
Ramesh erklärte Palle gerade die Handhabung einer langen Angelrute, und der Däne nickte ungeduldig. Im Laufe seiner Seemannskarriere hatte er es sicher schon einmal mit einem ähnlichen Ding zu tun gehabt.
Jetzt kam auch der Franzose hoch und trug einen Plastikeimer, in dem ein paar tiefgefrorene Fischstücke lagen.
Kumar saß auf dem Deckaufbau und schien die Szene zu genießen. Ich setzte mich zu ihm und beobachtete, wie die drei vor mir den Köder am Haken anbrachten und die Leine auswarfen.
Palle hatte das Jagdfieber gepackt. Er hielt die Rute umklammert, als handle es sich um das lebensrettende Seil, das ihm jemand zugeworfen hatte. Seine Augen waren halb zugekniffen und starr auf das Wasser gerichtet. Der Franzose stand neben ihm und gab ihm gute Ratschläge. Palle schien ihn überhaupt nicht zu bemerken. Der Köder hüpfte eine Weile hinter dem Boot her, dann gab der Däne mehr Leine, und er versank.
»Während ihr geschlafen habt«, sagte Kumar und starrte dabei auf den Punkt, an dem die Leine ins Wasser tauchte, »haben wir die Kisten verstaut!«
»Gut«, sagte ich und drehte meinen Kopf in seine Richtung.
Jetzt blickte er mich an.
»Die Frage nach dem Inhalt erübrigt sich wohl?«
Er lächelte.

»Wenn ich dir sage, daß es Waffen sind, wirst du nicht zufrieden sein, aber es muß dir genügen. Mehr Informationen kann ich dir nicht geben.«
Palle stand jetzt allein mit der Angelrute an der Reling. Ducasse steuerte das Schiff wieder selbst. Zuvor hatte eine Selbststeuerungseinrichtung den Kurs gehalten. Der Inder war unter Deck verschwunden. Wahrscheinlich schlief er. Es war eine harte Nacht für ihn gewesen.
»Sicher«, sagte Kumar, und es klang wie der Anfang eines längeren Selbstgespräches, »wird irgendwann im Laufe des Tages ein indisches Kanonenboot auftauchen. Die schwirren hier immer herum. Es wäre ein Wunder, wenn keines käme. Die werden dann einen Mann an Bord schicken, der die Papiere kontrolliert. Auch eure! Ihr seid Touristen, die die Denise D. für ein paar Tage gechartert haben. Ihr habt Geld, das ihr – wenn nötig – auch einsetzen müßt. Marineoffiziere sind in Indien unterbezahlt. Eine kleine Aufmerksamkeit, die nur als Geschenk, aber nie und nimmer als Bestechung betrachtet wird, würden die meisten von ihnen nicht ablehnen. Ihr werdet den Herrn auch auf einen Drink einladen. Er wird dann im Salon sitzen, genau über unseren Waffenkisten.« Kumar schmunzelte.
»Und er wird nichts ahnen?«
»Er wird nichts ahnen«, bestätigte der Tamile. »Er wird nichts ahnen, weil für ihn Waffenschmuggler ganz anders aussehen. Fischer, die in armseligen Booten durch die Palkstraße kommen. Kleine Dinger, die mit starken Außenbordern ausgerüstet sind. So war's bisher. Sie haben zuletzt mehr als fünfzig Prozent aller Lieferungen stoppen können. Daß wir unseren Nachschub aber jetzt auf so vornehme Art transportieren, ahnt noch niemand. Für die meisten Inder sind wir arme Schlucker, Fanatiker ohne materiellen Background.«

»Seid ihr das nicht?«
Er zuckte die Schultern.
»In gewissem Sinne schon. Aber«, jetzt blitzte in seinen Augen ein amüsiertes Glitzern auf, »manchmal tauchen Menschen auf, die es gut mit uns meinen.«
»Nur Menschen oder gleich ganze Nationen?« fragte ich.
»Auch Nationen bestehen aus Menschen«, sagte er. »Aber wir können es uns ohnehin nicht leisten, wählerisch zu sein.«
»Ihr nehmt alles – und von jedem?«
»Das sind gute Fragen, aber ich bin der Falsche, an den du sie richtest«, lächelte er. »Morgen um diese Zeit bist du vielleicht schon beim Tiger. Frag ihn!«
Palles gewaltiger Körper hatte sich gestrafft. Die Angelrute bog sich durch, irgend etwas zerrte mit unheimlicher Kraft daran.
»Ich hab einen«, schrie der Däne, und die Anstrengung ließ die Adern an seinen Schläfen anschwellen.
Kumar und ich sprangen auf und stellten uns neben ihn.
»Leine nachgeben«, brüllte der Franzose. Er drosselte den Motor, wir machten jetzt kaum noch Fahrt.
Vor uns tanzte die Nylonschnur wie verrückt durchs Wasser. Einmal links vom Schiff, dann wieder ganz rechts. Palle ließ noch mehr Leine nach. Von seiner Stirn rollten dicke Schweißperlen. Er hatte die Unterlippe vorgeschoben und fauchte wie ein Elefantenbulle. Dabei blies er den Schweiß aus seinem Schnurrbart und ließ ihn in die Gesichter der Umstehenden regnen.
Der Franzose hatte das Steuerrad verlassen, und Ramesh war von unten aufgetaucht. Er mußte einen leichten Schlaf haben.
Nach einer Weile begann der Däne langsam, die Schnur einzuholen. Er kurbelte und stöhnte und schwitzte. Sein Ge-

sicht war so rot, daß ich dachte, es würde sich aufblähen wie ein Ballon und dann mit lautem Knall platzen. Unsere Angebote, ihm zu helfen, schlug er mit aggressivem Grunzen aus.

Einige Minuten später sahen wir seine Beute erstmals. Es war ein länglicher, schlanker, schwarzer Körper, der aus der tödlichen Falle mit immer lahmer werdenden Schwanzschlägen zu entkommen versuchte.

»Ein Hai«, sagte Ramesh enttäuscht.

»Was hast du denn erwartet?« fragte Kumar.

»Schwertfisch, Marlin, Thunfisch ... Was weiß ich«, sagte er und zuckte die Schultern.

»Für mich ist ein Hai gut genug«, grinste ich.

Palle ließ seinem Opfer jetzt wieder etwas mehr Spielraum und erholte sich dabei selbst.

»Ein schöner Brocken«, sagte er, »mindestens eineinhalb bis zwei Meter!«

Er war exakt einhundertachtundsiebzig Zentimeter lang, als er schließlich an Deck lag. Der Kampf hatte fast eine Stunde lang gedauert, und der Däne war völlig geschafft. Trotzdem war er nach unten gestiegen, hatte die Kameraausrüstung hochgeschleppt und fotografierte nun den toten Fisch von allen Seiten. Ich mußte für eine Aufnahme das Maul aufhalten und hätte mir dabei an der Haut des Hais beinahe ein Stück meiner eigenen Haut vom Handrücken gescheuert.

»Was machen wir mit ihm?« fragte ich, als die Fotoorgie zu Ende war.

»Wir schneiden ein paar schöne Steaks heraus und frieren sie ein«, sagte Ducasse. »Den Rest lassen wir bis zum Abend liegen. Als Beweis dafür, daß wir wirklich zum Fischen hier draußen herumkurven. Das indische Kanonenboot wird kommen! Daran gibt es nichts zu rütteln!«

Es kam kurz nach Mittag. Ein schlankes graues Ding mit einer sorgfältig abgedeckten Kanone am Bug und einer Reihe von Antennen und Radareinrichtungen über dem Dach des Steuerhauses. Ramesh hatte es als erster am Horizont entdeckt und den Franzosen verständigt. Der hatte kurz durchs Fernglas geblickt und uns dann in den Salon gebeten.

»Keine Sorge«, sagte er mit beruhigendem Lächeln. »Die haben keinen Grund anzunehmen, wir wären nicht diejenigen, für die sie uns halten. Reiche europäische Touristen, die in Madras ein Boot angeheuert haben, um den Indischen Ozean hautnah kennenzulernen. Sie werden einen Mann an Bord schicken, unsere Papiere kontrollieren, ein paar Fragen stellen und dann wieder verschwinden. Ihr dürft nur eines nicht tun: Sri Lanka als Reiseziel angeben. Wir kurven eine Zeitlang hier draußen herum, dann fahren wir wieder retour nach Madras. Okay? Mit Sri Lanka wollen wir überhaupt nichts zu tun haben. Interessiert uns nicht!«

Er lächelte wieder. »Cool bleiben. Dann kann gar nichts geschehen. Wir gehen jetzt wieder an Deck, einer von euch hängt die Angel ins Wasser, Ramesh wird am Fisch herumschnipseln, ich werde am Ruder stehen, und wer nichts zu tun hat, kann in der Sonne liegen. Faul und bequem.«

Als ich wieder oben war, hatten sich die Inder ein beträchtliches Stück näher an uns herangeschoben. Es hatte auch bereits den ersten Funkkontakt gegeben.

»Er will an Bord kommen«, sagte Ramesh. »Ich habe ihm erklärt, wer wir sind, und gemeint, er könne ruhig kommen. Er dürfe dabei aber unsere reichen Klienten nicht verärgern. Die hätten viel Geld bezahlt, um hier draußen die Ruhe genießen zu können!«

Er grinste.

Palle machte sich an der Angel zu schaffen, Ramesh begann, das Gebiß aus dem Hai zu schneiden, Ducasse übernahm das Steuer, und Kumar und ich legten uns auf das Dach der Deckaufbauten.
»Für die bin ich Inder«, sagte er. »Ich habe einen Paß, der das bestätigt. Er wird zwar nicht fragen, aber falls er es doch tut: Ihr habt mich in Madras kennengelernt. Ich bin Archäologe, habe aber keinen geregelten Job und bin zu eurem privaten Reiseleiter geworden!«
»Keine Sorge«, sagte ich und imitierte dabei den Akzent des Franzosen. Ich war überhaupt nicht beunruhigt und freute mich sogar auf die Begegnung mit der Crew des Kanonenbootes. Es war wie ein Kinderspiel. Jeder von uns hatte eine neue Rolle bekommen und mußte nun versuchen, den Neuankömmling zu täuschen. Der Tamile konnte seine Spannung kaum verbergen. Für ihn waren die Inder Feinde, die er bereits mit der Waffe bekämpft hatte. Jetzt mußte er sich als einer der Ihren ausgeben. Das Boot rückte rasch näher.
Palle stand wieder an der Reling und schien sich nun ausschließlich auf seine Angel zu konzentrieren.
Ich hörte, wie oben das Funkgerät krächzte und der Franzose ein paar Worte sagte. Dann wurde das Brummen des Motors tiefer, und wir drosselten die Fahrt.
Ein paar Minuten später war der Inder so nahe, daß man die Gesichter der Menschen erkennen konnte, die an Deck standen. Ich sah zwei Matrosen in sauberen weißen Uniformen, die mit umgehängten Maschinenpistolen neben einem großen, schlanken Offizier standen, der ein Megaphon in der Rechten hielt und es Sekunden später auch gebrauchte.
»Stoppen Sie die Maschinen«, tönte es blechern übers Wasser. »Wir kommen jetzt längsseits, und ich werde an Bord kommen!«

Der graue Koloß rückte langsam näher. Lauernd, uns beobachtend, wachsam. Er war der Hai, und wir waren die Beute.
Ein kleiner Wind kräuselte die Meeresoberfläche. Wir schaukelten sanft, friedlich, ahnungslos.
Dann war sein Bug auf der Höhe unseres Hecks, die Matrosen hielten Fender über die Seite, aber der Steuermann war ein Meister seines Faches. Er hielt sein Schiff auf etwa einem halben Meter Abstand zu uns, schob den Bug langsam an unserem Heck vorbei, passierte unser Cockpit, schließlich lagen die beiden Schiffe Bug an Bug im ruhigen Wasser und bewegten sich kaum noch.
Der Offizier hatte einen schmalen Schnurrbart, den man erst sah, als der Mann ganz nahe herangekommen war. Jetzt stand er mir gegenüber auf dem anderen Schiff und lächelte. Seine Hand griff nach der Reling, stützte sich ab, dann sprang er mit einem eleganten, elastischen Satz auf unser Deck. Die beiden Matrosen hielten noch immer die Fender fest. Sie hätten sie fallen lassen müssen, um an ihre Waffen zu gelangen. Ich wertete das insgeheim als Zeichen friedlicher Absichten, und die Ruhe in mir blieb.
Der Offizier strich mit einer Hand die weiße Hose glatt, richtete sich dann auf und nahm eine straffe Haltung ein.
»Leutnant Ram Ganjoo«, sagte er steif. »Ich bin der Kommandant dieses Schiffes und für die Ordnung in diesem Gebiet verantwortlich. Ich muß Sie alle bitten, mir Ihre Papiere zu zeigen.«
Ducasse bat ihn höflich in den Salon, und wir folgten. Ramesh hatte aufgeräumt und abgestaubt, der Raum war makellos sauber und strahlte einen Hauch alteuropäischer Vornehmheit aus.
»Heimathafen Madras, nehme ich an«, sagte Ganjoo.
Der Franzose schüttelte den Kopf.

»Pondicherry. Aber ich habe diese Gentlemen in Madras abgeholt!«
Jetzt drehte sich der Offizier zu mir her.
»Was ist der Zweck dieser Seereise?«
Ich zuckte die Schultern. »Urlaub, Abwechslung, Fischen, Sonne, Meer …«
»Haben Sie die Absicht, in ein anderes Land weiterzureisen? Sri Lanka, die Malediven?«
»Wir fahren eigentlich nur im Kreis«, sagte Ducasse rasch. »Morgen abend sind wir wieder in Madras!«
Ramesh kam mit einem Tablett, auf dem eine Whiskyflasche stand. Dimples. Und fünf Gläser.
Der Inder wollte schon ablehnen, überlegte es sich aber dann doch. »Nur ganz wenig für mich«, sagte er, »höchstens zwei Finger breit.«
Er nippte genußvoll am Glas und griff dann nach einem der Pässe, die auf dem Tisch lagen. Es war Kumars.
Nach langem Blättern schaute er auf und sah sich im Kreis um, bis sein Blick am Tamilen hängenblieb.
»Wie können Sie sich eine solche Seereise leisten, Professor?«
Kumar zuckte ganz leicht, wohl nur für mich bemerkbar, zusammen.
»Ich bin Gast dieser beiden Herren!«
»Kumar hat uns gekonnt und überaus profund in die Geheimnisse Ihres Landes eingeweiht, Leutnant. Wenn Sie einmal für jemanden einen Reiseleiter der absoluten Spitzenklasse suchen, dann ist er der richtige Mann«, sagte ich.
»Aber auf See«, meinte der Offizier stirnrunzelnd, »da brauchen Sie doch wohl keinen Reiseleiter mehr!«
»Betrachten Sie es als Akt der Dankbarkeit oder so etwas Ähnliches«, fiel Palle ein. »Wir wollten eben auch hier auf die angenehme Gesellschaft ihres Landsmannes nicht verzichten!«

Leutnant Ram Ganjoo streifte Kumar mit einem langen nachdenklichen Blick. Dieser erstarrte, das Lächeln war ihm längst eingefroren. Auf den Schläfen hatte sich ein Teppich kleiner, glitzernder Schweißtropfen gebildet.
Die Spannung, die im Raum hing, hatte jetzt auch mich gepackt. Wie mit Röntgenaugen sah ich plötzlich die Kisten, die unter dem Boden des Salons verstaut waren. Eine neben der anderen, gefährlich tickend, wie Zeitbomben.
Palle unterbrach das Schweigen mit einem fast schmerzend lauten, heiseren Auflachen. Er drehte sich zur Seite und drosch dem fragilen Tamilen seine Pranke auf die Schulter.
»Was soll diese falsche Bescheidenheit, mein Freund?« dröhnte er. »Du weißt doch, daß wir dich, dein Fachwissen und deine Persönlichkeit schätzen. Da ist dieses zittrige Altweibergehabe doch völlig unangebracht. Ein Mann ist erst dann ein Mann, wenn er auch Lob mit Würde ertragen kann, nicht wahr, Leutnant?«
Der Inder verzog die Lippen unter dem feinen Schnurrbart zu einem kaum merklichen Schmunzeln. Dann zuckte er die Schultern und gab Kumar den Paß.
»Geben Sie mir später Ihre Adresse, Professor. Ich werde Sie weiterempfehlen!«
Wir lachten, wahrscheinlich etwas zu laut. Der Offizier schien sich über diese unerwartete Reaktion auf seine gar nicht so spaßig gemeinte Aussage aber zu freuen. Mit einem Schlag schien er lockerer und befreiter zu sein.
Er blätterte Ducasses Paß nur kurz durch, gab ihn zurück, Rameshs Ausweis öffnete er erst gar nicht.
Jetzt lagen nur noch zwei Pässe auf dem Tisch. Ganjoo griff nach dem Glas, nippte im Stile eines Genießers daran, leckte sich die Lippen und wandte sich an den Franzosen.
»Ein nettes Schiff haben Sie da. Vorkriegsmodell, schätze

ich. Luxusausgabe. Stammt es von einer französischen Werft?«
»Britisch«, sagte Ducasse. »Baujahr 1936. Sie haben recht. Die Denise D. ist ein echter Oldtimer. Einer von der guten Sorte. Für die Ewigkeit gebaut!« Er tätschelte den Tisch vor sich. »Ich habe sie vor acht Jahren in Le Havre gekauft. Da war sie ein Wrack. Heruntergekommen, verrostet.«
Das Interesse des Inders schien echt zu sein.
»Und Sie haben sie allein wieder in Schuß gebracht?«
»Meine Frau hat mir geholfen«, sagte Ducasse ruhig. »Dann haben wir zu Hause alles aufgegeben und sind losgefahren. Mittelmeer, Suez, Rotes Meer, Indien. In Pondicherry sind wir hängengeblieben. Nette Leute getroffen, ich habe einen Job gekriegt, meine Frau ebenso. Dazwischen immer wieder kleinere Charteraufträge wie diesen da.« Er überlegte kurz, ob er weitersprechen sollte. Jeder ahnte, daß der nächste Satz, den er sagen würde, etwas mit seiner Frau zu tun haben würde. Etwas Schweres. Krankheit, Tod. Alle warteten.
»Und Ihre Frau ist jetzt zu Hause, in Pondicherry?« fragte Ganjoo plötzlich mit jovialer Heiterkeit.
Der Franzose blickte ihn erstaunt an. So, als wäre er eben aus einem angenehmen Traum erwacht.
»Denise Ducasse ist tot«, sagte er ohne Trauer. »Sie starb an der Ruhr. Vor zwei Jahren!«
Der Offizier nickte. »Indien ist kein Land für Europäer«, sagte er. Dann griff er nach meinem Paß und schlug ihn auf. Er blätterte eine Weile darin herum, betrachtete manche Seiten genauer und überblätterte andere.
»Sie waren in Sri Lanka«, sagte er schließlich. »Urlaub?«
»Teil, teils«, sagte ich. »Ich bin Journalist, und mein Freund hier ist Fotograf. Wir verkaufen Reisereportagen. Von Indien geht's weiter nach Nepal, dann vielleicht nach Birma.«

Er ignorierte meine Antwort.
»Sie haben Frau und Kinder?« fragte er.
Leugnen wäre Unsinn gewesen. Meine Kinder waren in meinem Paß vermerkt. Das hatte ich völlig vergessen.
»Die reisen nie mit, wenn wir arbeiten«, sagte ich. »Einmal im Jahr sind Mister Jespersen und ich für drei Monate unterwegs«, ich zwang mich zu einem Grinsen. »Das ist dann eine reine Männerangelegenheit. Zu anstrengend für die Familie!«
Er schwenkte wieder völlig überraschend zu einem anderen Thema. »Was haben Sie in Sri Lanka gemacht?«
Ich reagierte so rasch darauf, daß ich selbst überrascht war. »Der Tod eines Urlaubsparadieses – ein Thema, das man von uns drüben immer wieder verlangt hat. Klar. Halb Europa hat hier schon Urlaub gemacht oder sich mit dem Gedanken getragen, es einmal zu tun. Die Reisebüros haben das Land jahrelang als Perle des Indischen Ozeans verkauft. Als letztes Paradies auf Erden. Das wird eine Geschichte, die wir garantiert an ein halbes Dutzend Illustrierte verkaufen!«
»Sie sind Freiberufler?«
»Seit einigen Jahren, ja.«
»Was halten Sie von der Situation auf Sri Lanka?«
Ich zögerte kurz, und Palle nutzte die Gelegenheit, um einzuspringen.
»Zeit, daß endlich wieder Frieden kommt«, sagte er. »Da drüben sind schon zu viele gute Männer gestorben.«
Der Offizier schien wegen der Einmischung des Dänen leicht verärgert zu sein. Er streckte sein Kinn in meine Richtung und sagte: »Und was meinen Sie?«
»Ich meine, daß der Krieg noch sehr lange dauern wird«, sagte ich. »Die Fronten haben sich verhärtet, der Begriff Vernunft existiert nicht mehr. Deshalb wird es auch sehr

schwer sein, fruchtbringende Verhandlungen zu führen.«
Ich zuckte die Schultern. »Vielleicht gelingt es Ihren Truppen wirklich, die alte Ordnung wiederherzustellen.«
Er reichte mir wortlos den Paß und begann in dem des Dänen zu blättern.
»Werden Sie in Sri Lanka an Land gehen?« fragte er unvermutet.
Ducasse runzelte die Stirn.
»Wie meinen Sie das?«
»Sie halten Kurs auf die Insel«, sagte der Inder. »Und zwar exakt. Wenn Sie den Kurs beibehalten, sind Sie in ein paar Stunden in Point Pedro. Das wissen Sie doch?«
»Natürlich weiß ich das«, sagte der Franzose. »Und trotzdem ist es Zufall. Wir werden bald beidrehen und wieder Kurs auf das Festland nehmen!«
Leutnant Ram Ganjoo stand auf. Er nahm das Glas und saugte die letzten Tropfen heraus.
»Ausgezeichneter Whisky«, sagte er.
»Wir haben mehr davon«, meinte Ducasse rasch. »Darf ich Ihnen vielleicht eine Flasche mitgeben?«
»Ein Geschenk unter Freunden?« fragte der Inder.
»Ein Geschenk unter Freunden!« sagte der Franzose.
Ein paar Minuten später legte das Kanonenboot wieder ab, die Motoren wurden lauter, am Heck begann sich das Wasser zu kräuseln, dann entfernte sich der graue Koloß, und alle an Bord atmeten hörbar auf.
»Ein harter Brocken«, sagte Ducasse. Kumar wischte sich endlich den Schweiß von der Stirn.
Palle hatte keine Lust mehr zum Fischen. Wir standen eine Weile an Deck herum und brieten in der Hitze.
Der Skipper hatte viel von seiner anfänglichen Souveränität verloren. Er schien nun wirklich besorgt zu sein. Er stand schon seit längerem bewegungslos an der Reling und starr-

te auf den Horizont. Ich verließ meinen Platz auf dem Aufbautendach und schlenderte auf die andere Seite des Decks.
»Probleme, Käpt'n?« fragte ich, als ich neben ihm stand.
»Probleme?« fragte er und starrte mich geistesabwesend an. Dann hatte er seine Gedanken, die offenbar irgendwohin gewandert waren, wieder in der Gewalt und nickte.
»Der Inder hatte verdammt recht«, sagte er. »Ein paar Stunden noch, und wir wären in Point Pedro gewesen. Oder ganz in der Nähe. Tumpalei heißt unser Treffpunkt. Kleines Fischerdorf, wie das, vor dem ich euch aufgelesen habe. Drei Feuer heißen reine Luft, keine Untiefen, keine Riffe, ich kann bis in unmittelbare Ufernähe fahren. Die Kisten liegen an Deck, das Umladen dauert keine zehn Minuten, ich lasse euch von Bord, und weg bin ich. Full speed!« Er lächelte bitter. »Der verfluchte Offizier. Ich spüre es ganz genau, der hat etwas gerochen. Und ich wette die Denise D. gegen einen Einbaum, daß er irgendwo dort draußen liegt und nur wartet, bis ich einen verdammten Fehler mache. Eine Stunde, vielleicht zwei, kann ich diesen Kurs noch beibehalten. Dann muß ich nach Westen. Er hat uns im Radar und kontrolliert jede Bewegung von uns.«
Die Erleichterung, die mich hatte aufatmen lassen, als der Inder am Horizont verschwunden war, hatte sich verflüchtigt, während der Franzose sprach. Wenn er vernünftig war, dann würde er umkehren und brav nach Madras oder Pondicherry zurücktuckern. Schließlich tat er das Ganze nur aus geschäftlichen Gründen. Ich wußte nicht, wieviel er für seine Dienste von Thalayasingham und dessen Geldgebern kassierte, es war aber sicher zu wenig, um dafür das Schiff oder sogar das Leben zu riskieren.
»Wir fahren also zurück nach Indien«, stellte ich fest. Trocken, bestimmt, so, als hätte ich eben den Befehl dafür gegeben.

Ducasse starrte mich einen Augenblick lang an.
»Natürlich fahren wir zurück nach Indien«, sagte er. »Ich bin doch nicht verrückt und lasse mich auf den Grund des Indischen Ozeans schießen. Wir nehmen Kurs auf Vedaranyam. Und zwar sofort!«
Er ging rasch zur Brücke, und ich sah, wie er sich mit Ramesh unterhielt.
»Das wär's dann gewesen«, sagte ich halblaut zu mir selbst. Ich wußte nicht, ob ich verbittert, wütend, enttäuscht oder erleichtert sein sollte. Die neue Situation würde allerdings bald eine Entscheidung von mir verlangen. Was würde ich tun, wenn wir wieder in Madras waren? Mich von Palle verabschieden. Das war sicher. Aber dann? Die große Leere. Keine Aufgabe, kein Job, kein Ziel. Australien vielleicht. Ich wollte immer schon dort leben. Ich erinnerte mich an eine Geschichte über einen verwegenen Haufen von Opalschürfern, die in einem Wüstenkaff namens Andamooka ihr Glück suchten. Ich hatte mir sogar den Namen gemerkt: Andamooka. Oder Südamerika? Farmer in Paraguay? Goldgräber in Venezuela? Meine Gedanken waren lächerlich, das wußte ich. Feige und lächerlich. Und inkonsequent. Ich hatte ja ein Ziel. Thalayasingham. Und der würde auch noch dasein, wenn wir wieder in Indien waren.
Ich ging unter Deck und legte mich in meine Koje. Es war kühler als oben, und ich schlief bald ein.
Als ich wach wurde, hatte die Dämmerung bereits eingesetzt. Es war grau und düster in der Kabine, und ich beeilte mich aufzustehen.
Palle und Ramesh saßen im Salon und unterhielten sich. Der Däne hatte dem Franzosen wohl eine Flasche Whisky abgekauft. Sie stand vor ihm und war halb leer.
»Hallo«, sagte er, als er mich sah. »Drink gefällig?«
Ich wehrte mich nicht dagegen.

»Wann sind wir in Veda-Irgendwas oder wie das Kaff heißt?« fragte ich.
Ramesh lächelte. »Längst vorbei. Wir steuern jetzt einen Nordkurs und werden bald eine Neunzig-Grad-Wendung nach Osten machen.«
»Osten?« fragte ich und muß dabei so stupid ausgesehen haben, daß beide laut lachten.
»Der Skipper will immer noch nach Sri Lanka«, schnaubte Palle, »und das ehrt ihn. Er versucht jetzt, mit List und Tücke den Inder abzuschütteln. Zuerst will er kerzengerade hinaus aufs offene Meer. Hundert Meilen weit, und dann kerzengerade nach Süden.«
»Sie werden natürlich nicht bei Point Pedro aussteigen können«, sagte Ramesh. »Das wäre trotz unseres Ablenkungsmanövers zu gefährlich. Wahrscheinlich hat der Leutnant längst über Funk mit dem Armeehauptquartier in Jaffna gesprochen. Die warten dort auf uns. Aber irgendwo an der Nordostküste wird es schon funktionieren. Morgen früh seid ihr an Land. Und eure Fracht auch. Die müßt ihr dann eben irgendwo verstauen und später abholen.«
»Weißt du, was das heißt?« stöhnte der Däne, »Dschungelmarsch! Ein verdammter knochenbrechender Marsch durch das, was man nicht zu Unrecht die grüne Hölle nennt!«
Mir war's egal. Ich war jetzt wieder im Rennen und konnte mir keine weiteren Gedanken an vorzeitiges Aufgeben leisten. Also doch Sri Lanka! Diesmal endgültig. Es sei denn, dem Inder gelang es, uns zu versenken.
Ich half dem Dänen, die Flasche zu leeren, und ging dann an Deck. Der Sternenhimmel hatte sich wie ein gewaltiger, glitzernder Regenschirm über uns aufgespannt, und die Heckwelle glänzte, als ob sie jemand mit Phosphorfarbe angemalt hätte. Es war nicht mehr heiß und noch nicht richtig kühl. Es roch nach Fletcher Christian und Humphrey Bo-

gart. Rani hatte immer über die Bubenträume gelacht, die ich ihr in ähnlichen Situationen begreifbar zu machen versuchte. Für diese Art von Romantik hatte sie nie viel übrig gehabt. Eigentlich, dachte ich, hatte sie überhaupt nicht zu mir gepaßt. Und trotzdem ging sie mir in diesem Augenblick so wahnsinnig ab.
Ich saß da, ließ mir den Fahrtwind ins Gesicht blasen und leckte das Salz aus dem Bart.
Nach einer Weile ging ich zu Ducasse, der völlig im Dunkeln am Steuerrad stand. Wir hatten weder die Positionslichter noch das Kompaßlicht eingeschaltet.
»Ich steuere nach den Sternen«, sagte der Franzose und begann, mir die Sternbilder zu zeigen. Orion, Zwilling, Krebs, den Kleinen Hund. »Man sucht sich eine Gestirnformation«, sagte er, »und versucht, den Bug in diese Richtung zu halten. Natürlich kontrolliert man den Kurs in regelmäßigen Abständen am Kompaß. Dafür genügt aber ein feiner Taschenlampenstrahl, den man von dort draußen nicht sehen kann.«
»Du glaubst, er ist immer noch draußen?«
»Ein verdammt unangenehmer Bursche«, murmelte er, »man kann nie wissen. Ich glaube zwar nicht, daß er uns verfolgt, aber ich will trotzdem jedes Risiko ausschalten.«
Er bat mich, hinunterzugehen und ihm eine Schale Kaffee zu bringen. Ramesh stellte einen Kessel auf die Gasflamme. Ich rührte das Pulver mit dem Zucker und dem dampfenden Wasser zu einer schwarzen Brühe und brachte sie an Deck.
Die Stunden verrannen zäh. Wir waren längst auf Südkurs gegangen. Die Wellen waren jetzt stärker geworden. Die Denise D. erkämpfte sich unaufhaltsam und stur ihren Weg.
Es war irgendwann nach Mitternacht, als wir den Tanker sichteten, der hell erleuchtet einige Meilen vor uns unseren Kurs kreuzte.

»Weiß der Himmel, was der hier tut«, sagte Ducasse. »Die Tankerroute verläuft viel weiter südlich. Die meisten umschiffen Sri Lanka am anderen Ende.«
Trotz der Entfernung konnte man die Ausmaße des stählernen Ungetüms erahnen. Es machte gewaltig Fahrt.
»Wenn ich so einen Kerl sehe, dann wird mir immer mulmig im Magen«, sagte Ducasse. »Eine Granate, eine Bombe oder auch nur ein technisches Gebrechen oder ein Riff. Ein klitzekleines Korallenriff, das selbst in den modernsten Karten nicht verzeichnet ist. Und unser wunderschöner Indischer Ozean wird zur Pestgrube.«
Ich war überrascht.
»Die Bomben und Granaten, die den Burschen da vorne versenken könnten, die führst du wahrscheinlich da unten mit, Gilles!« sagte ich.
Neben mir blieb es eine Weile still. Ich hörte ihn atmen. Langsam und gleichmäßig. Dann räusperte er sich.
»Die haben mir geholfen, als es mir dreckig ging. Jetzt helfe ich ihnen.«
»Pardon«, sagte ich, »es tut mir leid. Es geht mich wirklich nichts an, was du warum tust.«
Die Lichter des Tankers waren jetzt nicht mehr zu sehen. Unser Diesel brummte gleichmäßig und einschläfernd, und der Franzose schwieg wieder.
Der Wind kam böig und zerrte am Haar. Es war beinahe kühl.
»Übernimm du das Steuer«, sagte er plötzlich und riß mich aus einem angenehmen Halbschlaf.
»Ich kann das nicht«, sagte ich und hörte ihn lachen.
»Jeder kann das«, brummte er gutmütig. »Stell dich hierher.«
Ich tat die paar Schritte und stand vor dem Steuerrad. Es war hell genug, daß man den Bug sehen konnte. Die An-

kerwinde hockte dort vorne wie ein schwarzes Urzeittier an Deck. Ducasse zeigte mir nochmals den Stern, den er sich als Navigationshilfe ausgesucht hatte, und überließ mir das Ruder.

Es war einfacher, als ich gedacht hatte. Bis uns eine größere Welle so weit vom Kurs abdrängte, daß ich kräftig zu kurbeln beginnen mußte. Das Ruder reagierte zunächst nur zögernd, und als es endlich griff, geschah es so rasch, daß wir weit über meinen Stern hinausschossen und ich wieder dagegensteuern mußte.

Ich arbeitete eine Weile verbissen am Ruder und bemerkte gar nicht, daß Ducasse längst wieder neben mir stand und mich beobachtete.

»Netter Zickzackkurs«, schmunzelte er. »Wenn der Inder immer noch hinter uns her ist, dann wird ihn das einigermaßen verwirren!« Er trug zwei Tassen mit dampfendem Kaffee und reichte mir eine. Ich nahm sie und trat vom Ruder zurück.

»Ihre Wache, Käpt'n«, sagte ich.

Wir standen da und tranken. Der Boden unter meinen Füßen rollte sanft und rhythmisch von Seite zu Seite. Ich bemerkte die Bewegung kaum noch.

»Denise und ich kannten einen Jungen«, sagte er. »Kirit. Er war immer da, wenn man ihn brauchte, erledigte für uns die Besorgungen in der Stadt, half an Bord mit, trieb Kunden für uns auf. Unentbehrlich. Der Junge wurde bald unentbehrlich. Denise hatte einen Narren an ihm gefressen. Durch ihn lernten wir eine ganze Reihe von Leuten kennen. Menschen, die ich heute noch zu meinen engsten Freunden zähle. Langweile ich Sie?«

Ich hatte ihm konzentriert zugehört und bat ihn weiterzusprechen.

»Kirit war Tamile. Als es drüben auf Sri Lanka losging, ging

auch er hinüber. Irgend jemand in Thalayasinghams Nähe war eng mit ihm verwandt. Der hat ihn hinübergelotst. Er ist nie mehr zurückgekommen. Die einen sagen, er wäre bei einem Überfall erschossen worden, andere meinen, er wäre von der regulären Armee gefaßt und hingerichtet worden, die Optimisten unter meinen Freunden behaupten sogar, er säße im Gefängnis und würde noch leben.«
Jetzt hatte auch er seinen Stern verloren. Er drehte eine Weile am Steuerrad, um ihn wiederzufinden.
»Als Denise starb, hatte ich nur noch meine tamilischen Freunde. Der Kontakt zwischen ihnen und dem Tiger war noch immer eng. Einige von ihnen halfen mit, wichtige Dinge auf die Insel zu bringen. Lebensmittel, Kleidung, aber auch Waffen und Munition. Ich transportiere nur Kisten. Sonst nichts. Kisten, deren Inhalt ich nie kannte. Und auch nicht kennen will.«
Der Wind, die Wellen, das monotone Stampfen des Motors. Die Nacht schmeckte kühl und nach Salz. Unser Ziel mußte schon ziemlich nahe sein. Ich fragte Ducasse.
»Wenn es Tag wäre, dann müßten wir in etwa einer Stunde Land sehen. So wird's nur der Leuchtturm von Point Pedro sein. Wenn wir den sehen, dann ändern wir kurz den Kurs, drosseln die Maschine und schieben uns ganz langsam in Richtung Land. Bis Manalkadu. Flache Küste, kein Problem!«

Der Inder kam kurz vor dem Morgengrauen. Die Nacht hatte gerade begonnen, sich auf ihren Abtritt vorzubereiten, als wir das Funkgerät krächzen hörten.
»Denise D.«, sagte die Stimme, und ich vermutete, daß sie Leutnant Ram Ganjoo gehörte, »drehen Sie bei, und warten Sie, bis wir an Bord kommen!«

»Merde!« schrie der Franzose und stampfte mit dem Fuß aufs Deck. »Ich hab gewußt, daß der Scheißkerl nicht aufgibt. Ich hab's gewußt!«
Wenn es ihm ebenso erging wie mir, dann mußte auch in ihm glühende Lava von der Magengegend in den Kopf hochgestiegen sein. Mein Herz klopfte wie verrückt, und ich spürte, wie ich zu schwitzen begann.
Die Überraschung war dem Inder geglückt. Wir waren ihm ausgeliefert. Und das wenige Meilen vor unserem Ziel.
Ducasse griff zum Funkgerät und schaltete es aus.
»Ich will nicht noch mehr von seinem Scheiß hören«, murmelte er zu sich selbst.
»Was tust du jetzt?« fragte ich und kam mir dabei unendlich hilflos vor.
Er sagte nichts. Ich hörte nur, wie der Motor plötzlich einen helleren, höheren Klang bekam, und spürte, wie der Boden unter mir an den Füßen zu zerren begann. Ich griff nach dem nächstbesten Halt und verhinderte damit den Sturz.
»Die gute alte Denise hat noch einiges auf dem Kasten«, sagte Ducasse neben mir. Es klang wie ein Selbstgespräch.
Er hatte den Kurs geändert. Meiner Schätzung nach mußten wir nun wieder nach Osten fahren.
»Alter Körper, neues Herz«, sagte der Franzose. »Der Motor ist erst ein Jahr alt. War eine Idee meiner tamilischen Freunde. Für Notfälle wie diesen.«
»Wieviel schafft sie?« fragte ich.
»Fünfundzwanzig bis dreißig Knoten. Oder mehr. Ich habe sie bis jetzt auf Distanz noch nie voll ausgefahren.«
Ramesh tauchte an Deck auf, wenig später waren auch Palle und Kumar da.
»Was zum Teufel ist hier los?« knurrte der Dicke. »Ich habe geschlummert wie ein Baby, und plötzlich hat es mich aus

der Koje katapultiert.« Er grinste. »Hat ja allerhand Feuer, die alte Lady!«
Kumar bemerkte das ausgeschaltete Funkgerät. »Wie weit ist er noch weg?« fragte er.
»Nicht weit«, sagte Ducasse. »Er hat uns befohlen, beizudrehen und zu warten, bis er an Bord käme!«
»Schweinehund«, sagte Ramesh, »wirst du tun, was er sagt?«
»Noch nicht, er hat sich noch nicht gezeigt. Noch besteht die Chance, daß er zu weit weg ist, um uns etwas antun zu können. Vielleicht hat er doch nur geblufft.«
Er hatte nicht geblufft. Leutnant Ram Ganjoo war ein gewissenhafter Mann. Er hatte uns seit unserem Zusammentreffen nicht aus seinem Radarbereich entkommen lassen und wußte, daß nun die Zeit zum Zuschlagen gekommen war.
Die Lichtsignale am Horizont waren unübersehbar.
Der Franzose reagierte sofort darauf und änderte noch einmal den Kurs.
»Jetzt kann uns nur noch das Land retten«, sagte er. »In einer Stunde ist es hell. Bis dahin müssen wir eine Bucht gefunden haben, in der wir uns verstecken können. Wir haben mindestens fünf Meilen Vorsprung, und ich glaube nicht, daß er mehr Top-Speed hat als wir.«
Ich überlegte, was ich an seiner Stelle getan hätte. Die Ladung über Bord werfen und dann so tun, als hätten wir uns verfahren? Ram Ganjoo hätte uns diese Story nie abgenommen. Unsere einzige Chance war die verbleibende Stunde Dunkelheit. Bei voller Geschwindigkeit mußten wir in etwa dreißig Minuten auf Land stoßen. Dann die Küste entlang und auf ein Wunder warten.
»Kennst du die Nordostküste gut?« fragte ich den Skipper. Nicht aus Neugierde, und auch nicht, weil mich eine positi-

ve Antwort beruhigt hätte. Wahrscheinlich nur, um das lähmende Schweigen zu durchbrechen. Um mir keine Zeit für düstere Gedanken zu geben. Um die Angst nicht noch näher an mich heranzulassen.

»Ich war ein paarmal da«, sagte der Franzose. »Bei Tag und nur zum Sightseeing. Ich weiß nur, daß irgendwo ein verdammt heimtückisches Riff wartet. Knapp unter der Wasseroberfläche. Man sieht es nur bei Tag, wenn die Wellen ans Ufer rollen. Die kriegen an dieser Stelle einen eigenartigen Knick, so, als würde ihnen jemand ein Bein stellen. Das ist in der Nähe von Mullaittivu. Ein paar Meilen weiter südlich davon ist eine große, weitverzweigte Bucht. Die könnten wir schaffen!« Er atmete tief durch. »Wenn wir viel, viel Glück haben.«

Beim Inder blinkte es wieder. Der Abstand schien sich kaum verringert zu haben. Aber selbst eine halbwegs korrekte Schätzung der Entfernung war unmöglich.

Die Denise D. stöhnte und knarrte. Für solche Geschwindigkeiten war sie nicht gebaut worden. Abgesehen von dieser Geräuschkulisse hielt sie sich aber glänzend.

Die Spannung war groß und beklemmend. Alle starrten auf den Punkt, an dem die Lichter des Inders zuletzt zu sehen gewesen waren. Jetzt war dort schwarzes Nichts.

»Er wird sich nicht mehr zeigen, bis er uns hat«, sagte Kumar.

Palle lachte laut auf. Wir anderen zuckten zusammen.

»Er wird uns nicht kriegen«, sagte er. »Die gute alte Denise wird es schaffen. Bei Schiffen kenne ich mich aus. Und das hier ist ein ganz besonders heißes Exemplar, das könnt ihr mir glauben. Habe ich recht, Ducasse?«

Der Franzose sagte nichts. Dafür redete der Däne weiter.

»Der Inder schafft zwanzig bis fünfundzwanzig Knoten. Mehr gebe ich dem Kahn nicht.« Wieder das Lachen. »Der

Idiot hat uns maßlos unterschätzt. Hat gedacht, wir würden auseinanderfallen, wenn wir Gas geben. Deshalb hat er seine Flagge etwas zu früh gezeigt.«

Palle ging an die Reling und beugte sich in die Richtung, in der er den Inder vermutete, vor.

»Pech gehabt, Junge«, brüllte er. »Fahr zurück und versenke ein paar Einbäume. Zu mehr bist du nicht fähig!«

Vielleicht war's der Alkohol, von dem er allerdings eine ganze Menge vertrug. Vielleicht hatte auch er Angst und versuchte, sie auf diese Weise loszuwerden.

Palle Jespersen ging mir in diesem Augenblick fürchterlich auf die Nerven. Wo war die kühle Selbstsicherheit geblieben, mit der er sonst brenzligen Situationen zu begegnen schien?

Es wurde eng für uns.

Nach zwanzig Minuten reagierte das Echolot und zeigte Grund an. Noch immer keine Spur von Ganjoos Kanonenboot.

Der Boden stieg rasch an, und Ducasse begann, am Steuerrad zu drehen.

»Ich weiß zwar nicht genau, wo wir sind, Sri Lanka ist aber schon verdammt nahe«, sagte er.

»Dann sind wir ja schon innerhalb der Dreimeilenzone«, sagte Kumar. »Da darf der Inder nicht hinein!«

»Der kümmert sich einen Dreck darum«, brummte der Franzose. »Seine Soldaten kämpfen an Land, die nationale Armee hat sich zurückgezogen. Wer soll ihn denn von hier vertreiben?«

Und plötzlich war er wieder da. Auf unserer Backbordseite flammte ein Suchscheinwerfer auf, strich wie ein riesiger goldener Zeigefinger durch die grauer werdende Nacht, wanderte unheilverkündend über unsere Köpfe, kam zurück und tauchte die Brücke in helles Licht.

Der Franzose war hinter dem Steuerrad erstarrt.

»Drehen Sie bei«, sagte eine blecherne Stimme. »Ich gebe Ihnen dreißig Sekunden, dann eröffnen wir das Feuer!«
»Was glaubt der denn, wer er ist«, brüllte Palle, »ein verdammter Piratenkapitän?«
»Wir müssen noch näher ans Land heran«, sagte Ramesh völlig ruhig, und Ducasse folgte dem Ratschlag automatisch. Er drosselte den Motor zunächst, richtete den Bug dorthin, wo er Land vermutete, und gab dann plötzlich Vollgas. Die Denise D. richtete sich auf, ein Ruck ging durch den gesamten Schiffsrumpf, der Motor heulte, und wir schossen vorwärts. Im selben Augenblick begann hinter uns das trockene Hämmern von Maschinengewehrschüssen.
Ich legte mich flach aufs Deck und dachte an gar nichts mehr. Unter mir vibrierte das Holz, die Schüsse hörten nicht auf. Der hohe, entsetzte Schrei kam von der Brücke.
»Ramesh«, schrie Ducasse. Dann klatschte etwas ins Wasser, und der Schrei verstummte.
»Wer beten will, soll's tun«, rief der Franzose. »Ich setze sie auf den Strand. Haltet euch fest!«
Ich lag da und wartete. Die Denise D. würde sich in den Sand bohren und dann wie ein Schlitten vorwärtsschießen. Vielleicht könnten wir sie später wieder flottkriegen. Scheiße! Warte, bis es geschieht. Du kannst es doch nicht ändern!
Der Morgen kam jetzt rasch. Es war heller geworden, und ich hob vorsichtig den Kopf. Im Grau vor uns klebte ein dicker schwarzer Streifen. Ich sah Palmen, die sich vom Himmel abhoben, und glaubte sogar, die Brandung zu hören.
Die Schüsse waren jetzt verstummt. Nur der Scheinwerfer war noch da. Er leckte von hinten übers Deck, und ich wunderte mich, warum der Inder nicht mehr feuerte.

Plötzlich wurde das Brummen unter meinem Bauch tiefer, der Motor drehte langsamer, dann kam der Aufprall.
Ich hatte mich an einer Relingstrebe festgeklammert und tat es noch immer, obwohl ich längst durch die Luft flog. Es dauerte endlos lange, bis ich auf dem Sand aufklatschte. In meinem Kopf explodierte etwas, ich sah ein Feuerwerk aus Rot, Orange und gleißendem Gelb. Dann war es ruhig. Ich spürte keine Schmerzen, nur der Sand in meinem Mund irritierte mich. Ich kratzte ihn mit der Zunge vom Gaumen und spuckte aus.
Auf einmal hörte ich wieder die Schüsse. Hinter mir bohrte sich etwas in den Sand, und ich wußte, daß ich äußerst ungünstig lag.
Neben mir Schritte. Schweres Keuchen. Der Däne packte mich am Arm und riß mich hoch.
»Weg von da. Wir müssen zu den Bäumen!«
Ich taumelte auf die Beine. Die Schulter, an der er zerrte, schmerzte höllisch, meine Knie knickten ein, ich stürzte, kam wieder hoch, ging, ging schneller, lief, stürzte wieder. Die Schulter! Dann waren die Palmen da. Ich rannte noch immer. Immer geradeaus. Immer geradeaus. Dann konnte ich nicht mehr weiter. Ich ließ mich fallen und rührte mich einige Sekunden lang nicht mehr.
Die Schüsse waren noch immer da. Sie verstummten erst, als der gewaltige Knall kam und die Denise D. hinter uns in einem Feuerball verschwand.

Der Boden war sandig und stellenweise mit zähem, dickem Gras überwachsen. Ich griff mit den Händen um mich und blieb an einem abgebrochenen Palmwedel hängen. Eine scharfe Spitze stach in meinen Handballen.

Hinter mir war nur das alles übertönende Geräusch des Feuers. Das Zischen und Prasseln wurde dann und wann von einer Explosion unterbrochen. Ein dumpfer Knall, der in den Ohren schmerzte. Ich stützte mich auf und spürte wieder den Schmerz in der linken Schulter. Er war unangenehm, aber erträglich. Als ich saß, blickte ich um mich. Die Dunkelheit war nicht mehr allzu dicht und wurde durch den Feuerschein erhellt, der orangefarben zwischen den Palmstämmen durchflackerte.
Die massige Gestalt des Dänen stand nicht weit von mir entfernt an einen Baumstamm gelehnt. Ich stand mühsam auf und ging zu ihm. Wir setzten uns und starrten auf das Feuer.
»Der Mistkerl ist immer noch irgendwo da draußen«, sagte er.
»Zu feige, um ein Boot an Land zu schicken. Wir könnten ja bewaffnet sein.« Er kicherte, als ob er einen guten Witz erzählt hätte.
»Wo sind die anderen?« fragte ich.
»Den Matrosen, ich glaube, Ramesh hat er geheißen, den hat's erwischt.«
»Hab ich gehört«, sagte ich und dachte an Ducasses entsetzten Aufschrei. »Und Kumar und der Käpt'n?«
»Keine Ahnung«, sagte er. »Ich würde jetzt aber nicht auf den Strand hinausgehen und nach ihnen suchen.«
Nach einer halben Stunde wußten wir, daß der Inder nicht mehr da war. Es war Tag geworden, und das Meer vor uns war leer. Das schwarze Gerippe der Denise D. ragte rauchend aus dem Sand. Wie die bizarren Reste eines Dinosauriers.
Unter dem Strandgut fanden wir Palles Fototasche. Er hatte sie bei sich an Deck gehabt, und sie mußte wie ich durch die Luft katapultiert worden sein, als wir auf dem Strand

aufsetzten. Zwei Vorsatzlinsen waren zerbrochen, sonst schien alles intakt zu sein. Wir fanden Unmengen von verbogenem Metall, glosende Stoffreste, aber kaum etwas Brauchbares.
Als wir wieder auf die Palmen zugingen, stolperte ich beinahe über eine Kiste, die sich in den Sand gebohrt hatte. Das Holz war an einer Stelle geborsten, und ich sah, daß der Inhalt aus Corned-beef-Dosen bestand.
»Ein Wunder«, krächzte ich und blickte zum rauchenden Trümmerhaufen zurück, der vor kurzem noch ein recht stattliches Schiff gewesen war. Weiß der Himmel, wo die Kiste verstaut gewesen war, als die Serie der Explosionen losgegangen war.
Der Däne kniete neben mir nieder und riß das Holz auf. »Frühstück«, grinste er, entfernte den kleinen Dosenöffner vom Konservenrand und drehte am Blech, bis es offen war. Wir aßen das warme Fleisch mit den Fingern, und auch das Knirschen der Sandkörner zwischen den Zähnen konnte uns den Appetit nicht verderben.
Später trugen wir die Kiste in den Palmenwald und verstauten sie unter einem Haufen dürrer Palmwedel.
Kumar lag etwa hundert Meter von diesem Ort entfernt im Schutz eines umgestürzten Stammes. Wir hatten zuerst sein Stöhnen gehört und ihn dann rasch gefunden. Ducasse hockte neben ihm und bemühte sich, mit den Fetzen seines T-Shirts eine blutende Wunde am Oberarm des Tamilen zu verbinden. »Ich hab ihn erst vor einer halben Stunde hier gefunden«, sagte der Franzose. »Er muß bewußtlos gewesen sein. Die Wunde selbst ist nichts Aufregendes. Viel zerfetztes Fleisch, aber ich glaube, der Knochen ist in Ordnung!«
Kumar schlug die Augen auf und blickte mich an. Er versuchte ein Lächeln. Mit einiger Anstrengung gelang ihm das auch.

»Ich bin bald wieder in Ordnung«, sagte er.
»Natürlich«, antwortete ich.
Der Däne verschwand raschelnd hinter den Palmen und kam ein paar Minuten später mit der Corned-beef-Kiste wieder zurück. Ducasse riß die Augen auf.
»Leider ist das das einzig Brauchbare, das von deinem Schiff übriggeblieben ist«, sagte Palle. Er wollte nicht, daß es hämisch klang, trotzdem schien es auf den Franzosen wie ein Stich ins Herz zu wirken. Er sank in sich zusammen, hatte sich aber bald wieder in der Gewalt.
»Wir müssen so rasch wie möglich von hier weg«, sagte er. »Der Mistkerl hat sicher die Truppen an Land verständigt. Wahrscheinlich ist schon ein Helikopter unterwegs.«
»Wo sollen wir denn hingehen?« fragte ich.
»Mullaittivu muß nördlich von uns liegen«, überlegte Ducasse. »Wenn wir in Küstennähe bleiben und uns in diese Richtung halten, dürften wir es nicht verfehlen.«
Kumar bemühte sich aufzustehen. Nach einer Weile schaffte er es. Er stand wackelig auf den Beinen, aber er stand.
»Wir müssen nach Norden«, sagte der Tamile. »Aber Mullaittivu hilft uns nicht viel. Wir haben keine Leute dort. Wahrscheinlich machen die sogar mit den Indern gemeinsame Sache. Auf alle Fälle können wir es nicht riskieren, uns dort blicken zu lassen.«
»Wo habt ihr denn eure Leute?« fragte der Däne. »Und wo befindet sich der Tiger im Augenblick?«
Kumar blickte ihn lange an, bevor er antwortete.
»Das«, sagte er langsam, »wissen nur seine engsten Vertrauten. Ich selbst habe keine Ahnung.«
»Aber du hast uns doch hierhergebracht«, drängte der Däne. »Du mußt doch einen Auftrag haben!«
Kumar griff sich an den Oberarm und atmete tief durch.
»Ich habe euch nicht hierhergebracht. Dafür ist das indische

Kanonenboot verantwortlich«, sagte er, und ich merkte, daß er sich bemühte, Schmerz und Ärger zu unterdrücken. »Mein Auftrag war, euch in Tumpalai an Land zu bringen. Dort hätte uns jemand erwartet und zum Tiger gebracht. Jetzt müssen wir auf andere Art versuchen, mit seinen Leuten in Kontakt zu kommen. Auf alle Fälle müssen wir zuerst von hier weg, wenn wir weiterleben wollen!«

Ducasse nickte. »Jeder soll ein paar Corned-beef-Dosen einstecken, und dann los!«

Trotz des Schattens, den die Palmen über uns ausbreiteten, war es bereits heiß geworden. Das dünne T-Shirt klebte an meinem Rücken, und ich rollte die Hose bis zu den Knien hoch. Zum Glück hatte ich noch meine Tennisschuhe, denn barfuß wäre der Weg, der vor uns lag, wohl kaum zu schaffen gewesen.

Kumar führte unsere kleine Gruppe an, dann kamen Palle und ich. Der Franzose bildete den Schluß.

Der Palmenhain ging bald in eine von niedrigen Bäumen bewachsene Steppe über. Gras, dürre Büsche, rote Erde und die unbarmherzige Gluthitze von oben. Wir versuchten, jeden Flecken Schatten, den die gottverlassene Gegend bot, auszunutzen, und bewegten uns in einer völlig unrationellen, aber vermeintlich kühleren Schlangenlinie vorwärts.

Nach ein paar Kilometern blieb Kumar plötzlich stehen und legte einen Zeigefinger an die Lippen. Wir stoppten ebenfalls und verhielten uns völlig still.

Ich hörte sogleich das ferne Brummen, das den Tamilen offenbar zum Stehenbleiben veranlaßt hatte. Es war das Motorengeräusch eines schweren Lastwagens und es kam rasch näher, wurde lauter, veränderte sich durch einen Schaltvorgang des Fahrers, wurde wieder leiser und verschwand schließlich irgendwo am Horizont.

Das akustische Signal unserer sogenannten Zivilisation

wirkte in diesem bizarren, menschenleeren Backofen wie ein Schock auf uns. Keiner hatte sich gerührt, bis wieder Stille eingekehrt war.

»Da vorne«, sagte der Däne unnötigerweise, »ist eine Straße!«

Keiner antwortete. Wir gingen langsam los und versuchten, jedes unnötige Geräusch zu vermeiden.

Vielleicht war es ein Militärlastwagen gewesen. Inder natürlich. Wahrscheinlich hätten die Soldaten bei unserem Anblick sofort das Feuer eröffnet. Immerhin war in diesem Teil der Welt Krieg. Erbitterter, blutiger, unbarmherziger Krieg. Keiner hatte uns gebeten hierherzukommen. Jetzt, wo wir da waren, waren wir den herrschenden Gesetzen ausgeliefert. Man wird erschossen, erstochen, in die Luft gesprengt und vielleicht eingescharrt. Oder verbrannt. Oder in irgendein Gewässer geworfen.

Krieg. Obwohl ich ihm noch nie begegnet war, spürte ich, daß er auf mich lauerte. Ich hörte seinen Atem und roch das Blut. Das Gefühl der Geborgenheit, das mich bisher überallhin begleitet hatte, war wie weggeblasen. Ich stand nackt in der Löwengrube. Die Bestien waren noch nicht da, aber sie würden kommen. Bald.

Die Straße war ein schmales Asphaltband, das sich blaßgrau vor uns entrollte. Die Büsche reichten bis an den Straßenrand, und wir nutzten ihren Schutz aus, so gut es ging.

Nach Süden hin konnten wir den Verlauf einen Kilometer weit oder länger verfolgen. Außer der flimmernden Hitze, die den Horizont zu einer verschwimmenden, gallertartigen, glitzernden Masse machte, war nichts zu sehen. Rechts von uns in Richtung Norden machte die Straße nach etwa hundert Metern einen Knick und verschwand hinter einem kleinen Hügel. Nicht höher als fünf Meter, aber hoch genug,

um den weiteren Verlauf der Asphaltschlange für uns unsichtbar zu machen.
Wir lagen im Schatten und schwitzten.
»Es ist die Straße nach Mullaittivu«, sagte Kumar. »Wir werden sie überqueren und uns nach Westen durchschlagen. Wenn mich nicht alles täuscht, weiß ich jetzt ungefähr, wo wir sind. Ein paar Kilometer weiter nördlich von hier ist wahrscheinlich ein See. Der Nanthi Kadal. Eigentlich ist er eine Lagune, weil er bei Vadduvakallu einen Zugang zum Meer hat. Wenn wir ihn umgehen, müßten wir bald auf ein paar Dörfer stoßen, die ich von früher her kenne. Zum ersten Stützpunkt, den wir in dieser Gegend haben, ist es allerdings noch ein ziemlich weiter Weg. Wenn wir Glück haben, sind wir morgen abend dort.«
Der schüchterne Archäologe, den ich früher gekannt hatte, war tot. Vor uns stand der Revolutionär Kumar. Der zu allem entschlossene Widerstandskämpfer. Ein Mann mit Führerqualitäten.
Auf der anderen Straßenseite war der Wald dichter, und wir kamen rascher voran.
Ducasse war der erste, der den Hubschrauber hörte. Wir waren gerade an einem kleinen Bach stehengeblieben, um unsere Gesichter ins lockend kühle Wasser zu stecken, als der Franzose erstarrte. Augenblicke später hörten auch wir das abgehackte Hämmern in der Luft.
Ducasse und Kumar drehten sich gleichzeitig um und rannten zurück zu den Büschen, die etwa zehn Meter hinter uns wesentlich dichter waren als hier am Bach. Als Palle und ich neben ihnen im kniehohen Gras lagen, zerhackte der Helikopter bereits in wesentlich geringerer Entfernung die Luft.
»Er kann uns unmöglich gesehen haben«, flüsterte Kumar. »Er wird zur Küste fliegen und sich das ausgebrannte

Wrack anschauen. Dann werden sie die nähere Umgebung absuchen und wieder nach Jaffna zurückfliegen!«
Trotzdem vergingen beklemmende Minuten, bis das Gehämmere in der Luft leiser wurde und schließlich ganz erstarb.
Der Bach war immer noch so kühl, wie ich es mir vorher vorgestellt hatte. Ich spritzte mir mit beiden Händen so viel Wasser, wie ich fassen konnte, auf Brust und Bauch und genoß ein paar Augenblicke lang die Illusion, aus dem Backofen in eine wohlklimatisierte, kühle Welt gelangt zu sein.
Es war beinahe Mittag, und der Däne zog eine seiner Corned-beef-Dosen aus der Hose. Kumar winkte ab.
»Hier sind wir zu ungeschützt. Gehen wir ein paar Kilometer weiter. Der Wald scheint dort vorne noch dichter zu werden. Außer mehr Schatten gibt's dort auch mehr Sicherheit.«
Keiner widersprach ihm. Er war der Boß, und wir trotteten wieder los. Ich blickte in Palles Gesicht und sah nichts. Nur eine schweißüberströmte Maske mit harten, starren Zügen.
Das Fleisch in der Dose war warm und weich und schwamm im verflüssigten Fett. Ich hatte keinen Hunger, aß es aber trotzdem. Wer weiß, wann ich wieder etwas zwischen die Zähne kriegen würde. Wir waren an einem kleinen Tümpel vorbeigegangen, hatten einen selten begangenen, vom Wald fast zur Gänze überwucherten Pfad überquert und waren vorsichtig, wie eine Diebesbande auf der Flucht, über zwei weitere, dünne, abgefahrene, mit Schlaglöchern übersäte Asphaltstraßen geschlichen. Es war jetzt drei Uhr nachmittags, und mein Wunsch nach einer Siesta wurde immer quälender.
Nach dem Essen wischte ich die Hände am Gras ab und lehnte mich mit dem Rücken gegen einen Baum, auf dem

seltsame rote Früchte hingen. Ich überlegte kurz, ein paar davon zu pflücken und in den Mund zu stecken, entschloß mich aber dann doch, die Augen zu schließen und die erlösende Entspannung eines kurzen Schläfchens zu suchen.
Als ich aufwachte, war ich wie gerädert. Mein Kopf war ein Knäuel, in dem wirre, ungeordnete Gedanken herumschwirrten und dann und wann dumpf hämmernden Schmerzen und nach innen durchgesickertem Schweiß begegneten. Mein T-Shirt klebte am Körper, die Beine schmerzten, und gierige Insekten hatten meine Haut mit winzigen, juckenden Löchern überzogen. Ich blickte auf die Uhr und war erstaunt, daß ich kaum eine Viertelstunde geschlafen hatte. Der Däne hatte es mir nachgemacht und sich ins Gras gelegt. Er schnarchte noch immer und stieß dabei neben den üblichen schnarrenden Tönen auch für mich völlig neue, blubbelnde aus.
Kumar und Ducasse saßen etwas weiter weg unter einem Baum und unterhielten sich leise. Ich stand auf und streckte mich. Die beiden erblickten mich und verstummten. Kumar lächelte.
»Gut geschlafen?«
»Zu gut«, murmelte ich. »Und jetzt habe ich verdammten Durst!«
»Ich habe gerade mit Gilles darüber gesprochen«, sagte Kumar. »Wir alle brauchen bald etwas zu trinken. Wenn wir dort sind, wo ich glaube, dann müßten wir bald an einen Bach und wenig später zu einem Dorf kommen. Puthukkudiyirippu oder Pirappuvedduvan.« Er lachte laut. »Für euch sind das Zungenbrecher. Puthukkudiyirippu. Da habe selbst ich Mühe!« Er wurde wieder ernst.
»Ihr werdet euch in der Nähe des Dorfes verstecken, und ich werde versuchen, etwas Trinkbares aufzutreiben. Ich werde den Leuten erzählen, daß ich aus Mannar oder sonst-

woher komme und zur Küste will. Busse fahren keine in dieser Gegend, so habe ich eben eine Abkürzung genommen.« Er blickte Ducasse an, und dieser zuckte die Schultern.
»Vielleicht erzähle ich ihnen auch etwas ganz anderes«, sagte der Tamile. »Oder vielleicht erzähle ich ihnen überhaupt nichts. Wahrscheinlich wird keiner nach meinem Woher und Wohin fragen. Wasser werden sie mir wohl geben. Vielleicht sogar Milch. Ich habe ja noch einen weiten Weg vor mir. Und bezahlen kann ich auch.«
Er griff in die Tasche und zog ein Bündel Rupiennoten hervor. »Mit dem könnte ich das ganze Dorf kaufen!«
Er blätterte ein paar Scheine ab und steckte sie in die Tasche, den Rest hielt er Ducasse hin.
»Wäre deine zweite Rate gewesen. Ich hätte sie dir geben sollen!«
Der Franzose nahm den Geldpacken und schüttelte den Kopf.
»Ceylonesische Rupien? Was, zum Teufel, hätte ich denn mit ceylonesischen Rupien tun sollen? In Pondicherry gibt's keinen, der sie mir gewechselt hätte!«
»Das habe ich mir auch gedacht«, sagte Kumar. »Aber das ist das Geld, das sie mir gegeben haben. Ceylonesische Rupien! Eigentlich total verrückt!«
»Macht nichts«, sagte der Franzose. »Alles bekommt im Leben irgendwann einmal einen Sinn.« Er lachte heiser. »Ich wollte ohnehin wieder einmal nach Sri Lanka!« Er hielt den Rupienpacken in die Höhe. »Und jetzt kann ich mir den Urlaub hier sogar leisten!«
Hinter uns raschelte es im Gras. Der Däne hatte sich aufgesetzt.
»Eure Geldgeber«, sagte er, »sitzen also doch hier, auf der Insel. Nicht in China, Korea, Arabien, den USA oder sonstwo.«

Kumar schwieg, und Ducasse tat so, als hätte er nichts gehört. Die beiden hatten es plötzlich eilig, weiterzugehen. Wieder der monotone Trott.
Vorne Kumar, dann der Däne, dann ich und am Ende Ducasse.
Das Rascheln im Gras, das unsere Schritte verursachten, wurde zum alles dominierenden Rhythmus. Eins, zwei, drei, vier. Eins, zwei, drei vier. Eins …
Am späten Nachmittag überquerten wir einen breiteren Bach. Ohne zu denken, warf ich mich der Länge nach ins Wasser und trank gierig ein paar Schlucke. Die anderen machten es mir nach. Nur Kumar gab sich mit weniger zufrieden. Nicht weil er an die Mörderhitze gewöhnt war, sondern weil er den Verband an seinem Oberarm nicht naß machen oder beschädigen wollte. Sein Gesicht hatte graue Schatten bekommen, und man merkte ihm Schmerzen und Übermüdung an.
Als wir weitergingen, hörten wir wieder den Helikopter. Er flog hoch über unseren Köpfen nach Norden.
»Hat verdammt lange gebraucht«, sagte Palle. »Wahrscheinlich haben sie die nähere Umgebung durchstreift und das Wrack genau durchsucht. Dann wissen sie auch, daß wir nicht tot sind. Unsere Fußabdrücke sind ja wie große Signaltafeln am Strand zu sehen!«
»Was es auch immer ist«, sagte der Franzose, »wir können es nicht mehr ändern!«
»Und was ist, wenn sie ein paar Spürhunde zurückgelassen haben, die sich an unsere Fersen geheftet haben?« Der Däne liebte es, unangenehme Themen breitzutreten.
»Dann müssen wir eben noch schneller gehen und in der Nacht Wachen aufstellen«, sagte Kumar.
Eine halbe Stunde später trafen wir auf einen ausgetretenen Fußpfad und rochen den Rauch von Holzfeuern. Wir

schlugen uns seitlich in die Büsche und erreichten bald eine kleine Lichtung, die offenbar nicht von Menschen ausgehauen war.
Die Bäume waren hier höher. Zwanzig, vielleicht sogar dreißig Meter hoch, und das Unterholz war so dicht, daß man es nicht durchqueren konnte, ohne größeren Lärm zu verursachen.
Draußen vor dem Wald mußte es noch hell sein. Hier war es düster und roch nach Moder und Verwesung. Der Ort war unheimlich, gab mir aber gerade deswegen ein Gefühl der Sicherheit. Palles Vermutung, indische Soldaten könnten uns verfolgen, hatte mich stärker beunruhigt, als ich mir selbst gegenüber zugegeben hatte.
»Ich werde jetzt zum Dorf gehen«, sagte Kumar. Er stand noch immer gegen einen Baum gelehnt und atmete schwer.
»Was ist, wenn irgend etwas schiefgeht?« fragte der Franzose. »Wenn du, was wir alle nicht hoffen, aus irgendeinem Grund nicht mehr zurückkommen kannst?«
»Dann schlagt euch am besten nach Westen durch, bis ihr zur Eisenbahn kommt.« Er überlegte einige Sekunden lang. »Wenn ihr nach Norden fahrt, erwischen euch die Inder. Die wissen ganz genau Bescheid, wer ihr seid. Darauf wette ich. Für die seid ihr Kollaborateure mit dem Feind. Wenn sie euch nicht gleich erschießen, dann landet ihr im Gefängnis, und sie erschießen euch später. Es ist also besser, ihr fahrt nach Süden. Spätestens in Anuradhapura seid ihr in Sicherheit. Dann seid ihr Touristen, die man überfallen und beraubt hat. Werft eure Pässe weg und laßt euch später in Colombo neue ausstellen!«
»Du kommst zurück«, sagte ich.
Der Tamile blickte mich lange an und verabschiedete sich mit einem dünnen Lächeln. Trotz der Schmerzen im Arm bewegte er sich im Busch erstaunlich leise. Das Rascheln,

das er verursachte, als er für uns nicht mehr zu sehen war, hätte auch von einem Tier stammen können, das sich jetzt, kurz vor Einbruch der Nacht, auf Nahrungssuche begeben hatte.
Bald war es so dunkel, daß ich weder Palle noch Ducasse sehen konnte. Ich hörte sie atmen, einer räusperte sich, und der Däne rülpste. Ich roch auch das Corned beef, das der Dicke bald darauf lautstark zu verschlingen begann, und mußte plötzlich gegen ein Gefühl der Übelkeit ankämpfen.
»Glaubst du«, fragte ich in die Dunkelheit hinein, »daß Kumar den Weg hierher zurückfinden wird?«
»Ganz sicher«, sagte der Franzose. »Kumar hat einige Jahre lang hier gelebt und gekämpft. Er kennt den Dschungel wie seine Hosentasche.«
»Um den brauchst du dir keine Sorgen zu machen«, sagte Palle und rülpste wieder. »Der ist wie eine Katze. Sieht im Dunkeln wahrscheinlich besser als du bei Tag.«
»Versucht, etwas zu schlafen«, schlug Ducasse vor. »Ich bleibe wach und warte auf Kumar.«
»Oder auf die indischen Mistkerle«, sagte der Däne.
Das vielstimmige Gekreische der Vögel war beinahe verstummt. Dann und wann krächzte es vereinzelt oben in den Baumkronen. Der Wind raschelte verspielt mit den Blättern, und mein eigener Atem schien mir viel zu laut zu sein.
Es wurde eine Nacht der düsteren Gedanken. Ich sehnte mich nach Schlaf, aber er kam nicht. Und wenn er kam, dann streifte er mich nur einige Minuten lang, gab mir die Illusion, er würde mir doch noch helfen, die Zeit bis zum Morgengrauen totzuschlagen, verschwand aber wieder und stieß mich zurück ins dunkelgraue Grübeln.
Da war der Zug nach Trinco, da war die Explosion. So hell, daß ich die Augen aufriß und ins Schwarz der Nacht starrte.

Ich wollte nicht daran denken, und ich wollte auch die Gesichter von Rani, Mark und Mariko nicht sehen. Ich hörte Kinderlachen und dann das Toben der Detonation. Ich hörte Ranis Stimme, so deutlich, daß ich mich aufsetzte und in die Nacht hineinhorchte. Rascheln, Knistern, Stille.
Ein unsichtbarer Scherzbold trieb seine grausamen Späße mit mir. Würde das immer so sein? Würden Nächte wie diese ein Leben lang wiederkehren und mich nie mehr in ein neues Leben schlüpfen lassen? Würde Thalayasinghams Tod etwas daran ändern? Oder war ich nur hier, um selbst zu sterben?
Ich dachte an das Atomium in Brüssel, die Freiheitsstatue, die Towerbrücke, den Eiffelturm, den Wiener Prater. Und ich saß in einem Wagen der Hochschaubahn. Neben mir Mark, der meine Hand umklammerte und mit weitaufgerissenen Augen nach vorne starrte. Rani sagte: »Du hättest den Buben nicht mitnehmen dürfen. Er ist noch zu klein für solche Mutproben!«
Das Gras, der Wind, die Nacht.
Ich blickte auf die Uhr. Kumar war erst eineinhalb Stunden fort. Kumar – der Feind! Der Komplize des Mörders. Kumar, der junge Intellektuelle, der sensible Jungwissenschaftler. Der Freund?
Ein Rad begann sich zu drehen und mixte Gedanken und Emotionen durcheinander. Verzweiflung machte sich breit. Ich wußte, daß ich den Schlaf brauchte. Er würde mein Gehirn reinwaschen und dem Körper die Kraft für den morgigen Wahnsinnsmarsch durch den Glutofen geben.
Warum, zum Teufel, hatte ich nichts zu trinken. Eine Flasche Arrak würde alle Probleme lösen.
Wie Kumar den Weg zurück zu uns gefunden hatte, ist mir ein Rätsel. Irgendwann raschelte es leise im Unterholz. Ich spürte, wie ein kalter Schauer über meinen Rücken

rieselte und wie sich die Muskeln anspannten. Natürlich hoffte ich, daß es der Tamile wäre. Was aber würde geschehen, wenn er es nicht war? Dann konnten es nur Soldaten sein.

Es war Kumar.

Er rief leise nach Ducasse, und der Franzose antwortete.

Ich kroch in Richtung Geräusch und prallte dabei gegen Palles massige Gestalt, die nicht weit von mir im Gras lag.

»Das Dorf heißt Murikulam«, sagte Kumar. »Wir haben Riesenglück. Einer aus dem Dorf gehört zu Thalayasinghams Leuten. Ich kenne ihn. Er heißt Satish. Er hat mir einmal von seinen Eltern erzählt. Und vom Dorf. Ich habe den Vater und die Mutter gefunden. Sie waren sofort bereit, uns zu helfen!«

Neben mir raschelte es im Gras.

»Ich habe einen Plastikkanister voll Wasser mitgebracht und zwei Töpfe mit Curd. Wer sich zu mir herbewegt, kann trinken und essen. Für das Curd gibt's sogar Löffel.«

Wir tranken Wasser und löffelten das Büffeljoghurt aus den Tonschüsseln.

»Das Lager, von dem ich gesprochen habe, liegt mindestens dreißig Kilometer westlich von hier. Weiter, als ich gedacht hatte. Aber ich weiß jetzt von den Leuten, daß es besetzt ist. Daß Leute des Tigers dort sind!«

Ich sah das Dorf Murikalum nie. Ich hörte nur das Muhen der Kühe und einige schrille menschliche Schreie, als wir am Morgen, gleich nach Tagesanbruch, vorbeizogen.

»Die Kinder treiben gerade das Vieh aus dem Dorf«, erklärte Kumar die Geräusche.

Wir gingen zuerst in Richtung Norden und schwenkten dann nach Westen ein. Der Wald wurde bald lichter und ging in eine Art Busch-Baum-Steppe über. Nicht ganz so

trostlos wie die Landschaft, die wir am Tag zuvor durchquert hatten, aber bald nachdem die Sonne ihre volle Strahlkraft entfaltet hatte, ebenso heiß und unangenehm.
Wir schleppten abwechselnd den Wasserkanister und blieben immer öfter stehen, um uns ein paar Schlucke des warmen Getränks zwischen die Lippen zu träufeln.
Stunde um Stunde verging, und da wir rascher vorankamen, als Kumar angenommen hatte, erreichten wir gegen Mittag den Udayarkattu Kulam. Eine relativ große Wasserfläche, die beim ersten Anblick in der Hitze flimmerte wie eine Fata Morgana.
Kumar belohnte uns mit der Aussicht auf eine lange Mittagsrast. Wir kühlten uns im Wasser ab, füllten den Kanister und suchten uns schattige Liegestellen.
Ich schlief bald ein und wachte erst auf, als mich Ducasse schüttelte.
»Es gibt Neuigkeiten«, sagte er.
»Schlechte oder gute?« fragte ich.
Er sagte nichts und ging statt dessen dorthin, wo er offensichtlich hergekommen war. Kumar saß mit einer drahtigen schwarzen Gestalt im Gras und unterhielt sich.
Palle war ebenfalls vom Franzosen geweckt worden. Er traf gleichzeitig mit mir bei der kleinen Gruppe ein.
Die beiden unterhielten sich auf tamilisch, und ich verstand kein Wort. Es war eine heftige Unterhaltung, zumindest was den Fremden betraf. Er sprudelte aufgeregte Worte hervor und zeigte dabei immer wieder in die Richtung, aus der wir gekommen waren. Kumar unterbrach ihn nicht. Als der Mann eine Pause machte und dabei ängstlich um sich blickte, fragte der Däne unseren Führer ungeduldig, was das Ganze zu bedeuten habe.
»Er kommt aus dem Dorf«, sagte Kumar. »Aus Murikulam. Bald nach Sonnenaufgang sind dort zwei indische Soldaten

aufgetaucht. Schnellfeuergewehre, leichtes Marschgepäck. Sie haben nach uns gefragt.«
»Verdammt«, fauchte der Franzose. »Die müssen in unmittelbarer Nähe von uns übernachtet haben. Wo sind die jetzt?«
»Dieser Mann da«, sagte Kumar und zeigte auf die dürre Gestalt, die, nur mit einem Lendenschurz bekleidet, neben ihm im Gras hockte, »ist den gesamten Weg bis zu uns gelaufen. Natürlich hat man den Indern im Dorf gesagt, man hätte uns nie gesehen. Wenn sie es aber geschafft haben, uns bis Murikulam zu folgen, dann werden sie uns auch hier finden.«
»Wir müssen uns verstecken«, sagte ich.
»Das wäre nur eine vorübergehende Lösung«, überlegte Kumar.
Palle nickte.
»Wir müssen die Burschen loswerden«, sagte er. »Und zwar für immer!«
Die Leichtigkeit und Selbstverständlichkeit, mit der er bereit war, eine Entscheidung zu treffen, die zwei Menschen das Leben kosten sollte, schockierte mich im ersten Augenblick. Dann kam mir aber wieder zu Bewußtsein, daß Krieg war.
Kumar sagte ein paar Worte zum Fremden, der mit düsterem Gesicht, ohne uns verstehen zu können, unserer Unterhaltung zugehört hatte, klopfte ihm kurz auf die Schulter und lächelte ihm zum Abschied dankbar zu. Der hagere dunkle Mann sprang auf die Beine und verschwand rasch, ohne sich noch einmal umzudrehen, hinter ein paar Büschen.
»Was wir auch immer tun werden«, sagte der Franzose, »von hier müssen wir auf alle Fälle verschwinden!«
Palle packte den Wasserkanister und folgte Kumar, der ei-

nen niedrigen Hügel am Horizont ansteuerte. Die Spuren, die wir im Gras hinterließen, waren deutlich zu sehen.
Der Hügel entpuppte sich als großer, von allerlei Pflanzen überwucherter Steinhaufen. Ganz oben wuchs ein knorriger, sehr alt aussehender Baum mit breiter, regenschirmförmiger Krone. Ein paar mannshohe Büsche boten uns ausreichend Schutz vor den Verfolgern.
»Wie«, fragte ich zweifelnd, als wir stehengeblieben waren, »wollt ihr ohne Waffen mit zwei bestens ausgerüsteten Soldaten fertig werden? Zwei Profis, die sicher nicht darauf aus sind, Gefangene durch die Gluthitze zu schleppen!«
»Die nehmen sicher an, daß wir nichts von ihrer Existenz wissen«, sagte Kumar. »Und spekulieren mit dem Überraschungseffekt. Genau darin könnte unsere Chance liegen. Wir müssen versuchen, sie zu überraschen.«
»Ganz unbewaffnet sind auch wir nicht«, sagte Ducasse und griff in seinen Hosenbund. Als er die Hand wieder herauszog, hielt sie eine kleine, schwarzglänzende Pistole.
»Meine PPK«, schmunzelte er. »Deutsches Fabrikat und sehr, sehr verläßlich. Die hat mich schon um die halbe Welt begleitet und wird uns auch jetzt nicht im Stich lassen!«
Palle atmete neben mir hörbar erleichtert auf.
Wir wußten nicht, wie lange wir bis zum Auftauchen unserer Verfolger Zeit hatten. Wir wußten nur, daß wir uns verdammt rasch etwas einfallen lassen mußten.
»Wie gut bist du mit der Waffe?« fragte Palle den Franzosen. Ducasse zuckte die Schultern.
»Ich hab sie schon lange nicht mehr benutzt. Früher war ich nicht schlecht.«
»Auf welche Entfernung könntest du einen Mann treffen? Nicht irgendwohin, sondern so, daß er uns nicht mehr gefährlich werden kann!«

»Ich weiß nicht. Vielleicht zwanzig Meter, wahrscheinlich weniger.«
Kumar seufzte.
»Wenn das mit meinem Arm nicht geschehen wäre, dann hätte ich es tun können. Ich habe wahrscheinlich wesentlich mehr Übung in solchen Dingen als ihr.«
»Ich mach's schon«, sagte Ducasse. Von nun an war er der Hauptdarsteller. Der Hit-man. Aber er fühlte sich gar nicht wohl in seiner Haut.
Auf der großen Lichtung vor dem Hügel konnte man die Spuren, die wir im Gras hinterlassen hatten, noch immer deutlich sehen.
»Wir müssen sie aufhalten«, überlegte Kumar. »Hier vorne, vor dem Hügel, müssen sie stehenbleiben. Ungedeckt. Ducasse muß mindestens zwei Schüsse abfeuern können. Sie dürfen keinen Verdacht schöpfen und nie auf den Gedanken kommen, wir könnten uns hier, auf dem Hügel, versteckt halten.«
Wir schwiegen. Jeder dachte nach.
»Ein Lagerplatz«, sagte Palle schließlich. »Wir müssen sie glauben machen, daß wir hier vorne gelagert hätten. Mittagsrast oder so etwas Ähnliches. Wer gerade gelagert und gerastet hat, der ist mit frischen Kräften weitergezogen. Der verbirgt sich nicht hinter ein paar Felsen. Weil er sich sicher und nicht verfolgt fühlt!«
Da niemandem etwas Besseres einfiel, ließen wir Kumar als Wächter auf der Spitze des Hügels zurück und begannen, an einem vorher sorgfältig ausgewählten Platz das Gras zu zertrampeln. Der Däne riß eine Corned-beef-Dose auf und verschlang den Inhalt. Das leere Blech plazierte er am Rande unseres »Lagerplatzes«. Dann kletterte er zu Kumar hoch und kam mit dem blutgetränkten Stoffetzen zurück, der dem Tamilen als Verband gedient hatte.

»Das wird sie eine Weile beschäftigen«, grinste er und legte den Lappen neben der Dose ins Gras.
Zum erstenmal seit unserem Aufbruch vom Strand war mir die Hitze egal. Der Schweiß rann mir zwar noch immer in Strömen von der Stirn und über den Rücken, er beeinträchtigte meine Aktionen jedoch nicht im geringsten. Ich fühlte mich weder schlapp noch müde, und als ich wenig später wieder hinter dem Felsen auf dem Hügel kauerte, waren meine Sinne wach und gespannt wie schon lange nicht mehr. Seit wir wußten, daß wir verfolgt wurden, trug ich eine prickelnde innere Spannung mit mir herum, die ich auf fast erschreckende Weise als wohltuend empfand.
Bald würde man hier, vor mir, Menschen töten. Oder zu töten versuchen. Menschen, deren Ziel es war, uns umzubringen. Blut würde fließen, und Leben würde aufhören zu existieren. Einfach so. Ausgelöscht.
Ducasse bemühte sich neben mir, Kumar einen neuen Verband anzulegen. Der Tamile stöhnte. Die Wunde war groß und rot mit weißgelben Flecken, und sie stank. Der Franzose wickelte einen Stoffetzen darüber, den er zuvor von Palles Hemd abgerissen hatte. Ein Vogel, der sich im Geäst des alten Baumes versteckt hielt, krächzte heiser. Sonst war es still wie auf einem Friedhof.
Wir brauchten nicht allzulange zu warten, bis sie kamen. Ducasse war der erste, der sie sah. Er zeigte mit der Rechten auf einen Punkt am Waldrand. Ein paar Äste bewegten sich anders, als vom Wind geschüttelt. Der Vogel hörte auf zu krächzen.
Das Dschungelgrün ihrer Uniformen verbarg sie gut. Sie trugen Schirmkappen aus demselben Stoff, leichte Rucksäcke und Schnellfeuergewehre. Ihre Gesichter waren dunkel, und sie verstanden es, beinahe lautlos durch das

Gras zu huschen. Wie zwei Raubkatzen auf der Jagd. So etwas Ähnliches waren sie wohl auch.
Die Rollenverteilung war offensichtlich. Während sich der Vordere auf unsere Spuren im Gras konzentrierte, beobachtete der andere die Umgebung. Sein Kopf wanderte ständig von Seite zu Seite, die Augen blickten starr und schienen Radarfunktion zu haben. Zwei Maschinen aus Fleisch und Blut, die es perfekt verstanden, sich in diesem Gelände zu bewegen. Tötungsmaschinen.
In der Mitte der Lichtung blieben beide plötzlich stehen. Der Fährtenleser zeigte auf den Hügel und fragte den Späher etwas. Dieser schüttelte den Kopf und deutete auf einen Punkt, der weit hinten am Horizont lag. Als sie weitergingen, schienen sie es jedoch noch vorsichtiger zu tun als bisher.
Die Faszination, die das perfekte Zusammenspiel der beiden auf mich ausübte, drängte die Angst völlig in den Hintergrund. Ich wagte es trotzdem nicht, den Kopf zur Seite zu drehen, beobachtete meine Begleiter aber kurz aus den Augenwinkeln. Kumar schien nervös zu sein. Sein Gesicht glänzte vom Schweiß, die Hände waren zu Fäusten geballt. Der Däne, der links von mir lag, war völlig ruhig. Er kauerte mit halbgeschlossenen Augen, fast schläfrig, in einer seichten Mulde und schien sich um seine unmittelbare Zukunft überhaupt keine Sorgen zu machen.
Ducasse lag zwischen Kumar und mir. Bewegungslos. Nur ein Muskel seiner linken Wange zuckte ständig. Die Hand mit der Pistole hatte er vor dem Gesicht ausgestreckt. Die Mündung zeigte in die Richtung, aus der die beiden Inder kamen.
Der Vogel im alten Baum krächzte nun laut und mißmutig und flog davon. Ducasse riß verärgert die Augen auf, und die beiden Soldaten blieben wie erstarrt stehen.

Wenn sie das Verschwinden des Vogels auf unsere Anwesenheit zurückführten, dann würde sich unsere Lage schlagartig ändern.
Zum Glück waren sie nur noch wenige Meter von unserer »Lagerstätte« entfernt. Während sie sich vorsichtig umsahen, fiel ihr Blick auf die Dose. Der Fährtensucher machte ein paar rasche Schritte und hob sie auf.
Jetzt waren sie in Schußweite.
Ducasse hob vorsichtig die Waffe. Ganz langsam. Millimeter um Millimeter.
Der Fährtensucher zeigte seinen Fund dem Späher. Dieser bückte sich und griff nach dem blutigen Fetzen Stoff.
Neben mir hielt Ducasse den Atem an.
Der Späher roch kurz am steifgetrockneten Wundverband und warf ihn angeekelt ins Gras zurück.
In diesem Augenblick krachte der Schuß. Er durchbrach die Stille wie der Knall einer gewaltigen Explosion. Mein rechtes Ohr schien geplatzt zu sein. Ich hörte nichts, sah aber, wie sich der Inder vor mir an die Brust griff, Mund und Augen weit aufriß und im Zeitlupentempo zu Boden sank.
Der zweite Schuß des Franzosen folgte unmittelbar auf den ersten, verfehlte aber das Ziel. Beinahe im selben Moment, als sein Kamerad getroffen war, hatte sich der Fährtensucher ins Gras fallen lassen und selbst zu feuern begonnen. Einige Kugeln klatschten in meiner Nähe auf den Felsen auf.
»Nicht mehr schießen«, sagte der Däne ruhig neben mir. »Du hast nur noch wenig Munition und siehst ihn nicht einmal. Er kann nicht ewig dort hocken bleiben. Die Zeit ist auf unserer Seite, und wenn wir Geduld haben, werden wir ihn auch so erwischen!«
Palle Jespersen erstaunte mich mit solchen Ansagen nicht mehr. Ich stellte mir nur zum hundertsten Mal dieselbe Frage: Wer oder was war er?

Stille. Vier Augenpaare bohrten sich in die Landschaft. Der Körper des Spähers lag auf dem Rücken im Gras. Vorne, an der Brust, hatte sich die Uniform schwarz gefärbt. Das Gewehr lag einen Meter neben ihm.
Wir warteten. Ich starrte auf den Platz, an dem ich den zweiten Inder vermutete, bis mir die Augen brannten.
Was würde ich an seiner Stelle jetzt tun? Wahrscheinlich auch liegenbleiben. Bis zur Dunkelheit. Und dann? Flüchten? Weiterkämpfen?
Die Sonne stand noch immer hoch am Himmel. Das Blau schien blasser als sonst zu sein, und trotz der Hitze fröstelte mich.
Der Tote vorne auf der Lichtung. Sein Mörder neben mir. Nervös, schwitzend, wartend. Bevor der Tag zu Ende war, würde es noch einen Toten geben. Oder mehrere?
Der Inder vor uns im Gras kämpfte um sein Leben. Und tat nichts. War er überhaupt noch da? Vielleicht hatte er sich längst, einer Schlange gleich, in Sicherheit gewunden. Lief durch den Wald. Hatte ein Funkgerät mit. Rief Verstärkung.
»Was ist«, flüsterte ich zum Franzosen, »wenn er ein Funkgerät mithat? Wenn er den Hubschrauber ruft?«
»Hat er«, flüsterte Ducasse zurück. »Aber im Rucksack. Und da kann er nicht ran, ohne sich zu verraten.«
Er hatte recht. Es mußte im Rucksack sein. Am Körper hatte ich keines gesehen.
Die Stille schmerzte.
Ich zwang mich, an angenehme Dinge zu denken. Einen herrlichen Strand, einen kühlen Drink, ein Flugzeug, das mich von hier wegbringen würde.
Plötzlich feuerte der Franzose neben mir zweimal rasch hintereinander auf die Lichtung.
»Er hat sich bewegt«, zischte er. Und jetzt sah ich auch et-

was. Die hohen Grashalme schwankten, bogen sich zur Seite. Ich hörte das Rascheln. Dann noch einen Schuß.
Der Inder schrie auf, für einen winzigen Augenblick wurde sein Kampfanzug zwischen dem dichten Wall aus grünen Blättern sichtbar. Stille. Dann ein röchelnder Husten, Stöhnen, nochmals Husten, Stille.
»Guter Schuß«, sagte der Däne neben mir.
»Was tun wir jetzt?« fragte ich. Daß es vorbei war, konnte ich nicht ganz glauben. Einfach ein paar Schüsse aus dem Hinterhalt. Peng, peng. Zwei Tote, und wir konnten weitermarschieren. Die Inder taten mir nicht leid. Sie waren Soldaten, und Sterben gehörte zu ihrem Beruf.
»Wir warten eine Weile, dann gehen wir weiter«, sagte der Franzose.
»Gehen wir nicht«, hörte ich Kumar sagen. »Wir müssen uns überzeugen, daß er nicht mehr lebt. Wenn er noch in der Lage sein sollte, über Funk Hilfe zu holen, kann uns das Kopf und Kragen kosten!«
Wir wußten, daß er recht hatte.
Nach einer Weile griff Kumar nach einem dürren Zweig, den der alte Baum irgendwann einmal abgeworfen hatte, und bat mich, mein T-Shirt auszuziehen. Ich hatte keine Ahnung, was er damit bezweckte, tat es aber trotzdem.
Er hing es an den Ast und schob ihn langsam aus der Deckung heraus. Der Inder mußte den Lappen jetzt sehen. Nichts regte sich.
Kumar schwenkte den Ast samt Ladung mehrmals durch die Luft und zog ihn dann zurück. Ich schlüpfte wieder in das Kleidungsstück.
»Ich glaube«, sagte Ducasse, »daß wir es jetzt wagen können. Dort unten regt sich nichts mehr.«
Er schlich sich trotzdem vorsichtig und jede Deckung ausnützend bis zum Fuß des Hügels. Palle und Kumar folgten

ihm. Ich überlegte einen Augenblick, blieb dann aber auf meinem Platz liegen. Die Toten dort vorne interessierten mich nicht. Ich hatte die Tat gesehen und brauchte nicht auch noch das Resultat zu begutachten. Ich kam mir auch so schon wie ein Aasgeier vor.

Der Franzose bildete die Spitze. Er ging geduckt und hielt die Pistole vor seinem Bauch mit beiden Händen umklammert. Links von ihm sah ich den Dänen, der sich wie immer erstaunlich leichtfüßig bewegte, rechts, etwas weiter hinten, schlich sich Kumar durchs Gras.

Der Tamile war jetzt beim Körper des Spähers angelangt und berührte ihn mit der Fußspitze. Ich beobachtete ihn und sah dabei nicht, daß sich das Gras an der Stelle, an der der Fährtensucher liegen mußte, bewegte.

Die Salve kam so unvermutet, daß es meinen Körper von Kopf bis Fuß durchschüttelte. In meinem Kopf dröhnte es, und der Schweiß, der an mir klebte, war zu einem kalten, nassen Tuch geworden.

Ducasse warf die Arme in die Höhe. Sein Körper drehte sich in der Luft, bis er mir das Gesicht zuwandte. Die Augen waren weit aufgerissen, und sein Mund drückte Erstaunen aus. Von der Brust spritzte Blut, dann war der Kopf verschwunden, und ich sah nur noch die Hände, und dann auch die nicht mehr.

»Mist«, schrie der Däne, und sein Körper schoß wie eine riesige Kanonenkugel nach vorn. Er war höchstens zwei Meter vom Schützen entfernt gewesen und sprang ihm mit all seinem Gewicht und all seiner Kraft auf Kopf und Genick. Ich hörte sogar in meinem Versteck, wie irgend etwas brach. Knochen, Haut, Fleisch. Es war ein häßliches Geräusch, und ich wußte, daß es ein endgültiges war. Eines, das der Betroffene nicht überleben würde. Kumar griff trotzdem nach dem Gewehr, das neben dem Späher im Gras lag, und feu-

erte wie verrückt auf das, was der Däne vom Fährtensucher übriggelassen hatte.
Ich fand mich plötzlich neben Ducasse wieder. Seine Augen waren noch immer weit aufgerissen, aus dem Mund sickerte jetzt Blut. »Armer Teufel«, dachte ich. »Zuerst deine Frau, dann dein Freund, dein Boot und jetzt du. Das Ende des Traumes von einem Leben in grenzenloser Freiheit. Aber bist du wirklich jemals frei gewesen?«
Ich brachte es nicht übers Herz, ihm die Augen zuzudrücken.
Es wäre das endgültige Symbol seines Endes gewesen. Laß ihn sehen. Auch im Tod, dachte ich. Und wußte, daß es ein furchtbarer Blödsinn war. Aber mir war eben nach Sentimentalität zumute.
Die unmittelbare Nähe des Todes machte mir plötzlich angst. Am liebsten hätte ich laut gesungen, wie der kleine Junge im Wald. Oder mit Galgenhumor schwarze Witze erzählt. Aber ich setzte mich nur ins Gras und tat nichts.
Später begruben wir Gilles Ducasse am Fuße des Hügels. Während Kumar und ich Stein um Stein heranwälzten und über dem leblosen Körper auftürmten, kümmerte sich der Däne um die Leichen der beiden Inder. Er schleppte sie unter einen großen Felsbrocken und deckte sie mit dürren Zweigen und allem, was er sonst noch fand, zu.
Wir arbeiteten mechanisch und sprachen nichts. Dann und wann streifte ich Kumar mit einem Blick. Da war Trauer, aber keine Niedergeschlagenheit. Die Erschöpfung konnte er zwar nicht verbergen, er versuchte aber, sie mit Entschlossenheit zu bekämpfen. Sein Atem ging fauchend, und wenn er eine falsche Bewegung machte, zuckte er kurz vor Schmerz zusammen, hatte sich aber Sekundenbruchteile später wieder völlig in der Gewalt und arbeitete weiter.
Als wir beinahe fertig waren, kam Palle, legte die beiden

Rucksäcke und die Gewehre ins Gras und half uns, die letzten Steine anzubringen.
»Ein Kreuz«, sagte ich, »sollen wir ein Kreuz draufstellen?«
Die beiden blickten mich hohl und ratlos an.
»War er ein gläubiger Christ?« fragte Kumar.
Ich schüttelte den Kopf.
»Wie soll ich das wissen? Ich habe ihn ja kaum gekannt.«
»Warum dann ein Kreuz?«
»Weil bei uns auf allen Gräbern Kreuze stehen«, sagte ich und kam mir dabei kindisch und naiv vor. Ich wollte diese Konversation nicht mehr fortsetzen. Kein Kreuz! Ducasse war sicher nicht der Typ, der sich eines gewünscht hätte. Würde ich ein Kreuz auf meinem Grab wollen?
»Wenn du willst«, sagte Kumar, »dann stellen wir eben ein Kreuz drauf.«
»Kein Kreuz«, sagte ich, und der Tamile schenkte mir dafür einen Blick, den ich absolut nicht zu deuten wußte.
Palle hockte neben den beiden Rucksäcken im Gras und winkte uns, zu ihm zu kommen.
»Der eine«, sagte er, »hat ein Funkgerät mitgehabt. Auf Kompaß und andere Orientierungshilfen haben sie verzichtet. Zwei Wasserflaschen, ein paar Konserven, ein paar zähe Fladenbrote, Regenschutz, Feuerzeuge, ein Fernglas, zwei gute Messer. Das wär's dann schon. Und die beiden Gewehre natürlich. Mit ausreichend Munition. Ich schlage vor, daß wir Kumar entlasten und das Zeug selbst schleppen.«
Der Tamile nickte dankbar.
Ich griff nach dem Rucksack, der mir am nächsten lag, und hängte ihn um. Er war überraschend leicht und angenehm zu tragen. Das Ekelgefühl, das in mir aufstieg, als ich daran dachte, daß der Mann, der ihn vor kurzem noch getragen hatte, jetzt unter einem Reisighaufen lag und den Würmern gehörte, dauerte nur kurz. Dann nahm ich das Gewehr. Es

war schwer und unhandlich und lag wie ein kalter Klotz in meiner Hand. Und das, obwohl das Metall von der Sonne aufgeheizt und fast zu heiß für die Haut war, die es berührte.

Wir gingen rasch los und blickten uns nicht mehr um. Ich wollte den Hügel, der drei Tote beherbergte, nie mehr sehen.

Das Gelände war leicht und flach, und einmal hörten wir weit in der Ferne das Trompeten einiger Elefanten. Das Gras und die Bäume erinnerten mich irgendwie an Afrika, und zwar an den Teil, den ich nur von Filmen kannte. Der große weiße Jäger. Safari. Wo war die tragbare Bar mit dem Eiskasten?

Mein Blick war an Kumars Fersen festgenagelt. Ich sah nur den schaukelnden Rhythmus, mit dem sie durchs Gras schleiften, und ging automatisch dasselbe Tempo. Wahrscheinlich stieg ich bei jedem Schritt sogar in dieselben Fußstapfen.

Anfangs zählte ich noch die Schritte, dann summte ich Lieder vor mich hin, am Ende trottete ich nur noch dahin.

Da war das Gras, das manchmal saftig grün, dann wieder dürr und braun war, da waren Büsche und Bäume, schwarze Stämme und graue, silbrige, gelbgrüne und olivgrüne Blätter. Manchmal roch es nach Moder und Sumpf, nach Schlamm oder Fäulnis, dann wieder war nur der Geruch der Hitze da. Sie heizte die Nasenflügel auf, und wenn man tief durchatmete, hatte man das Gefühl, sein eigenes Inneres zu riechen.

Der Schweiß rann in einem kleinen Bächlein von der Stirn, und ich brauchte nur die Zungenspitze über den rechten Mundwinkel hinauszuschieben, um die salzigen Tropfen einzufangen. Der Rucksack drückte bald unangenehm auf den Rücken, und das Gewehr zog den Arm schmerzhaft in

die Länge. Ich hängte es am Riemen um die Schulter, da drückte es auf das Schulterbein und begann, die Haut wundzuscheuern.
Ich war für Gewaltmärsche nicht geschaffen.
Verweichlichter Stubenhocker. Schreibtischtäter.
Gegen Abend wurden Kumars Schritte noch schleppender, manchmal stolperte er, fing sich wieder und schaukelte mit durchhängenden Knien weiter. Er biß sich durch. Und ich bewunderte den kleinen, zähen Kerl. Er war offenbar aus dem Holz, aus dem Dschungelkämpfer geschnitzt sein mußten.
Menschen wie Thalayasingham verdienten solche Burschen nicht.
Wie würde Kumar reagieren, wenn er, wie auch immer, erfuhr, was wir vorhatten? Ich hoffte, er würde es erst erfahren, wenn alles vorbei war. Wenn der Däne und ich weit weg waren von hier und in Sicherheit einen kühlen Scotch schlürfen konnten. Wenn der Tiger tot war. Und es einen Krieg weniger auf der Insel geben würde.
Wir lagerten neben einem Rinnsal, das während der Regenzeit sicherlich zum Fluß werden würde. Das bißchen Wasser, das es gab, tranken wir bedenkenlos. Es war braun und trüb und schmeckte nach einem Gemisch aus Schlamm, Sand und verfaulten Pflanzen.
Palle trug ein paar dürre Äste zusammen und machte ein Feuer. Während er eine der Dosen aus einem Rucksack erhitzte, schaute ich mir Kumars Wunde an. Der entzündete Bereich war viel größer geworden, beinahe der ganze Oberarm war dunkelrot, die Ränder der Wunde selbst waren weiß, und das Ganze stank fürchterlich.
»Du brauchst einen Arzt«, sagte ich. »Sonst verlierst du deinen Arm.« Wahrscheinlich würde er ihn auch verlieren, wenn einer in diesem Augenblick auftauchen würde.

»Ich weiß«, sagte er und kniff Augen und Mund zum Versuch eines Lächelns zusammen. »Morgen sind wir in Tandukadu bei unseren Leuten. Ich weiß, daß ganz in der Nähe ein alter Mann lebt, der Heilkräfte besitzt.«
»Ein Zauberer?«
»Nein.« Er lächelte etwas befreiter. »Nur ein alter Mann, der die Geheimnisse der Natur kennt. Pflanzen, Kräuter, Salben, Öle, manchmal ist wahrscheinlich auch ein Schlangenauge oder ein Mungoschwanz dabei. Aber es hilft. Es hat unseren Leuten immer geholfen. Seit Hunderten oder Tausenden von Jahren.«
»Dann bin ich ja beruhigt«, sagte ich.
Ich ging zu Palle und fragte ihn, ob er in den Rucksäcken kein Verbandszeug gefunden hätte. Er schüttelte den Kopf. »War nichts dabei. Die haben offensichtlich nicht damit gerechnet, daß sie welches brauchen würden.« Er blickte mich an, und ich wußte, daß einer seiner makaberen Scherze kommen würde.
»Haben sie auch nicht gebraucht, stimmt's?«
Ich ging wieder zu Kumar zurück und begann, einen Streifen von meinem T-Shirt zu reißen.

Tandukadu bestand aus einem Platz aus festgetretenem Lehm und einigen niedrigen Hütten, die sich um ihn herum gruppierten. Hinter den Hütten breiteten sich ein paar magere Felder aus, die längst vor der Hitze kapituliert zu haben schienen. Es roch nach Rauch und Büffeldung und einer Reihe anderer Dinge, die meine Nase zwar zu kennen schien, in dem Geruchsgemisch aber einzeln nicht identifizieren konnte. Kumar hatte sich während der letzten Stunden nur noch mit unserer Hilfe vorwärtsbewegen können.

Manchmal hatte er schlaff wie eine ausgestopfte Puppe zwischen Palle und mir gehangen und die Beine dann und wann unbeholfen zu bewegen versucht. Sein Gesicht war von Schweißperlen übersät, die wie kleine Glaskugeln auf der Haut klebten.
Aber er hatte es geschafft, uns hierher zu lotsen. Es war Nachmittag, als wir ankamen.
Als wir am Rande des ersten Feldes angelangt waren, lösten sich zwei Gestalten aus dem Schatten einer Hütte und kamen auf uns zugerannt. Sie blieben vor uns stehen, gestikulierten, zeigten immer wieder auf Kumar, der mit geschlossenen Augen zwischen dem Dänen und mir hing, und schoben uns dann sanft vorwärts, bis wir bei der Hütte waren.
Sie stand auf einem niedrigen Lehmsockel, und wir mußten Kumars schlaffe Gestalt erst über eine Stufe heben, bis wir eintreten konnten. Im Inneren war es düster und etwas kühler. Geflochtene, lehmbeschmierte Wände teilten es in drei Räume. In einem brannte ein Feuer, eine alte Frau rührte in einem Kessel. Im zweiten saßen ein paar Männer am Boden und starrten uns an, als wir vorbeigingen. Der dritte war offenbar das Schlafgemach. Wir legten Kumar vorsichtig auf eines der leeren Bettgestelle.
Ein alter weißhaariger Mann war mit uns eingetreten und wischte unserem Begleiter nun mit dem Zipfel seines Sarongs die Stirn trocken. Dann schob er ein Augenlid nach oben, ließ es wieder zuklappen und berührte mit seinem Handrücken den Hals. Schließlich begann er, die Wunde am Arm auszuwickeln, und betrachtete den häßlichen, stinkenden Fleck an Kumars Oberarm lang und scheinbar fachkundig. Nach einer Weile drehte er sich um und setzte sich neben mich auf ein Bettgestell.
»Ich kenne ihn«, sagte er und musterte zuerst den Dänen, dann mich. »Aber euch kenne ich nicht.«

Es klang mehr nach einer Feststellung als nach einer Frage. Trotzdem antwortete ich.
»Wir sind Journalisten«, sagte ich, und das Wort klang fremd und deplaziert. Ein Begriff aus einer anderen Welt. »Kumar soll uns zum Tiger bringen. Er erwartet uns. Leider ist vieles schiefgelaufen. Unser Schiff ist von einem indischen Kanonenboot verfolgt und zerstört worden. Wir konnten nicht beim vereinbarten Treffpunkt an Land gehen, sondern viel weiter südlich davon. Dabei ist Kumar verwundet worden. Zwei Leute haben wir verloren.« Ich redete rasch, und es klang wahrscheinlich so, als wollte ich dem Alten etwas verkaufen – unsere Integrität zum Beispiel. Ohne Kumar waren wir nichts. Nur zwei Weiße, die sich in ein Gebiet vorgewagt hatten, in dem sie absolut nichts zu suchen hatten.
»Wir sind drei Tage lang marschiert, bis wir hierhergekommen sind«, sagte ich und spürte, wie Müdigkeit und Muskelschmerzen meinen Körper zusammenquetschten.
»Hat euch jemand gesehen, seid ihr verfolgt worden?«
»Zwei indische Soldaten haben's versucht«, sagte Palle. »Ein Helikopter hat sie am Strand abgesetzt. Dort, wo unser Schiff verbrannt ist. Einen Tagesmarsch von hier sind wir sie aber losgeworden.« Der Däne griff in die Tasche und zog die Pistole des Franzosen hervor. Er hielt sie in der Linken und streichelte sie ein paarmal mit der Rechten. Dabei blickte er dem Alten fest in die Augen.
»Die werden nie mehr jemanden verfolgen können!«
Der Weißhaarige nickte zufrieden.
»Mich nennen hier alle Babu. Ihr könnt mich auch so nennen, wenn ihr wollt. Babu heißt Vater«, er lächelte, »und so etwas Ähnliches bin ich hier wohl auch für die jungen Kerle. Ich habe gleich nach eurer Ankunft einen von ihnen zu einem Doktor geschickt. Keinem, wie ihr sie kennt. Unser

Doktor ist ein weiser, alter Mann, der mit Hilfe seiner Kräfte und jenen der Natur heilt. Er wird bald da sein. Wir sollten unseren Freund bis dahin in Ruhe lassen!«
Er stand auf, und wir folgten ihm hinaus.
Tandukadu war auf den ersten Blick wohl ein Dorf wie viele andere in dieser gottverlassenen Gegend. Ein paar ausgemergelte Gestalten, ein paar willenlose Büffel, ein paar trockene Felder, für die die stumpfsinnigen Fleischkolosse das Wasser aus einem Tümpel meilenweit durch die heiße Steppenlandschaft schleppen mußten, ein paar Frauen, ein paar Kinder und die Hütten. Aus Palmwedeln geflochtene Wände, übereinandergelagerte Schichten von Palmblättern als Dächer, dazu Lehm und Büffeldung, um die Löcher zuzuschmieren. Überall Fliegen und Stechmücken, überall Staub und Gestank. Tandukadu ist ein Ort, den man gerne wieder verläßt. Und wahrscheinlich gerade deshalb ein idealer Stützpunkt für Thalayasinghams kämpfende Truppe.
Neben den wenigen Dorfbewohnern hielt sich mehr als ein Dutzend anderer Männer hier auf. Kräftigere Gestalten mit beobachtenden Blicken. Alle nur in Sarongs und barfuß.
Wir saßen auf Grasmatten am Lehmboden und tranken Tee und Büffelmilch. Die meisten der jungen Burschen sprachen nur Tamilisch. Für meine Ohren ein eintöniger Singsang, aus dem dann und wann ein englisches Wort herausblitzte, das sich in die Sprache eingeschlichen hatte.
Später stellte uns Babu drei Männer vor, meinte, sie könnten Englisch und würden uns, falls wir es wünschten, hilfreich zur Seite stehen. Sie hießen Rajesh, Ronnie und Vijai, und keiner war älter als zwanzig.
Rajesh schien der Anführer des Trios zu sein. Er hatte pechschwarzes schulterlanges Haar, pechschwarze wache Augen, eine schmale, lange, am Rücken leicht gekrümmte Nase und einen dünnen Oberlippenbart. Er lachte oft und

zeigte dabei große, vorstehende weiße Zähne. Sein Englisch war beinahe ebensogut wie das von Kumar. Ich tippte auf Universität. Colombo, Madras, vielleicht sogar England.
Ronnie war klein und dicklich. Sein Haar war kurz geschoren, und das runde Gesicht war ständig von Anstrengungen irgendwelcher Art gezeichnet. Er stöhnte oft, schwitzte viel, redete aber kaum, ohne dazu aufgefordert worden zu sein.
Vijai war optisch das Ebenbild von Rajesh. Schlank, langes schwarzes Haar, Oberlippenbart. Die Nase war breiter, der Mund etwas größer, die Zahnreihen nicht so hervorstehend. Vijais Englisch hinkte weit hinter jenem von Rajesh nach, sein Bildungsweg hatte ihn höchstens bis Jaffna geführt. Trotzdem waren die beiden dicke Freunde. Wenn einer von ihnen sprach, blickte er am Ende meistens zum anderen und wartete auf ein zustimmendes Nicken.
Draußen war es längst Nacht geworden, als Vanayavu, der Heiler, auftauchte.
Im ersten Augenblick wußte ich nicht, ob ich beeindruckt oder belustigt sein sollte. Der Mann, der im flackernden Schein der Öllampen auftauchte, war klein, beinahe ein Zwerg, seine Gliedmaßen waren hautüberzogene Knochen, die so zart und zerbrechlich wirkten, daß man es kaum für möglich hielt, daß sie den großen, sich ständig bewegenden Kopf tragen konnten.
Vielleicht wirkte der Kopf aber auch nur deshalb so groß, weil seine untere Hälfte mit einem dichten, weißen, in alle Richtungen wallenden Bart überwuchert war. Die obere Hälfte war völlig kahl, ich entdeckte nicht einmal Augenbrauen oder Wimpern.
Vanayavu, der Heiler, trug über dem Sarong ein weites weißes ärmelloses Gewand, das beinahe bis in Kniehöhe reichte. Um den Hals hatte er sich mindestens ein halbes

Dutzend Ketten gehängt, die allesamt aus getrockneten Früchten oder Samenkörnern bestanden und beim Gehen ein klackend-raschelndes Geräusch verursachten. In der Hand hielt er einen Leinenbeutel, der prall gefüllt war. Als er eintrat, erstarb die Konversation sofort. Ronnie sprang auf und verbeugte sich tief, die anderen nickten ihre Grüße im Sitzen.

Vanayavu, der Heiler, war eine Person, der man mit größtem Respekt begegnete.

Der kleine Mann zeigte keine Emotion. Er ging auf Palle zu, blieb vor ihm stehen, legte den Kopf leicht zur Seite und begann, ihn mit Blicken zu sezieren. Dabei murmelte er ein paar Fragen in den Raum, die Ronnie nach und nach beantwortete.

Als er mit dem Dänen fertig war, beschäftigte er sich auf dieselbe Art mit mir. Ich erwiderte seine Blicke, solange sie auf mein Gesicht gerichtet waren, und hatte dabei das Gefühl, eine Maske anzustarren.

Obwohl die Szene grotesk war, verzog keiner im Raum eine Miene. Als das Frage-und-Antwort-Spiel zwischen dem Zwerg und dem kleinen schwitzenden Mann beendet war, boten sich weder Rajesh noch Vijai an, das Gesagte für uns zu übersetzen. Ich selbst wagte es in diesem Augenblick nicht, einen der beiden darum zu bitten. Es wäre mir wie die Entweihung einer sakralen Handlung vorgekommen.

Babu führte den Heiler in den Raum, in dem Kumar lag. Außer leisem Stöhnen hatte unser Führer während der ganzen Zeit keinen Laut von sich gegeben. Ich wollte mit ihnen gehen, doch Ronnie hielt mich sanft zurück.

Die Öllampen flackerten weich und verbreiteten ein sanftes Licht. Ich setzte mich auf eine Matte und wartete wie die anderen. Alle schwiegen.

Der Tee in der groben Tonschale war noch warm. Ich trank

einen Schluck und erinnerte mich daran, daß ich seit vielen Stunden nichts mehr gegessen hatte. Vor dem weichen, schleimigen Corned beef ekelte es mich, und als ich daran dachte, war auch der Hunger verflogen.
Außer Rajesh, Ronnie, Vijai, Palle und mir waren noch zwei junge Männer im Raum. Düstere Burschen, die den ganzen Abend über kein Wort gesprochen hatten. Weder miteinander noch mit Babu oder mit den drei anderen. Die beiden machten mir mit einem Schlag bewußt, daß ich mich im Feindesland befand. Die Wärme der menschlichen Behausung und das Gemisch aus Freundlichkeit und Gleichgültigkeit, das man uns entgegenbrachte, hatten mich das für eine Weile völlig vergessen lassen.
Waren die fünf dabeigewesen, als der Nachtexpreß in Colombo-Fort in die Luft geflogen war? Einer oder alle? War vielleicht sogar Babu einer der Dynamitkiller gewesen?
Ein Keil aus eiskalter Wut schob sich plötzlich zwischen mich und die Tamilen im Raum. Ich senkte meinen Blick und starrte in den Teetopf. Ich hatte Angst, meine Augen würden mich verraten. Wir waren nahe, ganz nahe am Ziel. Was mich störte, war die Tatsache, daß ich keinen Monstern gegenübersaß, keinen verzerrten, blutsaugenden Fratzen. Nur Menschen. Unter anderen Umständen hätte es mich keine Überwindung gekostet, sie sympathisch zu finden.
Der Tee schmeckte plötzlich anders. Bitterer.
Ich blickte Palle an, der neben mir hockte, und er lächelte mir zu. Sein Keine-Sorge-Kumpel-ich-habe-alles-im-Griff-Lächeln. Ich war froh, daß er da war. In diesem Augenblick mochte ich ihn wahrscheinlich mehr, als ich ihn je zuvor gemocht hatte. Ohne ihn wäre ich allein gewesen. Diese eisige, ungewisse Einsamkeit hätte ich an diesem Abend nicht verkraftet. Aber ich war ja auch müde. Todmüde.

Als ich erwachte, war wieder der Alte da. Vanayavu, der Heiler. Er unterhielt sich flüsternd mit Babu, und die anderen im Raum bemühten sich, der Konversation zu folgen. So sehr, daß man die Anstrengung, die es kostete, von ihren Gesichtern ablesen konnte.
Ich hatte im Sitzen geschlafen. Den Rücken gegen die Trennwand gelehnt. Jetzt war ich plötzlich wieder hellwach. Palle lag neben mir halb zusammengerollt auf seiner Matte. In den tiefen gleichmäßigen Atem mischten sich dann und wann seine gurgelnden Schnarchtöne.
Obwohl ich kein Wort verstand, erkannte ich, daß sich die beiden Alten über etwas für sie und die anderen enorm Wichtiges unterhielten. Im Raum hing eine Spannung, die den Jüngeren beinahe den Atem zu rauben schien.
Sie löste sich erst, als die Frau, die ich gleich nach unserer Ankunft gesehen hatte, mit zwei dampfenden Schüsseln eintrat. Sie stellte sie in der Mitte des Raumes auf den Boden. In der einen war mit Gemüse vermischter Reis, in der anderen eine Art Ragout, in dem Fleischstücke schwammen.
Sie ging wieder hinaus, kam aber bald darauf mit einem Stapel von Fladenbroten und einigen Blechtellern wieder zurück. Der Essensgeruch hatte auch den Dänen aufgeweckt. Er setzte sich auf und nickte dankbar, als ihm die Alte einen Teller reichte.
Die Männer begannen, mit einem Holzlöffel Reis auf ihren Tellern aufzuhäufen, und schütteten die Sauce und ein paar Fleischstücke darüber. Ich tat dasselbe.
Das Essen schmeckte vorzüglich, war aber selbst für meinen, an asiatische Speisen gewöhnten Gaumen enorm scharf. Meine Nase begann bald zu tropfen, und immer wieder mußte ich hervorquellende Tränen aus den Augenwinkeln wischen.

Babu sah es und schenkte mir ein väterlich-verständnisvolles Lächeln. Der Heiler, der neben ihm Platz genommen hatte, aß konzentriert und sehr geräuschvoll.
Wie alle anderen, aß auch ich mit den Fingern, und da ich schon Übung darin hatte, gelang es mir auch recht gut. Ich benutzte dazu ausschließlich die rechte Hand, und von der nur vier Finger. Der kleine blieb an den Handballen angelehnt. Normalerweise wäscht man sich vor dem Essen ebenso die Hände wie danach. Eine hygienische Maßnahme, die wir an diesem Abend aber unterließen.
Als wir fertiggegessen hatten, gingen die Männer in kleinen Gruppen hinaus. Wohl, um sich doch irgendwo die Hände zu reinigen. Ich zog ein Taschentuch heraus und wischte mir die Finger damit ab.
Babu schaute mir zu und lächelte.
»Unserem Freund«, sagte er, »wird es bald viel besser gehen. Vanayavu sagt, die Wunde sei nicht allzu schlimm. Angst hat er nur, daß das Blut im Arm nicht mehr gut ist.«
Der Heiler murmelte ein paar Worte, stand mühsam auf und ging nach draußen.
»Morgen wird er wiederkommen«, sagte Babu. »Bis dahin müßte seine Medizin schon gewirkt haben!«
Die Müdigkeit hatte alle Teile meines Körpers gepackt. Ich saß da, hörte seine Worte, wollte etwas sagen, sah mich aber statt dessen in einen hartnäckigen Kampf mit meinen Augenlidern verstrickt, die immer wieder zufielen und nur mit größter Mühe wieder aufzumachen waren.
Hühnergackern und ein paar menschliche Stimmen weckten mich am nächsten Morgen auf.
Es war heller Tag, und ich war der einzige im Hütteninneren.
Ich stand rasch auf und ging hinaus. Das Tageslicht blende-

te mich im ersten Augenblick so, daß ich außer einem gleißend hellen Fleck überhaupt nichts sah.
Palle kniete neben der Hütte am Boden und wusch sich in einer erbärmlich kleinen Wasserpfütze, die kaum den Boden der großen Tonschüssel bedeckte, das Gesicht.
»Wo sind die anderen?« fragte ich.
»Weiß nicht. Als ich herausgekommen bin, war nur die Alte da. Sie hat mir das Badewasser eingelassen!« Er lachte gurgelnd und rieb sich mit den nassen Händen die Augen.
Ich setzte mich auf den Boden, schloß die Augen und genoß die Sonnenstrahlen, die mein Gesicht kitzelten.
Eine Weile später kam die Alte und goß aus einem Tonkrug frisches Wasser in die Schüssel.
Ich putzte mir die Zähne mit den Fingern und versuchte, meine Hände einigermaßen sauber zu bekommen. Seife, Zahnbürste und Zahncreme hatte ich nicht. Mein Waschzeug war mit der Denise D. verbrannt.
Ich ging in die Küche und fand dort die Alte. Sie stand neben der Feuerstelle und bereitete Tee zu. Die Hütte roch angenehm. Nach Feuer und Frühstück. Ich hielt ihr meine Hände entgegen und machte die Bewegung des Waschens. Dabei griff ich in der Luft nach etwas, das ein Stück Seife darstellen sollte, und rieb eine Hand mit dem unsichtbaren Etwas ein. Sie begriff schnell, lächelte ein zahnloses Lächeln, griff in eine Schüssel, die in einer Ecke stand, und gab mir ein Stück feinster Toilettenseife. Rosarot und stark duftend. Ich hielt das kostbare Ding unter die Nase und sog den süßen Geruch ein. In diesem Augenblick war es für mich das Verbindungsglied zu einer anderen Welt. Einer Welt mit langen, zarten Fingern und lackierten Nägeln, sanft-weichem, wallendem Frauenhaar, Lippenstift und Wimperntusche, vornehmen Limousinen, neonbestrahlten Supermärkten, angenehm kühlen Abenden, kaltem Bier

und beruhigender Pianomusik. Ich hatte Heimweh. Nicht nach einem Land oder bestimmten Menschen, sondern nach Dingen, die immer zu meinem Leben gehört hatten und nun nicht da waren. Wie die Zahnbürste.
Ich wusch mich langsam und feierlich, genoß jeden Augenblick davon und sparte dabei mit der Seife, weil ich wußte, wie kostbar sie war.
Als ich fertig war, gab ich sie der Alten zurück. Sie lächelte und legte sie wieder in den Topf zurück.
Später, als ich mit Palle vor der Hütte saß und Tee trank, kam Babu von irgendwo her. Er hockte sich neben uns nieder.
»Es wird ein heißer Tag«, sagte er.
Ich hielt die Feststellung für einen Witz und lachte laut. Hier gab es nur heiße Tage.
Babu blickte mich amüsiert an.
»Wenn ihr euch im Dorf etwas umsehen wollt, dann ist es besser, ihr tut es jetzt«, sagte er. »In zwei, drei Stunden suchen auch wir den Schatten, weil wir es in der Sonne kaum aushalten. Außerdem ist es besser, wenn ihr euch nicht zu oft im Freien aufhaltet. Manchmal fliegen Helikopter über das Dorf!«
Ich leerte die Schale und stand auf.
Aus den meisten Hütten kräuselte weißgrauer Rauch. Wir gingen in die erste und fanden eine junge Frau mit einem Baby, das mit einem Tuch auf ihren Rücken gebunden war und uns aus riesigen schwarzen Augen und mit rotziger Nase anstarrte. Die Frau lächelte verlegen und drehte sich bei unserem Anblick weg. Wir gingen bald wieder.
»Wir haben viele Probleme«, sagte Babu, als wir wieder im Freien waren. »Die Trockenheit, die Moskitos und die Malaria, die Regierung in Colombo. Aber das Schlimmste ist, daß so viele unserer Kinder keine Überlebenschance haben.

Es gibt zu wenig Medizin für die vielen Krankheiten, das nächste Krankenhaus ist in Jaffna. Bis unsere Kranken dort sind, sind sie tot!«
Die Aussage überraschte mich.
»Das klingt so, als würdest du dem westlichen Fortschritt mehr trauen als euren alten Traditionen. Was ist mit Vanayavu, dem Heiler?«
Sein schönes braunes Gesicht wurde härter.
»Vanayavu ist für manche Sachen gut. Er kann sichtbare Krankheiten heilen. Wunden, wie die bei unserem Freund, manchmal auch das Fieber, das einen von innen her verbrennt. Aber es gibt so vieles, von dem er nur wenig weiß.« Seine Stimme wurde leiser, als hätte er Angst, gehört zu werden. »Ich habe viele sterben sehen, die er behandelt hat. Vor allem viele Kinder. Und das tut mir besonders weh. Denn nur durch sie können wir weiterleben. Besonders jetzt, wo so viele unserer jungen Männer sterben!«
»So ist's im Krieg«, sagte Palle.
»Ja, so ist's«, sagte er. »Aber es ist trotzdem nicht richtig!«
Wir gingen weiter.
Ein paar Männer arbeiteten auf den Feldern. Zwei Büffel zogen steinzeitliche Pflüge, die die Erde in lächerlich seichten Wellenlinien aufritzten.
Am Ende des Dorfes stand eine größere Hütte. Sie war kaum höher als die anderen, dafür aber etwas breiter und wesentlich länger. Bevor wir sie erreichten, blieb Babu stehen und hielt uns sanft an den Armen zurück.
»Ich kenne euch nicht. Ich weiß nur, daß ihr mit Kumar gekommen seid. Und Kumar ist ein enger Vertrauter des Tigers. Deshalb nehme ich an, er will, daß ich euch das zeige, was ihr bald zu sehen bekommen werdet. Es ist alles, was wir besitzen, und alles, wofür wir leben, arbeiten und auch

sterben. Es ist unsere Sache, unser Krieg, unsere Zukunft. Ihr sagt, daß ihr uns helfen wollt, und ich glaube euch!«
Er ließ uns los und ging voraus.
Die Hütte hatte im Gegensatz zu den anderen eine solide Holztüre, die von innen verschlossen war. Babu klopfte in einem bestimmten Rhythmus an.
Aus dem Inneren hörte ich Stimmen, Klopfen und Hämmern. Einen Augenblick lang wurde es still, dann öffnete jemand. Ronnies glänzendes Gesicht tauchte im Türspalt auf.
Wir traten ein und standen in einem großen Raum, der Lagerhalle, Arsenal und Werkstätte zugleich war.
An den Wänden hingen Gewehre und Maschinenpistolen, Kisten mit Handgranaten und Panzerfäusten standen darunter, sogar ein MG entdeckte ich.
Ich mußte an Gilles Ducasse denken. Und daran, daß ein Teil der Waffen wahrscheinlich von ihm auf seiner Denise D. übers Meer hierhergebracht worden war.
Es war düster im Raum, und an manchen Stellen drangen gebündelte Sonnenstrahlen wie gleißende Lichtsäulen durch Löcher in den Wänden und machten Millionen von Staubpartikelchen sichtbar, die in der Luft schwebten.
Es roch nach Öl und Schießpulver und nach Schweiß.
Eine Handvoll Männer saß auf dem Boden und arbeitete. Metallteile und Dynamitstangen lagen herum, einer der Männer feilte ein Eisenstück zurecht.
»Wir basteln unsere Bomben selbst«, lächelte Babu entschuldigend.
Der Rest der Kämpfer putzte Gewehre. Einige lagen nur da und taten nichts.
Rajesh trat auf uns zu und hielt uns die Rechte zum Gruß entgegen. »Guten Morgen«, sagte er. Und dann zu Babu: »Ich habe den Tiger noch nicht erreicht. Ich werde es bis zum Abend auch nicht mehr versuchen!«

Der Alte nickte.

Palle und ich setzten uns auf eine Matte, irgend jemand brachte uns Tee. Eine Zeitlang beachtete uns niemand. Jeder tat das, was er wahrscheinlich seit Tagen oder Wochen tat. Die Gewehre wurden mit liebevoller Akribie gepflegt, und man sah den Männern an, daß es sich dabei um ihren kostbarsten Besitz handelte.

Babu und Rajesh hoben einen Holzdeckel hoch, der nicht weit von unserem Sitzplatz entfernt am Boden lag, und legten eine schwarze rechteckige Öffnung frei.

»Das Geheimgemach«, sagte Palle.

Rajeshs Beine verschwanden im Loch, dann rutschten Oberkörper und Kopf nach. Babu folgte ihm.

Da ich im oberen Raum kein Funkgerät entdeckt hatte, vermutete ich, daß es unten sein mußte.

Ronnie setzte sich zu uns und grinste. »Wir machen sogar unsere Handgranaten selbst«, sagte er und zeigte auf zwei Männer, die ganz hinten im Schatten saßen. Ich sah kugelförmige Metallteile, die sie auf etwa zwanzig Zentimeter lange Eisenrohre schraubten. Zwischen ihnen lag bereits ein beachtlicher Haufen fertiger Granaten. Sie sahen aus wie kabellose Mikrophone, harmlos und ungefährlich.

Als sich Ronnie vorbeugte, entdeckte ich an seinem Hals ein weißes Röhrchen, etwa so dick wie eine Zigarette, aber nur halb so lang, das an einem dünnen schwarzen Faden hing und aussah, als wäre es ein Amulett.

Wahrscheinlich, vermutete ich, würden sich drinnen auf ein Stück Papier gekritzelte Gebete befinden, die den Besitzer vor üblen Geistern, bösen Zeiten und dem Tod beschützen sollten. Ich griff danach und nahm es zwischen Daumen und Zeigefinger.

Ronnie zuckte zurück und löste vorsichtig meine Finger.

»Pardon«, sagte ich, »ich habe nicht gewußt, daß ich damit etwas Unerlaubtes tue.«
Er blickte mich einen Augenblick lang starr und beinahe feindselig an, dann grinste er wieder.
Da er nichts sagte, fragte auch ich nicht weiter.
Eine Viertelstunde später kam Babu zurück, und wir gingen zurück zu dem Haus, in dem Kumar lag. Es war Babus Haus, und die Alte war seine Frau. Er stellte sie uns weder vor, noch erklärte er ihr, wer wir waren. Er sagte es uns nur. Und er sagte uns auch, daß wir die Betten benützen könnten, die in Kumars Raum standen.
»Verlaßt das Haus nur, wenn ich dabei bin«, sagte er. Wir nickten.
Kumar war wach, als wir eintraten. Auf seinem Gesicht glitzerten Hunderte von Schweißtropfen, und er stöhnte leise.
»Babu«, sagte er, als er den Alten erkannte. Uns blickte er lange an, versuchte, etwas zu sagen, gab es dann aber auf und schloß die Augen.
Wir gingen wieder hinaus und setzten uns in den Raum, in dem wir in der Nacht zuvor geschlafen hatten. Babu murmelte eine Entschuldigung und verschwand.
Draußen kreischten ein paar Vögel, ein Insekt brummte durch die Luft, krachte gegen eine Wand, verstummte, brummte wieder, diesmal zorniger.
»Jetzt sind wir in die Zielgerade eingebogen«, sagte Palle. »Thalayasingham weiß bereits oder zumindest bald, daß wir hier sind.«
Ich starrte an die Lehmwand, an der ein großer, gelblicher Gecko klebte. Es war wieder heiß geworden, und ich spürte, wie sich der Schweiß auf meiner Brust sammelte und sich bereit machte, in einem kleinen Bächlein zum Nabel zu fließen.
»Ich hasse sie nicht«, sagte ich.

Er schwieg und starrte auf die andere Wand.
»Hast du gesehen, was die dort drüben in der Hütte tun? Die Metallschachteln sind Bomben. Damit sprengen sie Autobusse mit Frauen und Kindern in die Luft. Und Züge. Und sie werden es immer wieder tun. Und immer wieder. Und ihr Tiger gibt ihnen die Befehle dazu. Er ist der Kopf. Ohne ihn werden sie wieder zu Bauern oder Studenten oder Beamten. Vielleicht sogar zu Politikern, die nur mit Worten kämpfen.«
Es war eine lange Rede mit wohlformulierten Sätzen, und sie überraschte mich.
»Das klingt beinahe so, als ob du einer wärst«, sagte ich.
Er lachte kurz und verächtlich.
»Das wäre das allerletzte«, sagte er. »Ich will nur nicht, daß ich den Weg hierher umsonst gemacht habe. Wir haben uns etwas vorgenommen, weil wir überzeugt sind, daß es das Richtige ist. Und ich werde es durchziehen!«
Er drehte sich zu mir her, blickte mir fest in die Augen und boxte mich in die Seite. »Und du wirst es auch tun!«
Ich sagte nichts, weil ich jetzt nicht weiter darüber nachdenken wollte. Ich war zu verwirrt, um mir ein klares Bild von unserer unmittelbaren Zukunft machen zu können. Die Dinge würden auf mich zukommen, und ich würde sie irgendwie bewältigen.
War es Feigheit?
Es war mir egal, ob es Feigheit war. Wenn ich nur hier war, um vor mir selbst eine Mutprobe abzulegen oder gar um den Dänen nicht zu enttäuschen, dann war ich zur falschen Zeit am falschen Ort. Dann wäre es besser, ich würde mich verabschieden und in irgendeine Richtung davonsegeln. Weit weg. Und was würde ich dann dort tun?
»Warum haben die hier nichts zu trinken?« fragte ich. »Ein Königreich für eine Flasche Arrak!«
»Ich habe mir gerade dasselbe gedacht«, sagte Palle.

Zwei Tage später stand Kumar zum erstenmal auf. Vanayavu, der Heiler, grinste stolz und zahnlos.
Kumars Gesicht war grau und vor Anstrengung verzerrt. Er lächelte trotzdem. Der Arm war sauber verbunden. Mit einer Mullbinde, die gekonnt angelegt war und deren Weiß draußen im Sonnenschein beinahe in den Augen schmerzte.
Rajesh und Vijai stützten den Verletzten, der schüttelte die beiden aber bald ab und ging alleine weiter.
Es dauerte ziemlich lange, bis wir den kleinen Dorfplatz überquert hatten. Wir waren schon im Schatten der großen Hütte, als wir von weit hinten am Horizont das Hämmern eines Hubschraubermotors hörten. Babu legte einen Zeigefinger an die Lippen, und die Männer erstarrten. Als alle das Geräusch erkannt hatten, hoben Rajesh und Vijai Kumar auf und trugen ihn, so rasch sie konnten, in die Hütte.
Das Innere war leer. Nichts hing an den Wänden, ein paar Tische und Stühle standen herum, auf dem Boden lagen Grasmatten. Wer nicht wußte, wozu dieser Raum wirklich diente, hätte ihn für den Versammlungsraum der Dorfältesten gehalten. Oder für einen Gemeinschaftsraum, in dem man sich zu diversen Ereignissen traf.
Wir setzten uns und schwiegen. Aus Angst, ein lautes Wort könnte uns an den Inder, der über uns in der Luft herumkurvte, verraten.
Das Geräusch wurde lauter, schien plötzlich ganz nahe zu sein und verebbte dann wieder. Als es ganz verschwunden war, begannen fast alle gleichzeitig zu reden. Das Stimmengewirr schwoll an – jeder versuchte, den anderen zu überschreien –, wurde von ein paar Worten Babus übertönt und erstarb wieder.
»Du hast dich nicht verändert, Kumar«, schmunzelte der Alte.

Kumar griff sich an den Arm, schluckte, atmete tief ein und versuchte ein Lächeln.
»Meine beiden Freunde hier«, begann er und zeigte dabei auf Palle und mich, »kennt ihr ja mittlerweile schon. Wahrscheinlich wißt ihr auch, warum sie hier sind. Ich möchte es euch aber nochmals erklären: Sie sind auf ausdrücklichen Wunsch des Tigers hier!« Er stockte, wischte sich den Schweiß von der Stirn und blickte zur Türe, durch die gerade ein paar weitere Männer hereinkamen. Als die sich gesetzt hatten, sprach er weiter.
»Wenn wir weiterkämpfen und siegen wollen, brauchen wir noch mehr Unterstützung von außen. Das wißt ihr genausogut wie ich. Und der Tiger weiß es am besten. Diese Hilfe werden wir aber kaum bekommen, wenn die Stimmung dort draußen gegen uns ist. Die meisten internationalen Agenturen operieren von Colombo aus und werden von der Propagandamaschinerie der singhalesischen Regierung beeinflußt.«
Er blickte wieder in unsere Richtung.
»Diese beiden Freunde hier sind auch Journalisten. Gute, ehrliche Journalisten, die sich nicht damit zufriedengeben, in einem klimatisierten Hotelzimmer zu sitzen und das abzuschreiben, was ihnen willige Nachrichtenlieferanten anbieten. Stefan und Palle haben sich bereit erklärt, etwas über uns und unsere Sache zu schreiben. Und sind zu uns gekommen, weil sie ihre Informationen an Ort und Stelle sammeln wollen. Sie dürfen auch fotografieren – allerdings nur, wenn ich dabei bin. Eine kleine Vorsichtsmaßnahme zu unserem Schutz!«
Kumar lächelte wieder und streckte eine Hand in unsere Richtung aus. »Wir sind während der letzten paar Tage einen langen und gefährlichen Weg miteinander gegangen. Dabei lernt man Menschen kennen. Und ich sage euch: Die-

sen beiden könnt ihr vertrauen, als ob es Leute von uns wären!«
Ich fühlte mich gar nicht mehr wohl in meiner Haut und blickte zu Palle hinüber. Der nickte nur und hob die Hand zum Gruß.
In der Wand der braunen Gesichter, die uns umgab, blitzten weiße Zahnreihen auf. Man nickte uns zu, lächelte, einige sagten etwas, was ich nicht verstand. Wir waren in ihrer Mitte aufgenommen. Als Freunde, Helfer, Kollegen, Kameraden. Hätten wir einen Auftraggeber gehabt, der uns in diese Mission gehetzt hätte, er wäre sicher stolz auf uns gewesen.
Ich war es nicht.
Am liebsten wäre ich aufgestanden und hätte ihnen gesagt, daß ihr irrer Krieg meine Familie getötet hatte. Und Hunderte andere Unschuldige auch. Und daß er noch Tausende das Leben kosten würde. Ich hätte ihnen gesagt, daß es viele andere Wege gäbe, ihr Ziel zu erreichen. Sie müßten sich nur hinsetzen und tief Atem holen. Dann müßten sie denken und reden. Und wieder denken und reden. Miteinander. Mit den anderen. Mit allen. Ich war als Feind gekommen und begann nun langsam, ihre Welt zu verstehen. Vielleicht würden das die anderen auch tun.
Aber da war der Haß. Es hatte schon zu viele Tote gegeben. Und da war die Rache. Und die zerstörte das Vergessen und jede Suche nach einem neuen Anfang. Meine Rede wäre sinnlos gewesen. Weil ich letztendlich selbst nicht daran geglaubt hätte.
Die Gesichter, die uns umgaben, hatten uns schon wieder vergessen. Sie blickten ernst und hörten zu oder redeten. Um uns herum war eine intensive Diskussion im Gange, die mit unserer Anwesenheit nicht das geringste zu tun zu haben schien.

Rajesh saß gestikulierend in der Mitte und versuchte immer wieder, etwas zu erklären, was die meisten nicht verstanden oder nicht glauben wollten. Kumar und Babu unterstützten ihn manchmal, stellten aber dazwischen selbst Fragen an ihn.

Der Tiger hatte sich gemeldet, und seine Botschaft sorgte für Verwirrung.

Ich stand nach einer Weile auf und ging hinaus. Palle folgte mir. Wir setzten uns in den Schatten der Hüttenwand, von drinnen drang der Stimmenwirrwarr gedämpft nach draußen.

»Da drinnen braut sich etwas zusammen«, sagte der Däne und begann, an einem dürren Palmblatt zu kauen, das er aus der Wand gezogen hatte.

»Der Tiger«, sagte ich. »Es muß ein Funkspruch durchgekommen sein, der wie eine Bombe bei ihnen eingeschlagen hat.«

»Der Tiger«, wiederholte er und kaute weiter. Die Stimmen waren noch immer da, und sie klangen noch immer aufgeregt.

»Der Tod des Tigers wird ihre Welt verändern«, sagte er schließlich und deutete mit dem Kopf in Richtung Hütteninneres. »Sie wissen es nur noch nicht!«

Eine halbe Stunde verging, bis sie Kumar aus der Hütte führten. Trotz der Hitze, der Moskitos und der Anstrengung des Redens und Zuhörens schien er in einem besseren körperlichen Zustand zu sein als vor seinem Eintreten in die Hütte.

Wir gingen langsam zurück zu Babus Haus. Ein paar Kinder liefen vor uns davon, als wir den Dorfplatz überquerten. Babu lachte.

»Die haben Angst vor euch, ihr weißen Teufel!«

Der Büffel, der mitten auf dem Platz lag, rührte sich hinge-

gen keinen Millimeter. Er starrte stumpf ins Leere und wackelte nur dann und wann mit einem Ohr, wenn ihm die Fliegenplage doch zu lästig geworden war. Dann bequemten sich ein paar der kleinen schwarzen Brummer zu einem kurzen Ausflug in die Luft, setzten sich aber Sekunden später wieder an ihren alten Platz.
Babus Frau hatte den Tee schon bereit, als wir eintraten. Wir setzten uns auf die Matten und bliesen in die Schalen, aus denen heißer Dampf stieg. Der Tee roch köstlich, und wir tranken ihn in ganz kleinen Schlucken. Schlürfend und genußvoll schnaufend. Es war eine Zeremonie, die niemand durch Reden unterbrach.
Am Ende wechselten Babu und Kumar ein paar tamilische Sätze. Dann wandte sich der Archäologe an uns: »Ihr habt Glück«, sagte er langsam und versuchte, den Worten Gewicht zu geben. »Ihr werdet den Tiger bald treffen. Er ist jetzt noch irgendwo oben im Norden, kommt aber während der nächsten Tage zu einem Treffpunkt, der nicht weit von hier entfernt ist. Dort wird er mit euch sprechen und alle eure Fragen beantworten. Du«, dabei blickte er Palle an, »wirst ihn auch fotografieren können. Du hast von ihm auch die Erlaubnis, drüben, in unserer Gemeinschaftshütte, Fotos machen zu dürfen. Ihr müßt nur jeden einzelnen fragen, ob es ihm recht ist, auf einem eurer Fotos abgebildet zu sein. Jeder muß selbst wissen, was es für ihn bedeutet, aus der Anonymität gerissen zu werden. Man wird ihre Gesichter in den Zeitungen sehen. Dann finden sie nirgends mehr Schutz. Nur bei uns. Wenn sie überleben wollen, müssen sie kämpfen, bis wir siegen!«
»Das war aber nicht alles, worüber ihr drüben in der Hütte geredet habt«, sagte Palle.
Kumar wischte die Frage des Dänen mit einer ungeduldigen Handbewegung weg. Dabei spürte er wieder den

Schmerz in seinem verletzten Arm und verzog kurz die Mundwinkel.
»Natürlich nicht«, sagte er. »Das ist das nächste, das ich euch sagen wollte: Ihr habt doppeltes Glück. Ihr werdet den Tiger und seine besten Leute auch bei einem Einsatz erleben können. Wir werden den Jaffna-Expreß in die Luft jagen!«
Babu nickte. »Wir haben lange überlegt, ob wir euch einweihen sollten. Kumar sagt, wir könnten euch vertrauen. Wenn das nicht der Fall sein sollte, was ich allerdings nicht glaube, dann könnt ihr uns auch nicht schaden. Weil ihr von hier nicht wegkommt!« Er lächelte. »Ihr seid unsere Gäste, und ich bin überzeugt, daß ihr unsere Gastfreundschaft nicht mißbrauchen werdet.«
»Keine Sorge«, sagte Palle, »wir sind nur hier, weil uns die journalistische Neugierde hergetrieben hat. Und wir wissen die Chance zu schätzen, die ihr uns bietet. So nahe an den Tiger ist noch kein Zeitungsmensch der Welt herangekommen. Und die Aktion, die ihr uns da versprecht, ist mehr als nur eine willkommene Draufgabe. Ein Fotograf könnte sich nichts Besseres wünschen!«
»Dann verstehen wir uns ja«, sagte Babu.

Das Dorf hatte sich verändert.
Die schläfrige Ruhe war nervöser Hektik gewichen. Sie warteten noch immer, aber sie warteten anders. Rajesh und Vijai wie zwei Rennpferde vor dem Start, die darauf brennen, ihr Können zu beweisen. Ronnie noch immer schwitzend, noch immer lächelnd mit hopsenden Bewegungen, die in ihrer ratlosen Unsicherheit komisch wirkten. Andere lächelten nicht einmal mehr. Das waren die, denen man die Angst vor dem eigenen Mut ansehen konnte. Diejenigen,

die urplötzlich erkannten, daß das Heldentum, das sie gestern noch angestrebt hatten, gar nicht mehr so erstrebenswert war, wenn man es sich in einer Realität, die Töten und Getötetwerden einschloß, erkaufen mußte.
Auch für mich dauerte es eine Weile, bis das Abstrakte der Situation gewichen war und nur noch der nackte Kern übrig blieb.
Sie würden einen Zug in die Luft sprengen!
Wieder einen Zug.
Wie – ich wußte gar nicht mehr, vor wie vielen Tagen, Wochen – damals in Colombo-Fort.
Den Zug.
Den Zug, der mein Leben verändert hatte!
Den Zug, der dafür verantwortlich war, daß ich nun hier war.
Der Kreis begann sich zu schließen.
Wäre die Story dem Hirn eines Scriptwriters in Hollywood entsprungen, dann hätte man dieses Ende wohl als Kitsch empfunden.
Kitsch.
Ich schüttelte mich. Und versuchte, das Blut, den Tod, den Wahnsinn, die Zerstörung abzuschütteln.
Warum wieder einen Zug?
Kumar sagte es mir am Abend, als ich neben ihm auf der geflochtenen Pritsche lag und die Augen offenhielt, weil ich in keinen Horrortraum hineinschlittern wollte.
»Wir wissen aus ganz zuverlässiger Quelle, daß sich der neue Oberbefehlshaber der indischen Besatzungsarmee, die man ironischerweise in Colombo Friedenstruppe nennt, in dem Zug befinden wird. General Rabindra Gupta. Der Mann, den man für die Endlösung eingeflogen hat. Ich gebrauche bewußt das Wort, das man vor vierzig oder fünfzig Jahren als Umschreibung für den Mord an Millionen Juden

gewählt hat. Gupta wird und will uns vernichten. Wenn wir ihn nicht zuvor vernichten!«
Er ließ seine Worte eine Weile im Raum hängen.
Palle atmete schwer und regelmäßig. Vielleicht schlief er.
»Und warum«, fragte ich langsam, »habt ihr den Zug in Colombo in die Luft gesprengt?«
Er lachte, und mir wurde übel. Mein Magen verkrampfte sich, und ein bitterer Geschmack stieg bis in den Mund hoch. Ich preßte beide Fäuste gegen den Bauch und zog die Beine an.
»Das war ein Irrtum«, sagte er. »Man könnte allerdings auch sagen, daß es die Generalprobe für das war, was ihr bald erleben werdet. Dann bekommt das Ganze vielleicht nachträglich doch einen Sinn.«
Wenn mir nicht so übel gewesen wäre, dann wäre ich wahrscheinlich aufgesprungen und hätte ihm beide Fäuste ins Gesicht gedroschen. Vielleicht hätte ich ihm auch meine Zeigefinger in die Augenhöhlen gebohrt und ihm die Ohren ausgerissen. Ich blieb liegen. Erstarrt, regungslos, überwältigt.
»Wir hatten damals eine Information«, fuhr er fort, »die man uns als hundertprozentig exakt verkauft hatte. Gupta sollte im Zug sitzen und unter schwerer Bewachung nach Trinco gebracht werden. Von dort, und nicht von Jaffna aus, sollte er die Operationen zu unserer totalen Vernichtung leiten. Eigentlich ein teuflischer Plan, weil alle unsere Kapazitäten im Norden und nicht im Nordosten konzentriert sind. Er ist aber nie durchgeführt worden. Niemand weiß, warum. Vielleicht hat man uns auch ganz bewußt in die Irre geleitet.« Er lachte wieder. »Aber diesmal passiert das nicht. Gupta wird im Zug sitzen. Und er wird dort auch sterben!«
Jetzt hatte ich die Horrorträume doch am Hals. Ich schlief

nicht, ich träumte nur. Von Rani, Mark und Mariko. Von einem fetten General, der sich die dicken Finger rieb und hämisch kicherte, weil er die Bombenleger zum Narren gehalten hatte.
Da waren riesige, blutige Körper mit klaffenden Wunden, aus denen Embryos kletterten, die sich in waffentragende Körper mit hämisch grinsenden Fratzen verwandelten. Da war wieder der Traum von Mark am Meer, vom Gerettetwerdenwollen und meiner ohnmächtigen Hilflosigkeit.
Ich setzte mich auf, ging vor die Hütte und übergab mich so lange, bis nichts mehr da war, das aus den Tiefen meines Körpers hochkommen hätte können. Nur bitterer Speichel.
Als mich eine Brise weckte, fand ich mich neben dem Eingang sitzend, an die Hüttenwand gelehnt. Ich stand auf, ging hinein und legte mich wieder auf meine Pritsche. Die anderen atmeten tief und regelmäßig, Palle stieß seine gurrenden Schnarchlaute aus.

Am nächsten Tag geschah nichts.
Der dünne, schwarze Mann mit dem Lendentuch war draußen auf dem Feld und ließ die Büffel seinen Steinzeitpflug über das staubtrockene Land ziehen. Die Frauen kochten, die Kinder spielten, die Sonne versuchte ein Loch in die Erde zu brennen. Kumar und die Männer waren schon früh in der Gemeinschaftshütte verschwunden. Wahrscheinlich brachten sie ihre Waffen in Ordnung, ordneten die Munition, gaben vielleicht ihren Bomben den letzten Schliff. Es kümmerte mich nicht mehr. Ich war nicht neugierig, ich wollte die Sache nur so rasch wie möglich zu Ende bringen. Und Kumar später möglichst nie mehr in die

Augen blicken müssen. Sein Krieg widerte mich mehr denn je an.

Am Nachmittag waren Palle und ich allein in Babus Hütte. Die Alte war weggegangen, und von den Männern war keiner zu sehen. Wir tranken kalten Tee und sehnten uns wieder einmal nach einem starken Drink.

»Da sind wir auf einer Insel, auf der Millionen Palmen wachsen, aus denen man den herrlichsten Schnaps machen kann«, knurrte der Däne. »Und wir haben es geschafft, ausgerechnet in einem trockenen Dorf zu landen.«

»Es ist bald vorbei«, sagte ich. »Dann sitzen wir wieder im Galle Face oder im Oberoi und lassen uns Doppelte servieren. On the rocks!«

»Oder Dreifache«, stöhnte er.

Wir saßen eine Weile da und schwiegen. Jeder wußte, woran der andere dachte.

Der Zug, Thalayasingham, die Begegnung, die Ausführung. Palle legte sich auf den Rücken. Langsam und umständlich. Der dicke Bauch hob und senkte sich. Wahrscheinlich würde er bald einschlafen.

»Warum tust du es?« fragte ich.

Er gab keine Antwort. Aber er schlief auch nicht. Seine Augen waren starr auf das Hüttendach gerichtet.

»Warum tust du es?« fragte ich nochmals.

Er zuckte im Liegen die Schultern.

»Weil ich es will!«

»Das genügt mir aber nicht! Ich möchte wissen, wer du wirklich bist. Wo du gelernt hast, mit Waffen umzugehen. Wo du schon einmal getötet hast …«

Er schwieg wieder. Diesmal unterbrach ich sein Schweigen nicht.

»Ich war einmal Soldat«, sagte er schließlich.

»In der dänischen Armee?«

Er lachte. »In keiner Armee. Zumindest in keiner, die man regulär nennen könnte.«
»Wo?«
»Irgendwo in Afrika. Ich habe es vergessen. Und ich will auch, verdammt noch mal, nicht mehr darüber reden. Okay?«
Ich sagte nichts mehr.
Der Däne war ein bezahlter Killer gewesen. Ein Söldner, der für Geld Schwarze abschlachtete. Oder Weiße. Oder wen auch immer. Die Erkenntnis überraschte mich nicht. Jetzt nicht mehr. Weil mich überhaupt nichts mehr in meinem momentanen Leben überraschte.
Warum er mit mir da war, und warum er Thalayasingham töten wollte, wußte ich noch immer nicht. Ich fragte auch nicht. Vielleicht hatte ich schon zuviel gefragt.
Am Abend waren die Männer wieder da. Man merkte, daß die meisten von ihnen das Warten satt hatten und endlich etwas tun wollten. Kumar war freundlich wie immer.
»Morgen«, sagte er, »könnt ihr fotografieren. Ich habe die Männer heute gefragt, die meisten von ihnen haben nichts dagegen. Sie sind sogar stolz darauf, als Leute des Tigers abgebildet zu werden.«
Die armen Teufel. Jeder würde zu einem Kamikaze werden. Todgeweihte. Wenn sie ihren Krieg verlören, würde man sie töten. Das wußten sie. Und sie waren bereit dazu. Waren sie wirklich so verzweifelt, so fanatisch, oder war es die Ausstrahlung des Tigers, die sie dazu trieb?
Ich würde es bald wissen.
Die letzte, schlaflose Nacht machte sich bemerkbar. Ich spürte, wie die Müdigkeit meine Glieder zu lähmen begann, und ging bald in den Nebenraum. Der Däne folgte mir. Das laute tamilische Palaver, das nach unserer Verabschiedung losgebrochen war, hinderte mich nicht, tief und fest bis lange nach Tagesanbruch zu schlafen.

Gleich am frühen Morgen kam das heißersehnte Funkgespräch. Die Gesichter der Männer wurden bedeutungsschwer; das Lächeln, das sie sonst dominierte, war verschwunden.
Palle und ich erfuhren nur, daß es bald losgehen werde. Details verschwieg man uns.
Die Alte und die anderen Frauen im Dorf begannen schon am Vormittag zu kochen. Aus allen Hütten drang Rauch, und der Geruch von Gewürzen, Gebratenem und Gekochtem mischte sich zu einem Aroma, das für ein permanentes Hungergefühl sorgte.
Ich wurde den makaberen Gedanken nicht los, daß den Männern die Henkersmahlzeit bereitet wurde.
Babu nannte es »ein Abschiedsfest«. Er sagte aber nicht, daß auch der Tod ein Abschied ist.
Am späten Nachmittag sorgte das Knattern von zwei Helikoptern für Aufregung im Dorf. Als die metallenen Rieseninsekten über die Häuser donnerten, befanden wir uns mit den anderen Gefolgsleuten des Tigers in der Gemeinschaftshütte. Kein Licht, nicht einmal ein unnötiges Geräusch. Rajesh stand neben mir an der lehmverschmierten Wand. Steinernes Gesicht, die Finger zu Fäusten geballt.
Die Waffen lagen in Griffweite, einige hielten ihre Schnellfeuergewehre sogar umklammert, so, als erwarteten sie sich Schutz und Hilfe von ihnen. Es roch nach Öl und Menschen, vor allem aber nach den köstlichen Currys.
Falls die Helikopter landeten, würden die Männer die Besatzung niedermetzeln. Daran gab es keinen Zweifel. Sie wußten aber auch, daß sie damit den Plan des Tigers vereitelt hätten.
Gupta und seine Leute wären viel zu vorsichtig, um nach einem solchen Zwischenfall noch per Eisenbahn nach Jaffna zu reisen.

Die Rotorengeräusche wurden leiser.
»Ich wußte es«, sagte Rajesh neben mir, »es kann einfach nichts schiefgehen. Jetzt nicht mehr!«
Wir schlenderten zurück zu unseren Hütten, und die Stimmung war plötzlich leicht und gelöst. Es war, als hätten sie die Inder bereits jetzt besiegt.
Vijai und Rajesh redeten auf Ronnie ein, dieser wurde verlegen und suchte bei Kumar Rat. Die beiden anderen lachten, bis ihnen die Tränen kamen. Der Dicke und Kumar erkannten, daß man ihnen einen Streich gespielt hatte, und lachten mit.
Ich hatte kein Wort verstanden, wurde aber trotzdem von der Heiterkeit angesteckt. Als ich in Babus Hütte trat, dachte ich nicht mehr an das, was mich in allernächster Zukunft erwarten würde.
Die Alte hatte ein wahres Festmahl zubereitet. Fischcurry, Hühnercurry, Linsen, duftendes Chapatti, feine, knusprige Brotfladen, die sie Pappadam nennen, große Paratha-Pfannkuchen und als Nachspeise Büffeljoghurt mit Kokossirup und Halwa, einer lauwarmen Paste aus Milch, Zucker, Karotten, Nüssen und einer faszinierenden Gewürzmischung.
Wir saßen am Boden und aßen mit den Fingern. Anfangs heißhungrig, dann langsamer und genießerischer.
Wir waren gerade beim Dessert angelangt, als die beiden Lastwagen vorrollten. Zuerst hörten wir nur das leise Brummen, dann donnerten die Motoren auf dem Dorfplatz so laut, daß wir das Essen rasch beendeten und begannen, uns in der großen Wasserschüssel, die von der Alten gefüllt worden war, die Hände zu waschen.
Als die beiden Diesel erstarben, herrschte wieder gespenstisch-beklemmende Stille.
Die beiden Fahrer trugen Schirmmützen in Dschungelfar-

ben. Wie die, die ich auf den Köpfen der indischen Soldaten gesehen hatte.
Es waren kräftige Burschen in Militärhosen, Turnschuhen und T-Shirts. Wie die meisten anderen von Thalayasinghams Soldaten, hatten sie Oberlippenbärte und denselben freundlich-zuversichtlichen Gesichtsausdruck mit dem Schuß hartnäckiger Entschlossenheit, den ich anfangs auch bei den anderen hier im Dorf bemerkt hatte.
Kumar und Babu unterhielten sich mit den beiden. Am Dorfplatz hatten sich mittlerweile alle männlichen Bewohner Tandukadus versammelt. Kaum einer sprach, alle starrten gespannt auf die vier, die dort vorne im Schatten des Lastwagens ihr Schicksal bestimmten.
Die Sonne hatte den Horizont erreicht und würde uns bald der Dunkelheit überlassen.
Nach einer Viertelstunde löste sich Babu von der kleinen Gruppe und kam zu uns.
»Der Tiger ist bereits in Jayapiddi«, sagte er mit pathetisch erhobener Stimme und unterstrich die Bedeutung der Worte, indem er die geballte Faust in den Himmel stieß. Um mich herum brandete Jubel auf. Bald ordnete sich das anfangs wilde Geschrei zu einem rhythmischen Kampfruf, den ich zwar nicht verstand, der aber so viel wilde Entschlossenheit ausdrückte, daß mir kalt wurde. Babus Faust wuchs immer wieder in die Höhe, und jedesmal, wenn sie es tat, wiederholten die Kehlen um mich herum ihr Schlachtgeschrei.
Ein Wink des alten Mannes genügte, um wieder Stille zu erzeugen. »Ihr geht jetzt in eure Hütten und holt alles, was ihr braucht. Dann bringt Waffen und Munition! In einer halben Stunde fahren wir ab! Heute ist die Nacht, auf die ihr so lange gewartet habt! Heute ist die Nacht, in der ihr siegen werdet!«

Mich gruselte trotz des Schweißes, der mir das Hemd an den Körper klebte.
Ein Gefühl, das sich später, als wir im Lastwagen saßen, noch verstärkte. In mir hatte sich ein riesiger Ballon aufgeblasen, der auf alle Organe zu drücken schien. Der Magen war auf ein Minimum zusammengepreßt, die Lungen hatten Mühe, die Luft, die ich einatmete, aufzunehmen, die Blase signalisierte mir, daß ich bald pinkeln müßte.
Da die Ladefläche nicht mit Sitzbänken ausgestattet war, hockten wir am Boden. Einige benutzten die Bündel und Rucksäcke, die sie mitgebracht hatten, als Sitzgelegenheiten. Palle saß auf seiner Kameratasche, ich hatte nichts als das nackte, heiße Blech unter dem Hinterteil.
Das schwere Gefährt brummte mißmutig, als es sich langsam in Bewegung setzte, und begann, zu ächzen und zu stöhnen, als es über das freie Gelände holperte. Wir stemmten die Beine gegen das Metall und versuchten, uns, so gut es ging, mit den Händen abzustützen. Trotzdem wurden wir in regelmäßigen Abständen mit unterschiedlicher Wucht gegen unsere Nebenmänner gedrückt. Der Körperkontakt war mir unangenehm. Er hatte nichts mit Spaß und Heiterkeit zu tun, die eine ähnliche Situation unter anderen Umständen hervorgerufen hätte.
Die Männer zogen in die Schlacht, und sie wußten es. Wäre die Rumpelei nicht gewesen, dann hätte sich jeder von ihnen wohl in eine Ecke zurückgezogen und wäre in seinen Gedanken versunken. Ich empfand ähnlich. Weil ich auch in eine Schlacht zog. Allerdings in eine andere als sie.
Der Däne hatte sich als Sitzplatz die linke, hintere Ecke der Ladefläche ausgesucht und konnte sich in dem rechten Winkel, den die Längs- und die Stirnseite des Lasters hier bildeten, mit den Händen verkeilen. Es war dunkel geworden, und ich sah nur seine gewaltigen Umrisse.

Nach einer guten Stunde überquerten wir einen Bach, dann wurde das Gelände flacher und die Fahrt etwas angenehmer. Der Mond war nur eine schmale Sichel, und wir fuhren ohne Licht. Die beiden Fahrer mußten die Gegend wie ihre Westentaschen kennen. Nach einer weiteren Stunde hielten wir am Ufer eines Sees. Kumar, der neben dem Fahrer unseres Lastwagens gesessen hatte, kletterte hinaus und meinte, wir könnten uns die Beine etwas vertreten, bevor es weiterginge. Ich erinnerte mich wieder daran, daß ich vor langer Zeit pinkeln wollte, und tat es nun. Die meisten Männer taten dasselbe. Sie standen in einer Reihe aufgefädelt am Seeufer, und das Plätschern, das sie erzeugten, klang wie tropischer Regen, der in Pfützen klatscht.
Als ich fertig war, stellte ich mich neben Kumar, der an der Türe lehnte.
»Es ist nicht mehr weit«, sagte er, »eine Dreiviertelstunde vielleicht. Und bald kommen wir auf einen breiten Pfad. Da holpert es dann nicht mehr so.«
»Werden wir ihn heute noch treffen?« fragte ich.
»Er ist da. Und er wartet auf euch. Die Nacht wird lang, und ans Schlafen dürfte ohnehin keiner denken.«
»Wann geht es los?«
»Der Jaffna-Expreß wird die Stelle, an der wir warten, um exakt sechs Uhr einundzwanzig passieren …«
Palle trat zu uns und knöpfte sich die Hosentüre zu.
»Um sechs Uhr einundzwanzig also«, sagte er. »Das wird eine lange Nacht!«
»Nicht für uns«, sagte ich, »wir werden viel zu tun haben!«
Kumar räusperte sich.
»Er wird euch alles sagen, was ihr wissen wollt. Dann müßt ihr ihn allerdings allein lassen.«
»Keine Sorge«, sagte Palle. Ich glaubte, einen zufriedenen Unterton gehört zu haben.

Wir erreichten Jayapiddi noch vor Mitternacht.
Eine Viertelstunde zuvor war der Lastwagen urplötzlich in einen dichten Wald eingetaucht. Keine Steppe mehr, kein Sand, kein offenes Land. Die Bäume drängten sich dicht an den Laster heran, Äste peitschten gegen die Seitenwände.
Und dann die Stille.
Die Motoren schwiegen, nur dann und wann metallenes Klicken und Fauchen. Dazu das Zirpen von Grillen, Zikaden oder wie das Getier auch immer heißen mochte.
Ich atmete tief durch. Nochmals und dann nochmals. Die Brust blieb eng und die Kehle trocken. Ich schluckte.
Rechts und links von mir begann es sich zu regen. Vorne kletterten die ersten über die Bordwand und sprangen auf die Erde. Die ersten Stimmen, leise, flüsternd. Jemand neben mir räusperte sich, einer hustete.
Ich stand auf und ging ein paar Schritte. Mein Nebenmann stieß gegen mich und ließ sein Gewehr fallen. Der Aufprall war laut und klang hohl. So, als hätte jemand mit einem Eisenrohr gegen ein leeres Benzinfaß geschlagen.
Die Stimmen verstummten, und die Bewegungen erstarrten. Nach einigen Sekunden beinahe atemloser Stille begannen die Bewegungen wieder. Die Stimmen hörte man erst einige Sekunden später wieder.
Ich stieg auf die Bordwand und sprang ins Schwarze. Der Fall schien unendlich lang zu dauern, aber ich landete weich. Gras. Kumar war auf einmal da.
Er wartete, bis alle auf der Erde waren, flüsterte ein paar Worte und führte uns dann einen Weg entlang. Vor unserem Lastwagen stand ein anderer, vor diesem noch einer und noch einer. Nach einer Weile hörte ich auf, sie zu zählen.
Die Gruppe mit Babu und den anderen aus dem Dorf ging vor uns.

Der Geruch von Holzfeuern, Lichtschein drang durch das Baumdickicht, Stimmen, dann die erste Hütte.
Wir gelangten zu einem kleinen Platz, auf dem sich Dutzende von Menschen drängten. Alle trugen Waffen, einige so etwas Ähnliches wie Uniformen, andere Shorts und T-Shirts. Unsere Gruppe wurde mit verhaltener Begeisterung empfangen. Schulterklopfen, Umarmungen, Lachen. Nicht laut, aber herrlich.
Thalayasinghams Armee!
Halbe Kinder, Bauern, Studenten, Ärzte, Rechtsanwälte, Lastwagenfahrer und Lehrer.
Sie hielten alle Arten von Schußwaffen umklammert. Ich kannte sie nicht. Aber es mußten die Kalaschnikows sein und die Ak-47, die G-3, die Singapore Armalite, die verschiedenen Repetierer und all die anderen Waffen, von denen Abdul Ahammed uns erzählt hatte. Um die Hüften hatten sie Patronentaschen geschnallt, einige so groß, daß sie vom Hosenbund bis zum Hemdkragen reichten. Die meisten trugen Turnschuhe, einige waren barfuß. Vielleicht kämpften sie auch darum, sich einmal Schuhe leisten zu können.
Die Armee vor der Schlacht!
Es war eine jämmerliche Armee. Und doch würde es Zerstörung geben und Blut und Tod.
Babu legte seine Hand auf meinen Arm.
»Kumar ist gerade zu ihm gegangen«, sagte er.
Ich nickte.
»Zeit genug haben wir ja«, sagte Palle neben mir.
»Bis sechs Uhr einundzwanzig«, sagte ich und blickte auf die Uhr. Es war wenige Minuten nach Mitternacht.
Der Tiger residierte in einer Hütte, die etwas abseits lag. Vor dem Eingang saßen zwei Wachposten auf dem Boden. Die Gewehre steckten zwischen ihren Knien, und ihr Blick war gelangweilt. Der eine rauchte, und jedesmal, wenn er an der

Zigarette zog, erhellte die Glut für eine Sekunde sein Gesicht. Es war jung und unrasiert.
Babu und ich stellten uns neben ihn und warteten. Beide Posten trugen Kampfanzüge, die am Hals weit aufgeknöpft waren. Mitten in dem Dreieck nackter Haut hing beim Raucher eine kleine weiße Kapsel an einem schwarzen Faden, der um den Hals gelegt war. Bei genauerem Hinsehen bemerkte ich, daß der zweite Wächter dasselbe am Hals trug. Ich tippte wieder auf einen Behälter, in dem eine Rolle mit Gebeten steckte. Oder ein Andenken an die Familie.
Babu schüttelte ernst den Kopf, als ich ihn nach der Bedeutung der weißen Kapseln fragte.
»Zyankali«, sagte er. »Die Männer sind bereit, bis zum Tod zu kämpfen. Und sollten sie doch in Gefangenschaft geraten, dann würden sie die Röhrchen in den Mund stecken und zerbeißen.« Mich schauderte.
Kumar kam nach einer halben Stunde. Als er aus der Hütte trat, rief ihn Babu leise. Kumar drehte sich zu uns um.
»Ihr könnt jetzt hineingehen«, sagte er.
Drinnen brannte eine Gaslampe und erhellte den Raum beinahe taghell. Das grelle, bläuliche Licht schmerzte in meinen Augen, die sich draußen an die Dunkelheit gewöhnt hatten.
Mohan Thalayasingham saß auf einem Sessel und schien müde zu sein. Außer ihm war niemand im Raum. An den Wänden hingen einige Tontöpfe, vor ihm stand ein Tisch, auf den er die Ellbogen gestützt hatte. Der Boden war aus Lehm. Als wir eintraten, blickte er auf.
Das Gesicht unter der grün-braun gefleckten Schirmmütze war hell wie das eines sonnengebräunten Europäers. Die dicken schwarzen Augenbrauen standen über großen traurigen Augen. Vielleicht war es auch nur die Müdigkeit, die sie traurig erscheinen ließ.

Thalayasinghams Nase war groß und leicht gekrümmt, darunter wucherte ein dicker, pechschwarzer Schnurrbart. Er hatte volle Lippen, die seine Gesichtszüge beinahe weiblich erscheinen ließen.

Das runde, glattrasierte Kinn verstärkte diesen Eindruck.

»Willkommen, willkommen«, sagte er und nahm die Arme vom Tisch.

Er stand langsam und mühsam auf und hielt uns die Rechte entgegen. Ich stand ihm am nächsten und ergriff sie. Seine Finger fühlten sich an wie Gummi. Feuchter Gummi. Sie lagen ohne Gegendruck in meiner Hand und erinnerten mich an eine Handvoll Regenwürmer. Mich ekelte, und ich ließ sie rasch wieder los.

Palle schüttelte sie etwas länger als ich, dann setzten wir uns auf die beiden leeren Sessel, die vor dem Tisch standen. Er setzte sich auf denselben Platz wie zuvor und stützte wieder die Ellenbogen auf.

»Wer ist der Schreiber, und wer ist der Fotograf?« fragte er nach einer Weile. Wir sagten es ihm, er lehnte sich zurück und blickte an die Decke.

Ich legte den Notizblock vor mich hin, den mir Babu vor zwei Tagen besorgt hatte, und nahm den Kugelschreiber in die Hand.

»Wir haben nie die Unterstützung der internationalen Presse gesucht«, begann er, »vielleicht war das ein Fehler. Jetzt wissen wir aber, daß wir eure Hilfe brauchen. Die Welt muß mehr von unserer Sache erfahren! Menschen, die die Freiheit lieben, müssen sich mit uns solidarisieren!«

Es klang wie die Wahlrede eines Provinzpolitikers. Und wir bekamen mehr davon.

Der Tiger schloß die Augen, legte das Kinn in die aufgestützte Rechte und predigte. Anfangs tat ich noch, als würde ich mitschreiben, dann kritzelte ich kleine Männchen

aufs Papier, schließlich lehnte ich mich zurück und begann, am Ende des Kugelschreibers zu kauen.
Während der nächsten zehn Minuten servierte uns Mohan Thalayasingham seine Rechtfertigung für den Krieg, den er entfesselt hatte. Er führte uns zweitausend Jahre zurück und stellte uns die ersten Tamilen vor, die den Fuß auf die Insel gesetzt hatten, erklärte, daß bereits um die Jahrtausendwende südindische Eroberer hier geherrscht und daß sie die Insel »Ilam« genannt hätten. Die wahre Unterdrückung seines Volkes hätte jedoch erst im neunzehnten Jahrhundert begonnen, als die Briten Zehntausende seiner Landsleute aus Südindien auf die Insel schleppten. Gute, fleißige und zuverlässige Plantagenarbeiter. Unterdrückt, unterbezahlt, geknechtet und verachtet.
Palle und ich hörten zu. Und waren beeindruckt. Je länger er sprach, desto mehr. Von der Wahl seiner Worte, der leisen, aber bestimmten Stimme, der Ausdruckskraft. In einem entfernten Winkel meines Gehirns begann ich zu verstehen, warum dieser Mann die Leute, die dort draußen auf Sieg oder Niederlage, auf ein Leben ständiger Bedrohung und Flucht oder auf den Tod warteten, völlig in seinen Bann gezogen hatte.
Als er bei Solomon Bandaranaike und dessen Intention, Ceylon zu einem singhalesischen Land zu machen, angelangt war, öffnete er wieder die Augen.
»Er und seine Frau haben uns so weit getrieben, daß wir zu den Waffen gegriffen haben«, sagte er.
»Solomon und Sirimavo Bandaranaike haben die Rechte der Tamilen systematisch beschnitten, und J. R. Jayawardene hat uns dann den Todesstoß versetzt!«
Er drehte sich zu mir her und starrte mich langsam-schläfrig an.
»Aber was rede ich da. Die Geschichte dürfte euch ja be-

kannt sein. Wenn nicht, dann ist jetzt die Zeit, Fragen zu stellen.«

Er zog die Augenbrauen in die Höhe und schwieg.

Ich blickte Palle an, der zuckte aber nur die Schultern.

»Die Geschichte ist es auch nicht, mit der wir unsere Leser füttern wollen. Sie ist wichtig für ein Gesamtverständnis, viel wichtiger sind Gegenwart und Zukunft.«

Er nickte ungeduldig.

»Da sind wir ganz einer Meinung. Mit welcher Information kann ich also dienen?«

Ich überlegte kurz. Das Interview mußte professionell ablaufen. Thalayasingham war zu schlau, um sich bluffen zu lassen.

»Wie stark ist die FFTE im Augenblick, und was sind ihre unmittelbaren Ziele?«

Er zog die Augenbrauen auseinander und lachte heiser.

»Abgesehen davon, daß ich unsere genaue Stärke im Moment selbst nicht kenne – wenn es irgend etwas gibt, was wir geheimhalten, dann ist es die Zahl der Menschen, die uns unterstützen. Wenn es sein muß, bis in den Tod. Es gibt viele, wahrscheinlich Tausende, die mit uns sympathisieren, es uns aber noch nicht gesagt haben. Aus Angst, aus Mangel an Gelegenheit. Die FFTE ist kein«, er schob die Unterlippe vor und suchte kurz nach dem richtigen Wort, »kein … Bridgeclub, mit zahlenden Mitgliedern und einem exakten Mitgliederverzeichnis. Uns kann sich jeder anschließen, der will. Jeder, der unsere Ziele zu den seinen macht. Ohne Aufnahmeprüfung und ohne Mitgliedsbeitrag!«

»Und die Ziele?« unterbrach ich ihn.

»Mehr internationale Solidarität«, kam es rasch. »Wir brauchen Hilfe von außen, sonst haben wir keine Chance!«

»Ich war immer der Meinung«, sagte ich langsam, »daß die

FFTE von zumindest einer ausländischen Macht gestützt wird.«
Er schwieg einige Sekunden lang.
»Gestützt wurde«, sagte er schließlich. Und bevor ich auf seine Aussage eingehen konnte: »Ich bitte Sie, in dieser Richtung keine Fragen mehr zu stellen. Sie müssen sich mit der Auskunft zufriedengeben, daß wir im Moment ausschließlich auf uns und unsere Freunde draußen in der Welt angewiesen sind. Freunde, die überall leben können, die aber bereit sind, ein Volk in seinem Kampf um Freiheit zu unterstützen.«
Man hatte von Gadhafi gesprochen und auch von Nordkorea. Und bisher wußte niemand in der internationalen Presselandschaft, daß es zum Bruch gekommen war. Thalayasingham hatte seine mächtigen Freunde verloren. Und wurde gerade deshalb doppelt gefährlich.
»Die unmittelbare Zukunft der FFTE«, sagte er und rang sich ein Lächeln ab, das wohl Zuversicht ausdrücken sollte, »werden Sie während der nächsten Stunden selbst miterleben können! Vielleicht werden Sie Zeugen der entscheidenden Schlacht! Rabindra Gupta hat uns herausgefordert, und wir nehmen an! Der Zug, in dem er reist, ist eine fahrende Festung. Das wissen wir. Er könnte genausogut das Flugzeug nehmen, um nach Jaffna zu gelangen. Mit der simpelsten Art der Fortbewegung in diesem Land, der Eisenbahn, will er uns demütigen! Schaut her, wird er sagen, wenn er in Jaffna aus seinem Waggon steigt, Thalayasingham hat dreihundert Kilometer lang die Chance gehabt, mich daran zu hindern, meinen Bestimmungsort zu erreichen. Er hat versagt. Und wir werden auch weiterhin dafür sorgen, daß er versagt! Die Menschen, die an uns glauben, werden das Vertrauen in uns verlieren. Sie werden annehmen müssen, daß wir zu schwach geworden sind, den singhalesischen

Unterdrückern und den indischen Kolonialtruppen die Stirn zu bieten!«
Der Tiger hielt wieder eine Rede. Er predigte. Und mit jedem Wort schien er stärker und überzeugender zu werden. Keine Spur mehr von Niedergeschlagenheit oder Müdigkeit!
»Deshalb haben wir uns heute hier versammelt. Es ist wie ein Schachspiel. Wir haben zwar weniger Männer und weniger Waffen. Dafür aber den Vorteil der Platzwahl und des Überraschungsmoments. Wir schlagen an einer Stelle zu, an der sie wahrscheinlich mit keinem Überfall rechnen. Und wir sind exzellent auf diese Auseinandersetzung vorbereitet. Im Augenblick graben meine Männer draußen, neben der Eisenbahnlinie, Schützengräben und häufen Sandsäcke auf. Wenn Sie wollen, können wir einen kleinen Rundgang machen.«
Palle stand auf und begann, in seiner Fototasche zu kramen. »Vorher«, sagte er, »möchte ich Sie aber noch kurz vor die Kamera kriegen. Bleiben Sie bitte sitzen. Genauso wie vorher.«
Der Tiger fühlte sich geschmeichelt. Er lehnte sich zurück und probierte rasch ein paar Posen aus. Schließlich beugte er sich vor, legte die Ellenbogen auf die Tischplatte und ließ die Schultern leicht nach vorne hängen.
»Ist es so okay?« fragte er.
Palle blickte auf das Kontrollämpchen seines Blitzgerätes, sah, daß es aufleuchtete, und schoß in rascher Folge einige Fotos aus verschiedenen Blickwinkeln.
Nach wenigen Sekunden nahm er die Kamera vom Gesicht. »Geschafft!« sagte er.
Thalayasingham schien enttäuscht zu sein, daß es schon vorbei war.
Er stand auf, blieb unschlüssig im Raum stehen, ging ein paar Schritte auf und ab und legte Palle die Hand auf die

Schulter. Wie bei einem alten Freund, dem er etwas ganz Intimes zu sagen hätte.
»Sie glauben«, sagte er, »daß das genügt?«
Der Däne zuckte die Schultern und hob die Kamera.
»Es genügt nie«, sagte er. »Ich habe Sie in dieser einen Pose, und ich weiß, daß mein Foto genau das ausdrückt, was ich mir vorstelle. Thalayasingham, der Tiger in einer Urwaldhütte. Auf vorgeschobenem Posten. Nachdenklich, grübelnd. Es ist eine Momentaufnahme. Aber den wahren Thalayasingham, den Tiger, der in die Schlacht zieht, den Führer seines Volkes, den habe ich noch nicht.«
Ich hielt den Atem an.
Von all den Fotografen, mit denen ich es bisher zu tun gehabt hatte, die meisten waren, zugegeben, Pressefotografen irgendeines Provinzblattes, hatte keiner so professionell gewirkt wie der blonde, dicke, vollbärtige Däne. Der Exsöldner, der Seemann, der Killer.
Auch Thalayasingham schien beeindruckt zu sein.
»Das klassische Bild«, sagte er und tat alles, um mit seinem Mienenspiel tiefschürfendes Grübeln auszudrücken, »das hat von mir noch keiner geschossen!«
Er lächelte.
»Che Guevara wurde von einem Fotografen eingefangen, und das Bild hat einen ganzen Kult entfesselt. Von Lenin gibt es ebenso ein berühmtes Foto wie von Khomeini oder Gadhafi. Mister ...« Er hielt inne und blickte Palle an, dieser half ihm sofort und sagte: »Jespersen«. »Mister Jespersen«, wiederholte der Tiger, »Sie haben die große Chance, berühmt zu werden. Schießen Sie das Foto Ihres Lebens!«
Der Däne fingerte an der Kamera herum. Schließlich drückte er den kleinen Knopf an der Unterseite, begann, an der winzigen Kurbel zu drehen, und nahm den Film heraus.
Wir schwiegen und schauten ihm zu.

»Ich habe eine Idee«, sagte er schließlich.
Thalayasingham starrte ihn an.
»Rufen Sie Ihre beiden Wachposten von draußen herein!«
»Warum?« fragte der Tiger und wurde plötzlich wieder wachsam.
»Sie am Tisch, dahinter irgend etwas, vielleicht das Bild eines großen Revolutionärs, den Sie bewundern – Guevara, Lenin, Gadhafi –, und rechts und links von Ihnen die beiden schwerbewaffneten Kameraden. Dazu das Flair der simplen Urwaldhütte, das Gefühl der gezwungenen Improvisation, die wilde Entschlossenheit, der Siegeswille!« Palle schwenkte seine mächtigen Arme durch die Luft, zeigte dem Tiger exakt, wo er die Hauptdarsteller seines Fotos plaziert haben wollte, und ließ überhaupt keine Zweifel, daß er dem großen Revolutionär die einzige Chance bot, sich mit einem Foto einen Platz in der Ewigkeit zu sichern.
Die weichen Lippen wurden plötzlich hart, die Augen schlossen sich wieder.
Draußen lachte jemand, und der Tiger zuckte zusammen.
»Das Foto, das Sie sich vorstellen, machen wir später. Nach der Schlacht«, sagte er. Und Palle und ich wußten, daß er damit seine Unsterblichkeit geopfert hatte. Es gab kein gutes Foto des Tigers, das wußten wir ebensogut wie er. Und damit gab es auch keine Ansteckbuttons, keine Poster und keine T-Shirts.
Das Foto, das seinen Platz in der Geschichte sichern sollte, würde erst später gemacht werden. Oder nie.
Wir gingen hinaus und blickten in zwei Gewehrläufe.
Als die beiden Posten sahen, daß alles in Ordnung war, grinsten sie breit und leicht verlegen und stellten ihre Waffen wieder zur Seite.
Die Nacht war schwül, und die Moskitos waren überall. Meine Arme waren gründlich zerstochen, und in den

Kniekehlen juckte es ebenso wie im Genick und auf der Stirn.
Der Mond hing als zarte Sichel über der gezackten Silhouette des Palmenwaldes. Es zirpte und raschelte, und die Stimmen der Männer drangen aus dem dunklen Wall, der uns umgab, wie Geräusche aus dem Jenseits bei einer Séance.
Der Tiger ging mit Kumar an der Spitze, dann folgte Palle mit umgehängter Kameratasche, am Ende gingen Babu und ich. Die Stimmen wurden leiser, und für eine Weile hörten wir nur das Rascheln der Blätter, die wir beim Vorübergehen streiften, und das Geräusch, das unsere Schritte machten.
Ich beobachtete den Dänen und überlegte, ob er daran dachte, es jetzt zu tun. Hier, in diesem pechschwarzen Stück Wald. Aber da waren Kumar und Babu und die Männer hinter und vor uns, die uns keine Chance zum Entkommen lassen würden.
Später, während der Schlacht vielleicht.
Wir waren kaum eine Viertelstunde gegangen, als wir die Geräusche von Schaufeln hörten, die in der Erde kratzten, verhaltene Männerstimmen und Schritte.
Thalayasingham blieb stehen und rief irgend etwas in die Nacht. Die Geräusche verstummten, dann kam die Antwort. Wir gingen weiter und waren bald von etwa einem Dutzend dunkler Gestalten umringt, die aufgeregt durcheinanderredeten.
Wir befanden uns am Rande des Waldes, und vor uns lag ebenes Land. Das Mondlicht reichte gerade aus, um zu sehen, daß der Bahndamm etwa einen Steinwurf weit von uns entfernt parallel zur Baumgrenze verlief.
Zwischen uns und den Schienen hatten die Männer mehrere Schützengräben ausgehoben; direkt neben uns befand

sich ein Wall aus Sandsäcken, hinter dem sie ein Maschinengewehr in Position gebracht hatten.
Wir gingen über die Lichtung bis zum Bahndamm.
»In ein paar Stunden wird hier die Hölle los sein«, sagte der Tiger. »Der Zug wird genau vor uns zum Stillstand kommen. Wahrscheinlich werden die Lokomotive und die ersten Waggons in die Luft fliegen. Die anderen werden entgleisen.«
»Totale Verwirrung«, sagte Babu neben mir.
»Und dann werden mehr als zweihundert der besten Kämpfer dieses Landes zuschlagen«, fuhr Thalayasingham fort. »Sie werden aus den Schützengräben feuern und aus den MG-Positionen am Waldrand. Wir werden Granatwerfer einsetzen und Panzerfäuste. Das Beste, was wir haben!«
Wir gingen weiter und erreichten den Damm. Er war mannshoch, und die Oberfläche der Schienen schimmerte matt im Mondlicht. Etwa zwanzig Meter rechts von uns befand sich ein Wasserdurchlaß. Ein Betonrohr, gerade groß genug, um einem Menschen das Durchkriechen zu ermöglichen. Während der Regenzeit würden hier Wassermassen durchschießen, jetzt war es staubtrocken.
»Hier«, sagte der Tiger, »ist eine Sprengladung deponiert, die so gewaltig ist, daß sie den Damm auf einer Länge von mindestens zehn, fünfzehn Metern pulverisieren wird. Wenn der Zug um sechs Uhr einundzwanzig kommt, werden wir sie vom Waldrand aus zünden.«
Ich war beeindruckt und dachte zuerst gar nicht daran, daß es eine ähnlich starke Ladung war, die den Zug in Colombo-Fort zertrümmert hatte. Als es mir zu Bewußtsein kam, hatten wir uns bereits auf den Rückweg gemacht. Die Bäume rückten näher, und bald umhüllte uns wieder undurchdringliches Schwarz.
Der Tiger ging in seine Hütte zurück. Bevor er ins matter-

leuchtete Rechteck der Türe eintauchte, blieb er stehen und drehte sich um.
Die Männer, die auf dem freien Platz davor lagen, hockten, saßen, lungerten oder standen, hörten auf zu reden. Wer schlief, wurde geweckt.
Ihr Anführer wartete eine Weile, bis er sicher war, ihre Aufmerksamkeit zu haben. Dann räusperte er sich.
»Dort drüben beim Bahndamm«, sagte er und zeigte mit der Hand in das große schwarze Loch, das uns umgab, »dort sind die Männer mit ihrer Arbeit beinahe fertig. Ich war selbst gerade dort und habe mich überzeugt. Wer schlafen will, kann jetzt schlafen. Wen ich beim Arrak-Trinken erwische, den befördere ich eigenhändig in die Hölle! Für das, was wir vorhaben, brauchen wir einen klaren Kopf. Mehr als das. Wir brauchen das Herz des Tigers und den Mut des Leoparden!«
Nichts regte sich auf der Lichtung. Es war, als ob alle den Atem anhielten. Für die meisten von ihnen mußte er ein Halbgott sein. Unfehlbar und zielstrebig. Allmächtig und weise.
»Um fünf Uhr dreißig werde ich euch wecken lassen. Um sechs Uhr beziehen wir unsere Posten.«
Er räusperte sich wieder.
»Die Offiziere mögen bitte zu mir kommen!«
Er drehte sich um und wurde von der Hütte geschluckt. Ein paar Männer lösten sich aus dem Menschenhaufen. Auch Babu und Kumar waren darunter. Erst jetzt erkannte ich, welche Rolle die beiden spielten. Sie waren nicht die fanatischen Mitläufer, für die ich sie bisher gehalten hatte. Sie gehörten der Elite an!
Ich ging mit Palle zurück zum Weg, auf dem die Lastautos standen. Die Wachposten, die wir sahen, kümmerten sich nicht um uns. Als wir sicher waren, allein zu sein, blieben

wir stehen und lehnten uns gegen das warme Blech eines Wagens.
»Eindrucksvoller Auftritt«, sagte ich.
»Eindrucksvoller Bursche«, sagte er.
»Und gut bewacht!«
»Zu gut!«
Irgend etwas raschelte vor mir im Gehölz. Wir schwiegen und warteten eine Weile. Aber es war wohl nur der Wind gewesen.
Ich bemühte mich trotzdem, noch leiser zu sprechen.
»Wir bleiben auf alle Fälle ganz in seiner Nähe«, flüsterte Palle.
»Dort werden auch andere sein.«
»Abwarten. Das ist alles, was wir tun können. Einfach abwarten und auf die Chance lauern. Die kommt bestimmt. Glaub mir!«
Wir schwiegen, und ich stellte mir vor, was geschehen würde, wenn Thalayasingham tot wäre. Dann würde – davon war ich nun, nachdem ich ihn getroffen hatte, überzeugt – auch die FFTE sterben. Der Tiger war als Persönlichkeit so dominierend, daß er durch niemanden ersetzt werden könnte. Wenn die FFTE tot war, dann würde zumindest hier im Norden und im Osten auch der Terror aufhören. Dann gab es nur noch die JVP. Nicht mein Problem! Ich war hier, um mit mir selbst ins reine zu kommen. Die Regierung sollte sich um ihren eigenen Dreck kümmern. Thalayasingham schuldete mir persönlich etwas, und er würde dafür zahlen müssen. Der Druck in mir war wieder da, das Würgen in der Kehle. Die Ungeduld, den Weg zu Ende zu gehen und am Ziel die Erleichterung zu finden, die ich so nötig brauchte. Endlich abgerechnet zu haben und vergessen zu können.
Ich suchte gar nicht nach einer Rechtfertigung für das, was

wir tun würden. Rani, Mark und Mariko waren Rechtfertigung genug. Wäre ich ein anderer gewesen und sie die Familie dieses anderen, dann hätte ich mich vielleicht mit Begriffen wie Barbarei, Selbstjustiz, Rache oder Mord beschäftigt.
Ich tat es nicht. Was ich zu tun beabsichtigte, war für mich zur Selbstverständlichkeit geworden. Zur einzig möglichen Konsequenz des Geschehens in Colombo-Fort. Für mich war es hier und jetzt Gerechtigkeit.
»Ich glaube, wir sollten zurückgehen«, sagte Palle.
Warum er hier war, wußte ich noch immer nicht. Sicher nicht aus Freundschaft zu mir. Dazu standen wir einander trotz der vielen langen Tage und Nächte, die wir zusammen verbracht hatten, nicht nahe genug. Abenteuerlust? Langeweile? Erlebnishunger? Ein Gerechtigkeitsfanatiker?
»Gehen wir«, sagte ich und löste mich vom Blech des Lastwagens.
Wir gingen langsam zurück und erreichten die Lichtung eine Viertelstunde später. Es war ruhig geworden. Die Männer saßen in kleinen Gruppen zusammen und unterhielten sich flüsternd. Andere hatten sich zu schwarzen Bündeln zusammengerollt und schliefen. Aus der Hütte des Tigers schimmerte immer noch Licht. Ich blickte auf meine Uhr. Es war kurz vor vier Uhr.

Zwei Stunden später stand ich vor einem Wall aus Sandsäcken und starrte auf den heller werdenden Horizont. Ein grauer Nebel begann, die Nacht zu schlucken, und die dunkle Linie des Bahndammes hob sich immer deutlicher von der Umgebung ab.
Kumar hatte uns hierhergeführt und war wieder gegangen.

Ich berührte den groben Stoff, der den Sand umhüllte. Er war feucht vom Morgentau oder vom Nebel. Neben mir stand auf einem Stahlgerüst ein Maschinengewehr. Der Mann, der es jetzt bewachte und später wahrscheinlich auch bedienen würde, saß am Boden und hatte sich mit dem Rücken gegen ein paar Kisten gelehnt, in denen Munition war.
Der Wall um uns war halbrund und brusthoch und hatte einen Durchmesser von knapp vier Metern. Ich hatte ihn zuvor mit Schritten abgemessen.
Die Vögel im Wald hinter uns waren längst erwacht und machten ein Höllenspektakel.
Ich blickte Palle an, und er lächelte.
»Sechs Uhr«, sagte ich.
Er blickte auf seine Uhr und nickte.
»Zeit, ein letztes Mal die Blase zu entleeren«, sagte er und ging aus dem schützenden Halbkreis hinaus. Ich hörte die Blätter rascheln, hörte seine schweren Schritte und dann, wie das Wasser auf den Boden klatschte.
Der MG-Mann grinste.
Ich ging nach vorn zum Wall und suchte wieder die Bahnlinie. Es war schon viel heller als vor einigen Minuten. Die Sonne leuchtete bereits über den Rand der Welt vor uns. Es würde wieder ein wolkenloser heißer Tag werden.
Ich spürte, wie die Nervosität in mir wuchs. Oder war es doch die Angst?
Palle kam zurück, und dann kam auch Kumar.
»Habt ihr euch hier schon eingelebt?« fragte er und schmunzelte. Der Scherz ging ins Leere.
»Es geht«, sagte der Däne ernst. Auch er war nervös. Ich merkte es an seinem Blick und an seinen Bewegungen. Und daran, daß er noch mehr schwitzte als gewöhnlich.
»In ein paar Minuten wird der Tiger kommen«, sagte Kumar.

Der MG-Mann war aufgestanden und fingerte an der Waffe herum. Er wischte sie mit einem Lappen ab, probierte den Mechanismus aus und erzeugte damit ein metallisches Klicken, das mir durch Mark und Bein schoß.
Kumar redete ihn auf tamilisch an, und der Mann antwortete.
Ich hatte gerade begonnen, nervös auf und ab zu gehen, als Thalayasingham in Begleitung von Babu und seinen beiden Leibwächtern in den Halbkreis trat. Die Konversation verstummte sofort.
Der Tiger war konzentriert und kümmerte sich überhaupt nicht mehr um mich und den Dänen. Er redete rasch und eindringlich und zeigte dabei immer wieder nach vorne.
Kumar nickte und zog ein kleines schwarzes Kästchen aus der Brusttasche seines Hemdes. Es sah aus wie ein Mini-Sprechfunkgerät und hatte auch eine lange, silbern glänzende Antenne, die er nun herauszog und in Richtung Bahndamm hielt.
Palle stieß die Luft durch die geschlossenen Lippen aus und blies dabei die Backen auf.
»Hinterwäldler sind das bestimmt keine«, flüsterte er. »Da gibt es jemanden, der sie mit verdammt guten Dingen versorgt!«
»Sprechfunkgeräte?« fragte ich.
»Keine Sprechfunkgeräte. Mit diesem Ding da zünden sie die Bombe, die dort vorne in der Betonröhre liegt!«
Sprechfunkgeräte hatten sie auch. Thalayasingham hielt plötzlich eines in seiner Rechten und benutzte es.
Ich blickte wieder auf die Uhr. Sechs Uhr vierzehn.
Neben mir gab der Tiger seine letzten Befehle.
Vor mir war das Schlachtfeld. Die Sonne lag jetzt am Horizont wie eine riesige feurige Bowlingkugel. Ich blickte

hinüber zum Bahndamm. Und ich sah das schwarze Loch, in dem die Bombe sein mußte.
Zwischen uns und den Schienen hatten sie einige Schützengräben ausgehoben. Ich zählte sie. Es waren acht. Drei in der zweiten Reihe, vier dahinter und einer ganz vorne. Keine fünf Meter vom Damm entfernt.
Etwa hundert Meter links von uns machten die Schienen einen Knick und verschwanden hinter dem Waldrand.
Die Männer hatten die Schützengräben mit Palmblättern abgedeckt. Auf den ersten Blick war nichts Auffälliges zu entdecken.
Selbst wenn der Lokomotivführer nach Umrunden der Kurve etwas bemerken würde, hatte er keine Chance mehr zu reagieren, bevor der Zug auf die Bombe traf.
Die Stelle für den Überfall war teuflisch klug gewählt.
Wir befanden uns in dem mittleren von drei MG-Nestern, die genau am Waldrand aufgebaut worden waren. In diesen und in den Schützengräben hatten sich an die hundert Mann versteckt. Es waren diejenigen, die mit den besten Waffen ausgerüstet waren. Ich sah auch Panzerfäuste, Granatwerfer und jede Menge von Handgranaten.
Der Rest von Thalayasinghams Männern hatte sich hinter und neben uns im Wald verborgen. Sie würden später wahrscheinlich vorrücken und die Plätze der Toten einnehmen.
Meine Uhr zeigte sechs Uhr einundzwanzig. Vom Zug war noch nichts zu hören. Der Jaffna-Expreß hatte an diesem Tag Verspätung.
Die Männer hielten den Atem an. Da waren nur noch die Geräusche des Dschungels und mein eigener Herzschlag, der mir in den Ohren dröhnte.
Und dann hörte ich ihn. Fast zugleich mit dem aufgeregten Krächzen, das aus dem Funkgerät des Tigers kam.

Ich sah, wie Kumar langsam das schwarze Kästchen aus der Brusttasche nahm und die Antenne auszog.
Es war ein dumpfes Rollen, und es kam rasch näher. Während der Sekunden, die vergingen, bis sich die gewaltige Diesellokomotive aus dem Baumdickicht links von mir schälte, dachte ich an »Zwölf Uhr mittags«. Leise, ganz leise, so, daß nur ich es hörte, begann ich »Do not forsake me, oh my Darling« zu pfeifen. Es war lächerlich, aber ich tat es trotzdem. Es nahm mir weder die Angst, noch trocknete es den Schweiß, der mir über den Hals ins Hemd rann. Ich tat es nur, um mir die längsten Sekunden meines Lebens zu verkürzen.
Da war sie. Mächtig und rot. Ein scheinbar unbesiegbarer Metallkoloß. Ich sah, wie sich die Stahlräder drehten und ihn unaufhaltsam vorwärtstrieben. Und ich sah die Waggons dahinter, die sich an sie drängten wie ängstliche Kinder an die Mutter.
Ich drehte mich zur Seite und sah Thalayasingham. Er starrte gebannt mit großen Augen auf Kumars Hand, die den Bombenauslöser hielt.
Der Archäologe hatte die Augen zusammengekniffen und fixierte den Zug. Der Schweiß tropfte von seinen Augenbrauen herab, und die Brust, die sich eben noch unter schweren Atemzügen gehoben und gesenkt hatte, bewegte sich nicht mehr.
Wahrscheinlich würde er die Ladung zünden, wenn die Mitte des ersten Waggons über dem Wasserdurchlaß war. Damit würde er den Zug stoppen und zumindest einen Wagen zerstören. Vielleicht sogar den, in dem sich der General befand.
Einen Augenblick lang hatte ich den irren Wunsch, das, was unaufhaltsam zu sein schien, zu ändern.
Ich hätte ganz langsam zwei Schritte nach rechts machen

können und wäre dann neben Kumar gestanden. Dann hätte ich nach dem schwarzen Kästchen greifen und es so lange festhalten müssen, bis der Zug vorüber war. Ich hätte es wahrscheinlich auch weit weg, in den Wald hinter oder auf das Feld vor mir, schleudern können, ohne die Bombe damit zum Explodieren zu bringen. Sie hätten mich dafür getötet. Wahrscheinlich ganz rasch mit einigen Schüssen aus einer der vielen Waffen, die mich umgaben. Einige hundert andere wären aber am Leben geblieben.

Ich tat es nicht. Weil die Märtyrer, von denen man im Verlauf eines Lebens hört, eben doch immer nur die anderen sind.

Als es geschah, geschah es fast im Zeitlupentempo. Ich erinnere mich an jede einzelne Szene, so, als bestünde sie aus einer Reihe von Stehbildern, die sich langsam ablösten.

Kumar drückte den Knopf zu früh. Statt des mittleren Waggons explodierte die Erde unter der Lokomotive. Das rote Ungetüm bäumte sich auf wie ein sterbender Dinosaurier. Die Räder lösten sich von den Schienen und beinahe zugleich auch vom toten Metallkoloß, den sie eben noch getragen hatten, und flogen durch die Luft wie chinesische Feuerräder, die niemand entzündet hatte. Dort trafen sie auf sonderbar deformierte Eisenteile, die entweder hoch in den Himmel katapultiert wurden oder von dort zurückkamen.

Eine riesige Flammenzunge leckte über das, was von der Lokomotive übriggeblieben war, streifte den ersten und den zweiten Waggon und fraß sich an allem, was dort brennbar war, fest.

Der Knall und die darauf folgende Druckwelle raubten mir den Atem.

Die Schlacht hatte begonnen.

Irgendwann fing neben mir das Maschinengewehr zu häm-

mern an, irgendwann wurden die Palmblätter von den Schützengräben gerissen, irgendwann begannen aus dem Zug vor mir plötzlich Hunderte kleiner Blitze zu zucken.
Die Lokomotive war zerborsten und umgekippt und lag auf der anderen Seite des Bahndammes. Aus dem ersten Waggon züngelten immer noch Flammen. Er war in der Mitte auseinandergebrochen, die hintere Hälfte lag auf unserer, die vordere auf der anderen Seite des Schienenstranges. Ich hörte zum ersten Mal in meinem Leben Menschen im Todeskampf brüllen. Körper, die wie Fackeln loderten, ließen sich aus den Fensterhöhlen fallen, andere, die in Panik längst die Waffen hatten fallen lassen, sprangen hinter ihnen her. Die meisten erreichten den Boden nicht mehr lebend. Da waren die drei Maschinengewehre, die sie erbarmungslos zu Tode hämmerten, und da waren die Männer in den Schützengräben, die für jedes klare Ziel dankbar waren und ohne zu zögern in die hilflosen Menschenbündel feuerten.
Kumar hatte das schwarze Kästchen fallen lassen und starrte auf das Chaos, das er mit einem einzigen Knopfdruck ausgelöst hatte. Sein Gesicht war blank und ausdruckslos.
Der Tiger leistete sich keine Pause. Er brüllte irgendwelche Befehle ins Sprechfunkgerät, hetzte von einem Ende unserer Sandsack-Insel zur anderen, stieß schließlich sogar den MG-Schützen zur Seite und begann, selbst auf den flügellahmen Jaffna-Expreß vor uns zu feuern.
Dort hatten sich die Inder bald vom ersten Schock erholt. Irgend jemand im Zuginneren hatte einen ersten Granatwerfer in Position gebracht. Ich sah die schweren Geschosse nicht, ich hörte und sah nur, wie sie einschlugen. Zuerst im Niemandsland zwischen den Schützengräben, dann gab es den ersten Treffer. Einer der Schützengräben vor mir mutierte innerhalb eines Augenblicks in ein Bild aus hoch-

spritzenden Erdbrocken und fliegenden Menschenteilen. Ein Oberkörper, aus dem ein Arm und der Rest des Kopfes ragten, machte einen hohen Bogen in meine Richtung, blieb in der Luft stehen und klatschte dann nur wenige Meter vor unserer Sandsackburg auf den Boden.

Als sich der Staub verzogen hatte und die Detonation nur noch aus einem Echo bestand, das sich in der Ferne verlor, begannen die Schreie. Ich verstand die Worte nicht, vielleicht waren es auch keine, sondern nur die Urlaute, mit denen man die Erkenntnis hinausschreit, daß man weiß, daß das Ende da ist. Alles, was man in dieser Welt außer dem verstümmelten Körper noch zurücklassen konnte, war dieser Schrei.

Neben mir hörte ich es klicken und klacken und schwer atmen. Der Däne hatte die Kamera vor dem Gesicht und drückte wieder und wieder ab. Dazwischen hob er den Kopf und suchte nach neuen Motiven. Da er keine zu finden schien und der Horror des geborstenen Schützengrabens in all seinen Facetten schon festgehalten war, drehte er sich um und schoß eine rasche Serie von Thalayasingham. Als dieser den Fotografen bemerkte, straffte sich seine Gestalt plötzlich, das Kinn hob sich, und die Augen bekamen den Glanz des Furchtlosen.

Das Knallen der Schüsse schwoll zu einem Orkan an und verebbte wieder. Dann schwoll es erneut an.

Ich konzentrierte mich wieder auf den Zug und sah, daß auf der anderen Seite der intakten Waggons Dutzende, nein Hunderte Füße den Boden berührten, wieder verschwanden und durch neue ersetzt wurden. Die Inder verließen den Zug und begannen, sich auf der anderen Seite zu formieren. Die Männer auf unserer Seite hatten es auch bemerkt und feuerten gezielte Salven in diese Richtung. Einigen Treffern folgten stürzende Gestalten. Keine Schreie. Dazu war das Geschehen zu weit weg.

Aus dem vordersten Schützengraben, dem, den sie unmittelbar neben dem Bahndamm gegraben hatten, löste sich plötzlich eine Gestalt. Babu neben mir schrie auf. Ich blickte den Alten an und sah, wie er die Hände vors Gesicht schlug.
Der Mann lag jetzt flach am Bahndamm, die Soldaten über ihm, in den Waggons, hatten ihn offenbar noch nicht bemerkt. Er drehte den Kopf zur Seite, und ich erkannte, daß es Rajesh war. Der junge Tamile winkte jemandem im Schützengraben mit der Rechten zu, und einige Sekunden später lag eine zweite Gestalt neben ihm. Obwohl ich sein Gesicht nicht sah, wußte ich, daß es Vijai war.
Mehr als zweihundert Augenpaare hingen in diesem Moment an den beiden. Es war ihr großer Augenblick. Die Geburt zweier Helden.
Der Tiger stand jetzt neben Babu und hatte den Arm um dessen Schultern gelegt. Er redete leise auf ihn ein, doch das Gesicht des Alten war zur Maske erstarrt.
Die beiden Männer vorne am Bahndamm unterhielten sich ebenfalls. Sie formten Worte mit ihren Lippen und unterstützten sie mit stummen Zeichen.
Jeder von ihnen hielt jetzt eine Handgranate in der Hand, und ich sah, daß an ihren Körpern noch einige andere hingen.
Das Schießen auf unserer Seite war jetzt wieder stärker geworden. Man versuchte wohl, den beiden dort vorne Feuerschutz zu geben.
Vijai hatte begonnen, sich langsam am Hang hochzurobben. Als sein Kopf in Schienenhöhe war, zündete er eine Handgranate und warf sie auf die andere Seite. Im selben Augenblick sprang Rajesh auf, streckte sich und ließ sein Metallei ins Innere des Zuges fallen. Dann begannen beide zu laufen. Nicht zum rettenden Schützengraben zurück, wie

ich vermutet hatte, sondern entlang des Bahndammes in Richtung des hinteren Zugendes.
Vijai rannte am unteren Ende des Dammes und warf während des Laufens eine weitere Sprengladung unter den Rädern durch auf die andere Zugseite, wo die indischen Soldaten in Deckung liegen mußten. Als Rajesh das nächste offene Zugfenster erreicht hatte und seine zweite Handgranate entschärfte, explodierte die erste. Das Dach des Waggons hob sich und machte den Weg für eine Stichflamme frei, die wie eine riesige Feuerzunge aus der Öffnung leckte. Ein Teil der Waggonwand auf unserer Seite barst. Durch das Loch wurde ein Körper geschleudert, der zuckend durch die Luft flog und dann irgendwo verschwand.
Ich starrte noch immer gebannt auf das Resultat der Explosion, als es erneut krachte. Diesmal drüben, auf der anderen Dammseite. Detonation drei und vier vervollständigten das Werk, das eins und zwei begonnen hatten. Der Waggon bestand nur noch aus zerfetztem Metall und Flammen, die schwarzen Rauch erzeugten. Aber da waren noch andere Waggons, die noch auf den Schienen standen und Hunderten von indischen Soldaten Schutz boten. Und da waren die Inder, die bereits aus dem Zug gesprungen waren und sich zum Angriff vorbereiteten.
Die Lähmung nach den vier verheerenden Explosionen dauerte nicht lange. Rajesh und Vijai, die von den Druckwellen zu Boden geschleudert worden waren, hatten sich wieder aufgerafft und liefen nun in Richtung Schützengraben.
Aus Angst, die zwei Kameraden zu treffen, hielt sich das Feuer auf unserer Seite jetzt in Grenzen.
Die beiden hatten keine Chance. Und das wußten sie auch. Trotzdem liefen sie und hofften wahrscheinlich doch auf das Wunder, das ihnen ihr Leben retten würde.

Woher die Salve kam, die Vijais Leben auslöschte, weiß ich nicht. Ich sah nur, wie sich sein Körper mitten im Lauf krümmte, wie er seine Arme seitlich ausbreitete, als seien sie Flügel, die ihn vom Horror des Bahndammes wegtragen könnten.

Er lief noch einige Schritte, dann knickten seine Beine zusammen, und er stürzte. Das Gras war an dieser Stelle so hoch, daß ich ihn nicht mehr sah.

Neben mir schrie Babu auf. Nicht laut. Es war nur ein gurgelndes Schluchzen, das sofort in sich zusammenbrach.

Thalayasingham hielt den Alten noch immer mit einer Hand fest. In der anderen trug er sein Funkgerät, in das er nun hastige Befehle brüllte.

Rajesh war knapp vor dem Schützengraben, als Vijai von der Salve erfaßt wurde. Zwei Schritte noch und ein Sprung nach vorne, dann wäre er gerettet gewesen. Statt dessen blieb er stehen und blickte zurück. Dabei mußte er Vijais letzten Blick aufgefangen haben. Er drehte sich langsam um, und seine Gestalt straffte sich. Das Feuer trommelte plötzlich langsamer. Ich spürte, wie alles um mich herum den Atem anhielt. Auch drüben, auf der indischen Seite, wurde weniger geschossen.

Der Tamile hob sein Kinn, so hoch er konnte, und legte dabei den Kopf weit zurück. In diesem Augenblick sah er aus wie ein Wolf, der zu heulen beginnen wollte. Das Geräusch, das er dann ausstieß, klang ähnlich. Es war ein schmerzhaftes Brüllen, das leise begann und dann immer lauter wurde. Ich spürte eine kalte Gänsehaut, die vom Nacken bis zu den Fersen rieselte.

Das Schießen verstummte plötzlich ganz. Dutzende waren an diesem Tag schon gestorben, aber der Tod des einen schien dem Kampf nun eine Wendung zu geben.

Rajesh ging ganz langsam durchs kniehohe Gras, blieb an

der Stelle stehen, an der Vijai verschwunden war, und beugte sich hinab. Zwei, drei, vier Sekunden lang geschah nichts. Die Kampfpause dauerte an. Dann kam der Kopf des jungen Tamilen wieder hoch. Jeder, der ihn sah, konnte den Schmerz erkennen, der seine Züge verzerrte. Er hob die Hände, die voll mit Blut waren. Er starrte sie ungläubig an, dann streckte er sie in Richtung Zug und begann, wie irr zu brüllen. Es war ein Stakkato von Worten, das sich wiederholte. Immer wieder. Noch immer kein Schuß.

Babu neben mir weinte jetzt haltlos.

Rajesh hielt nun eine Handgranate in der Rechten und entschärfte sie. Bevor er sie werfen konnte, krachte ein einziger Schuß. In der Stille des kurzen Waffenstillstandes schien er lauter zu sein als das Trommelfeuer von vorhin.

Der Schütze hatte genau gezielt. Rajeshs Kopf explodierte wie eine Weinflasche, die ein Steinwurf zerschmettert hatte. Blut und Knochenteile vermischten sich zu einer bizarren roten Wolke, die sich in Sekundenbruchteilen in ihre Bestandteile auflöste. Babu riß sich vom Griff des Tigers los und begann zu laufen. Einige schrien ihm etwas nach. Aber er hörte sie nicht. Seine dünnen Beine trugen ihn um die Sandsackbarriere herum, hinaus auf die offene Fläche zwischen uns und dem Zug.

Er kam nicht weit, denn gleich nach dem einsamen Schuß hatte das Feuer auf beiden Seiten wieder begonnen. Die ersten Kugeln, die in seinen Körper einschlugen, stoppten ihn nicht. Sie verlangsamten nicht einmal den Lauf. Erst als ihm eine Salve die Beine wegriß, brach er zusammen.

Ich drehte mich weg. Ich wollte nicht mehr mitansehen müsen, wie noch mehr Leben weggeworfen wurden.

Kumar und Thalayasingham standen nur da und starrten einander an. Es war das erste Mal, daß ich den Tiger fassungslos sah.

Ich dachte an Tandukadu zurück. An die letzten Tage im Dorf. Die Alte, die jetzt wohl noch einsamer sein würde. Den Frieden, der dort im Warten auf den Krieg bestand.
Der Tiger und sein Begleiter gingen wortlos aus dem Halbkreis hinaus. Ich wartete einige Sekunden lang, neben mir hämmerte das Maschinengewehr, vor mir krachte, toste, zischte, stank und brüllte es. Dann ging ich den beiden nach.
Sie hatten sich auf den Boden gesetzt und gegen den Stamm einer gewaltigen Palme gelehnt.
Kumar hatte die Augen geschlossen. Wahrscheinlich, weil er das, was um ihn herum vorging, in diesem Augenblick ebenfalls nicht mehr sehen konnte. Vielleicht aber auch, um Bilder von früher zurückzuholen. Als Babu und die beiden Jungen noch lebten. Waren sie überhaupt tot? Waren sie nicht eben noch hier? Hatte Babus Schluchzen überhaupt schon aufgehört?
Die Grenze zwischen Leben und Tod besteht nur aus einem Augenblick. Ein winziger Moment, den nur die anderen, die weiterleben, bewußt aufnehmen und verarbeiten können.
Ich setzte mich zu den beiden. Der Tiger rückte ein paar Zentimeter zur Seite, um mir Platz zu machen. Es war nur eine Geste. Aber sie sollte mir wohl sagen, daß ich willkommen war.
Eine Weile taten wir nichts. Wir trauerten nur. Jeder auf seine Weise.
Babu war während der letzten Tage zu mehr als nur einer flüchtigen Zufallsbekanntschaft für mich geworden. Und die beiden Jungen hatten sich irgendwo an der Grenze zwischen Höflichkeit, Respekt und beginnender Freundschaft angesiedelt.
Daß diejenigen, die neben mir saßen und vor mir starben, eigentlich meine Feinde waren, kam mir hier, unter der Pal-

me, nicht zu Bewußtsein. Ich dachte auch nicht an Rani und die Kinder. Die Eindrücke der letzten Minuten waren zu wuchtig und dominierend, als daß sie anderen Emotionen hätten Platz machen können.
»Der Alte«, sagte Thalayasingham nicht zu mir und nicht zu Kumar, vielleicht zur alten Palme oder nur zu sich selbst, »hat sie über alles geliebt, die beiden Buben. Ich glaube, zehn Elefanten hätten ihn nicht zurückhalten können.«
Eine Explosion erstickte seine nächsten Worte.
»... wäre ein verdammt guter Anwalt geworden. Leute wie Rajesh brauchen wir dringend. Und Vijai. Einer, der das Land hier liebte. Die Landwirtschaft. Er hätte viel aufbauen können.«
Kumar nickte.
Wir schwiegen wieder.
Ein junger Kämpfer in Dschungelgrün stand plötzlich neben uns.
»Die Männer in den Schützengräben sind fast alle tot«, brüllte er. »Die Inder haben sich formiert und werden bald vorrücken!«
Der Tiger schüttelte den Kopf, als wolle er damit lästige Fliegen verscheuchen, dann rieb er sich die Augen und stand auf.
»Wir müssen die zweite Welle einsetzen«, sagte er.
Die beiden verschwanden rasch hinter dem grünen Wall. Da Kumar keine Anstalten machte aufzustehen, blieb auch ich sitzen.
»Ich weiß nicht, ob du es weißt«, sagte er langsam und suchte dabei meinen Blick. Ich sah ihm in die Augen, und die waren groß und traurig.
»Babu war ein Onkel des Tigers. Und Rajesh war Babus Sohn. Also Mohan Thalayasinghams Cousin. Wie Vijai. Nur ist Vijai der Sohn von Babus Bruder. Eines anderen Onkels des Tigers. Der ist im Kampf gefallen. Oben in Jaffna. Und

Babu hat Vijai bei sich aufgenommen. Adoptiert, würdest du wahrscheinlich sagen.«

Er lächelte traurig.

»Klingt kompliziert, nicht wahr?«

Ich sagte nichts. Was hätte ich auch sagen sollen.

Die Schlacht neben dem Bahndamm war für Thalayasingham zur Familientragödie geworden.

Ich hatte ihm alles Übel der Welt gewünscht, und ein Teil davon war eingetroffen. Eigentlich hätte ich zufrieden sein müssen. Ausgleichende Gerechtigkeit. Sein Leben für ihr Leben, euer Leben für unseres. Schwachsinn. Leben und leben lassen muß es heißen.

Ich hatte schon genug vom Tod.

Aber vorne am Bahndamm ging es weiter.

Die Inder waren zahlenmäßig viel stärker, als Thalayasingham angenommen hatte. Ihre Bewaffnung war um ein Vielfaches besser als die der Tamilen.

Trotzdem hielten sie aus. Aus den Schützengräben wurde zwar nur noch vereinzelt geschossen, aber aus dem Waldrand und den Sandsackburgen spuckte es so giftig, daß General Guptas Truppen im und hinter dem Zug in Deckung blieben und von dort aus allen Rohren feuerten.

Trotz der Übermacht der Inder befand sich die Schlacht in einer Pattstellung.

Zu Mittag hatten wir sogar Zeit, ein paar Dosen aufzumachen und rasch einige Bissen hinunterzuwürgen. Irgend jemand brachte einen Kessel mit heißem Tee vorbei.

Obwohl beinahe pausenlos gefeuert wurde, schien den Soldaten des Tigers die Munition nicht auszugehen. Immer wieder tauchten Männer aus Richtung der Lastwagen auf, die schwere Kisten heranschleppten.

Die Gilles Ducasses, die Thalayasingham unterstützten, hatten ganze Arbeit geleistet.

Der Umschwung kam erst, als der erste Helikopter auftauchte.
Zuerst hing er nur hoch über uns in der Luft wie ein giftiges Insekt, das noch unschlüssig ist, an welcher Stelle des Körpers es mit dem Blutsaugen beginnen sollte. Aber daß es saugen würde, stand fest.
Der Tiger blickte lange zu ihm hoch, und als er den Blick wieder senkte, wußte ich, daß er verloren hatte. Er gab zwar über Funk noch ein paar Befehle aus, und links neben uns begann ein Maschinengewehr in Richtung Hubschrauber zu feuern, die Kampfkraft der gesamten Truppe schien jedoch mit einemmal erlahmt zu sein.
Bereits der erste Anflug des Stahlinsekts war giftig und tödlich. Es verschwand kurz hinter dem grünen Wall, tauchte dann, obwohl alle darauf gewartet hatten, mit atemberaubender Plötzlichkeit direkt über unseren Köpfen auf und spuckte Eisen und Feuer. Ich sah etwas Schwarzes, das sich vom Rumpf löste und keine fünfzig Meter neben uns auf die Erde krachte. Die Explosion, die es auslöste, war so gewaltig, daß ich gegen die Sandsäcke geschleudert wurde und einige Sekunden lang benommen liegen blieb. Als ich mich wieder auf die Füße stellte, sah ich, daß Palle neben mir auf dem Bauch lag.
»Bist du verletzt?« schrie ich und beugte mich zu ihm hinunter.
Sein Gesicht war dreckverschmiert, aber er grinste.
»Leg dich nieder«, sagte er, »sonst wirst du gleich noch einmal zum Tiefflieger. Der Bursche dreht dort vorne nur um, dann kommt er garantiert wieder zurück!«
Er hatte recht. Ich lag kaum neben ihm, als das Heulen, Knattern und Spucken über uns wieder losging. Diesmal krachte die Bombe etwas weiter von uns entfernt auf die Erde, die Explosion schien mir aber wieder das Trommelfell zerreißen zu wollen.

Die Schlacht war zu Ende.
Der zweite Helikopter, der neben dem ersten auftauchte und lauernd in der Luft hing, hätte gar nicht zu kommen brauchen.
Der Tiger war k. o.
Ich spürte, wie Kumar mich an der Schulter riß, und stand auf, so rasch es meine schmerzenden Knochen erlaubten.
»Wir müssen weg«, brüllte er und lief gebückt ins Unterholz.
Palle und ich folgten ihm. Der Däne hatte noch immer seine Kameratasche umgehängt und verstaute im Laufen den Fotoapparat, den er die ganze Zeit über in der Hand gehalten hatte.
Den Tiger sah ich erst wieder, als wir auf dem Pfad zum Dorf angelangt waren. Er lief etwa zwanzig Meter vor uns, in der Rechten trug er eine Maschinenpistole. Die grüne Schirmmütze hatte er irgendwo im Wald verloren.
Neben uns tauchten auch andere aus dem Wald auf und rannten. Und hinter uns wurde noch immer geschossen.
Die, die dort geblieben waren, würden sterben. Und gerade diese tapferen Männer hätte der Tiger gebraucht, um später eine neue Kampftruppe aufstellen zu können.
Die FFTE war tot. Ich hatte ihre Sterbestunde miterlebt.
Der Dorfplatz war menschenleer, als wir ihn erreichten.
Thalayasingham rannte auf die Hütte zu, in der ich ihn zum erstenmal getroffen hatte, bog jedoch vor der Türe links ab und hetzte auf den Waldrand zu.
Als wir dort ankamen, saß er bereits am Steuer eines Jeeps, der dort, gut getarnt, auf seine Flucht gewartet hatte.
Palle und ich hockten auf dem Rücksitz und Kumar neben dem Fahrer, als dieser mit Vollgas losfuhr.
Wir überquerten den Platz und ließen eine riesige Staubwolke zurück. Dort, wo in der Nacht noch zwei Dutzend

Lastwagen oder mehr gestanden hatten, zählte ich jetzt nur noch vier. Wir schafften es gerade, an ihnen vorbeizukommen, dann begann ein Höllenritt.
Kumar hielt Thalayasinghams Maschinenpistole in der Hand, ließ sie jedoch bald auf den Boden des Jeeps fallen, weil er beide Hände brauchte, um sich festzuklammern.
Ich blickte Palle an und hätte schwören können, ein belustigtes Lächeln in seinem Gesicht entdeckt zu haben.
Ich wollte ihm sagen, daß alles vorbei war. Auch unser ursprünglicher Plan. Es würde keine FFTE mehr geben. Der Tiger war tot, obwohl er noch lebte.
Ich konnte es nicht tun, weil der Lärm, den der Jeep machte, zu groß war und weil ich ständig hin und her geworfen wurde und alle Kraft brauchte, um nicht über die Seite oder nach hinten aus dem Wagen gekippt zu werden.
Später, wenn wir allein sein würden, würde ich es ihm sagen. Irgendwie würden wir es schon schaffen, uns nach Anuradhapura durchzuschlagen. Und dann nach Colombo. Vielleicht würde ich doch die ganze verdammte Story verkaufen. Vorausgesetzt, Palles Fotos taugten etwas. Schließlich war es ja die größte Geschichte, die ich in meinem Journalistenleben gemacht hatte. Exklusiv!
Und dann war auf einmal der Helikopter da. Ich war überrascht, weil nur ein Dummkopf wie ich nicht daran hatte denken können, daß die gewaltige Staubwolke, die wir hinter uns herzogen, aus der Luft bemerkt werden würde.
Die Männer über uns verloren keine Zeit.
Irgend jemand dort oben begann zu feuern. Die Geschosse bohrten sich in die Kühlerhaube, und das Blech zerplatzte. Der Wagen sprang wie ein aufmüpfiger Ziegenbock nach vorn, dann blockierten die Räder, und wir kippten um.
Eine Zehntelsekunde bevor ich aus dem Wrack geschleudert wurde, traf eine Kugel Palles linke Schulter. Ich sah das

Blut spritzen, dann drehte sich die Welt für mich auf den Kopf. Ich flog durch die Luft, knallte gegen etwas, das so hart war wie Stahl, rollte durch etwas, was sich anfühlte wie eine Rolle Stacheldraht, krachte wieder gegen die Stahlwand und kam schließlich neben einem Baum zu liegen.

Der Sturz hatte mir die Luft aus dem Brustkorb gepreßt, und als ich wieder atmen konnte, wagte ich es auch, die Augen zu öffnen. Es dauerte eine Weile, bis ich die Lage erkannt hatte. Über mir auf einem Abhang hing der Jeep, oder besser das, was von ihm übrig war, rauchend zwischen einigen Baumstämmen.

Die Luft über mir war still.

Das Rascheln, das ich unter meinem Standplatz hörte, kam von Kumar, der bereits auf den Beinen war und sich zu mir hocharbeitete. Er blutete an der Stirn und hinkte leicht. Seine Hose war am Knie zerfetzt, und auch dort sah ich Blut, das den Stoff schwarz und zäh machte und an der Wade festklebte. Der Tiger lag schräg oberhalb von mir und war bewußtlos. Wir erreichten ihn nach einigen Minuten, und Kumar bettete seinen Kopf auf sein gesundes Bein. Ich suchte nach Palle.

Der Hubschrauber kam wieder, das Unterholz, in dem wir uns verbargen, war aber so dicht, daß ich keine Angst hatte, entdeckt zu werden. Trotzdem kroch ich zu Kumar zurück und wartete dort, bis das tödliche Hämmern über uns wieder verschwunden war. Ich hatte keine Ahnung, wohin er flog. Vielleicht wollte er Verstärkung holen, vielleicht würde er Truppentransporter zu uns lotsen.

Thalayasingham stöhnte leise und schlug die Augen auf. Er starrte mich eine Sekunde lang ungläubig an, richtete dann den Blick auf Kumar und lächelte.

»Wo sind sie?« fragte er.

Kumar deutete mit der Hand in die Ferne.

»Weg! Wir sind für den Moment sicher. Aber wir müssen trotzdem so rasch wie möglich fort von hier!«
»Ich habe Palle noch nicht gefunden«, sagte ich und stand auf. Der Weg nach oben, zu den rauchenden Trümmern, war mühsam, und ich schwitzte, keuchte und fluchte.
Er lag zwei Meter neben dem Wrack, und zuerst glaubte ich, er sei tot. Der linke Arm hing nur noch an ein paar Muskelfasern, die halbe Schulter fehlte überhaupt. Ich sah Knochen und rotes Fleisch, und mir wurde so übel, daß ich mich wegdrehen mußte.
»Scheiße«, krächzte es hinter mir. »Verdammte Scheiße. Alles kaputt!«
Irgend etwas Kaltes lag plötzlich auf meinem Genick, und die Übelkeit wich einem Gefühl eisigen Horrors.
Ich ging zu ihm und sah, wie er versuchte, sich auf den gesunden Arm zu stützen und aufzustehen. Natürlich half ich ihm dabei und griff ins Blut, das fast jede Faser seines Hemdes durchtränkt hatte. Ich spürte, wie sich seine Muskeln bewegten, wie sie zur Energie wurden, die den wuchtigen Körper vorwärts trieb. Er stöhnte nicht einmal.
Seine Bewegungen waren steif wie die eines Roboters, aber Schritt folgte auf Schritt, und als der Helikopter in der Ferne wieder die Luft zu zerhacken begann, waren wir bei den beiden anderen.
Thalayasingham schien, abgesehen von einer Riesenbeule auf der Stirn, völlig unverletzt zu sein, und er half mir, den Dänen zu stützen. Kumar bahnte uns einen Weg durch das Dickicht, und bald kamen wir ins Flache.
Der Hubschrauber kreiste jetzt über dem Autowrack.
Palle Jespersen war erledigt. Er wußte es, und wir wußten es. Trotzdem schleppten wir ihn weiter, und er setzte mechanisch Fuß vor Fuß.
Ich hatte jeden Zeitbegriff verloren. Ich wußte weder, wel-

che Tageszeit es war, noch, wie lange wir uns durch den Wald quälten. Weit konnte es nicht gewesen sein, denn als Kumar vor uns stehenblieb und warnend die Hand hob, war das Rotorengeräusch des Hubschraubers noch immer ziemlich laut zu hören.

»Dort vorne ist eine ziemlich große Lichtung«, sagte er. »Überqueren können wir sie nicht. Da würden die uns dort oben sofort sehen.«

»Rasten wir einen Augenblick«, sagte der Tiger, »dann gehen wir rechts weiter. Wenn wir Glück haben, schaffen wir es heute bis Mutaliyarkuram. Dort werden sie uns helfen.«

Wenn wir von hier aufbrechen würden, dann würde der Däne nicht mehr dabeisein. Mit »Rasten wir einen Augenblick« hatte Thalayasingham wohl sagen wollen: »Warten wir, bis Palle gestorben ist.« Wir betteten ihn sanft ins Gras.

Der Däne hatte die Augen weit geöffnet, und aus seinem Mundwinkel rann ein roter Faden über das Kinn.

Als ich ihn so daliegen sah, fühlte ich plötzlich den Druck einer schweren Schuld. Ohne mich würde er jetzt auf seinem Schiff die Generatoren starten oder mit Bobby Tan und Terrence Goh Karten spielen.

Ich blickte den Tiger an, und die Schuld wurde größer. Der, den wir töten wollten, lebte. Und würde weiterleben.

Das Helikopterhämmern wurde lauter.

Es war Krieg.

Die Inder hatten den Dänen erschossen. Sollte ich nun die Inder erschießen?

Thalayasingham hatte meine Familie getötet. Sollte ich nun Thalayasingham töten?

Nichts würde irgend jemanden wieder lebendig machen. Trauer nicht und Selbstmitleid nicht und Rache nicht und der Tod schon gar nicht.

Da gab es so vieles, was ich mit Palle hätte besprechen müssen. Ich beugte mich zu ihm hinab.
»Wir schaffen es«, sagte der Däne. Klar und deutlich. Und seine Augen starrten mich an.
»Natürlich schaffen wir es«, sagte ich, zog mein Taschentuch aus der Hosentasche und begann, ihm das Blut vom Gesicht zu wischen.
»Ich muß ...«, sagte er und hustete, bis er Blut spuckte.
»Sag nichts«, sagte ich und wischte das feuchte Rot aus seinem Gesicht.
Er holte tief Luft, und ich hörte das Röcheln, das aus der kaputten Lunge kam.
»Ich muß mit dem Tiger reden ... ich muß ... mit ...«
Ich stand auf und ging zu den beiden anderen.
Der Hubschrauber stand jetzt direkt über der Lichtung.
»Wir müssen weg«, sagte Kumar.
Ich zeigte auf Palle und dann auf den Tiger.
»Er will noch mit dir sprechen, sagt er.«
»Wir müssen weg«, wiederholte Kumar.
Mohan Thalayasingham schüttelte den Kopf und stand auf.
»So viel Zeit haben wir noch«, sagte er.
Er ging langsam durch das Gras und beugte sich zum Sterbenden hinab.
Ich hörte nicht, was Palle sagte. Ich sah nur, wie er die Lippen bewegte, und dann sah ich, wie der Tamile versuchte aufzustehen, dies aber nicht schaffte, weil ihn die mächtige Rechte des Dänen umklammerte.
Was dann geschah, geschah so rasch, daß Kumar und ich wie versteinert waren und gelähmt zusahen.
Das, was vom Körper Palle Jespersens übriggeblieben war, stand mit einem Ruck auf den Beinen, aus der Kehle löste sich ein heiserer Schrei, dann torkelte er wie ein Urzeitmonster hinaus auf die Lichtung.

Thalayasingham hatte keine Chance. Er riß und zerrte am Griff des Riesen, brüllte wie ein Tier in der Falle und trat mit den Füßen nach dem Gegner.
Im Hubschrauber hatten sie bereits sehnsüchtig darauf gewartet, endlich ein menschliches Ziel vor die Gewehre zu bekommen.
Die erste Salve verfehlte noch ihr Ziel, die zweite schlug jedoch mit voller Wucht in die beiden Körper ein. Palle stürzte zu Boden und riß den Tiger mit. Erst jetzt gelang es dem Tamilen, sich aus dem Griff zu befreien. Er warf sich zur Seite und begann, auf allen vieren auf den Waldrand zuzukriechen.
In seinem Gesicht sah ich blanke Angst und Panik.
Dann zerfetzten die Kugeln seinen Körper.
Ich war noch immer gelähmt und spürte, wie ich am ganzen Körper zu zittern begann. Das Rascheln neben mir hörte ich nicht. Erst als die Inder vor mir standen und mir die Gewehrläufe in die Seite bohrten, bemerkte ich, daß Kumar verschwunden war.

Das Mount-Lavinia-Hotel. Kühl und vornehm. Der Arrak biß sich wohlig warm durch die Speiseröhre in den Magen durch und erzeugte die Wärme und Geborgenheit des Vergessens. Sie hatten mich in den Hubschrauber geworfen, gefesselt und mich mit ihren Stiefeln und Gewehrläufen getreten und gestoßen.
Jetzt ging es mir schon viel besser. Ein gewisser Max Riley von Reuters hatte sich angesagt. Am Telefon hatte er von einem Superangebot gesprochen. Max Riley war ein Großer. Einer, der für eine große Agentur arbeitete.
Ich wußte, daß mir die ganze verdammte Story den Einstieg in den großen Journalismus ermöglichen konnte.

General Rabindra Gupta hatte mich höchstpersönlich verhört. Ein kleiner, freundlicher Mann mit weißem Haar und einem exakt getrimmten weißen Schnurrbart. Es war in einem der hinteren, unzerstört gebliebenen Waggons des überfallenen Zuges gewesen.
Ich hatte ihm die Wahrheit gesagt. Nicht die ganze, aber einen Großteil davon. Ich erzählte ihm, daß Rani und die Kinder bei dem Bombenattentat auf den Zug, in dem er hätte sitzen sollen, ums Leben gekommen waren. Und daß Palle ein Exsöldner war.
Der General war gerührt.
»Sie waren also die ganze Zeit über so etwas wie unser Verbündeter«, sagte er.
Daran hatte ich bis jetzt noch nie gedacht. Als ich es hörte, schockierte es mich. Ich hatte die Sache bisher als etwas Persönliches betrachtet, das von dem Konflikt zwischen den Indern, Singhalesen und Tamilen losgelöst war.
Hatte ich wirklich Partei für Gupta bezogen, als ich mich gegen Thalayasingham gestellt hatte?
Der General wertete mein Schweigen als Zustimmung.
Ich weiß nicht, warum ich ihm nichts von Kumar erzählte. Irgend etwas hielt mich davor zurück. Der vierte Mann, den die Hubschrauberbesatzung aus der Luft zu sehen geglaubt hatte, existierte nicht. Die Männer müßten sich geirrt haben. Am Ende bat mich der General, mich in Colombo für eine Weile für ihn zur Verfügung zu halten. Man würde meine Angaben überprüfen, und wenn sie, woran er keine Zweifel hätte, mit der Realität übereinstimmten, dann könnte ich das Land verlassen, wann ich wollte.
Der kleine weißhaarige Mann kam am Ende auf mich zu und schüttelte meine Hand.
»Ihr toter Freund und Sie«, sagte er, »haben uns und diesem Land einen unschätzbaren Dienst erwiesen. Der Tod Mohan

Thalayasinghams rettet viele Menschenleben. Und ich weiß nicht, ob er nicht ohne Sie jetzt wieder in den Dörfern unterwegs wäre, um neue Männer anzuwerben.«
Dann hatte ein Soldat Palles Fototasche gebracht und mir in die Hand gedrückt.
»Ich glaube«, sagte der General, »daß das Ihnen gehört. Betrachten Sie es als Zeichen unserer Dankbarkeit. Die Kameras und Filme sind unversehrt. Einer meiner Männer, der sich in solchen Dingen auskennt, hat es mir bestätigt.«
Ich hatte die Filme bei einem ehemaligen Schulkameraden Ranis, der jetzt in der Nähe von Slave Island einen Fotoladen hatte, entwickeln lassen. Die Bilder waren verblüffend gut. Eine Serie von der Schlacht um den Zug war sogar preisverdächtig.
Max Riley kam fünf Minuten zu spät und entschuldigte sich überschwenglich.
»Ich habe mein Büro am anderen Ende der Stadt«, sagte er. »Und der Verkehr in Colombo ist fürchterlich. Aber das wissen Sie ja.«
Während er Konversation zu machen versuchte, kämpfte ich nicht allzu stark gegen den Drang an, wieder Journalist sein zu können. Was in den vergangenen Wochen passiert war, war etwas Persönliches gewesen. Aber da war auch der Aspekt, der vielleicht den Verlauf der Geschichte dieses Landes verändern würde. Und da war noch etwas Entscheidendes, von dem außer mir niemand etwas wußte.
Ganz zum Schluß hatte ich den General gefragt, ob er nun die Insel verlassen und seine Truppen abziehen würde.
»Im Augenblick«, hatte der weißhaarige Mann gesagt, »haben wir so etwas wie eine Atempause. Wir haben die Burg des Feindes zerstört und viele seiner Männer und ihn selbst vernichtet. Wir wissen aber auch, daß er irgendwo, drüben in Indien oder hier, einen Sohn hat, von dessen Existenz nur

seine engsten Vertrauten wissen. Es ist sein einziger Sohn!«
Ob er den Namen wisse, hatte ich ihn gefragt. Und die Antwort hatte mich getroffen wie ein Keulenschlag.
»Kumar Thalayasingham!«
Als Max Riley sein erstes Angebot nannte, wußte ich bereits, daß ich einsteigen würde.
Einmal Journalist – immer Journalist.
Kumar würde in meiner Geschichte nicht vorkommen. Und er würde auch auf keinem Bild zu sehen sein.
Vielleicht werde ich ihn einmal wiedersehen. Irgendwo. Und dann werde ich ihm die ganze Geschichte erzählen. So, wie sie wirklich war.
Kumar Thalayasingham war mein Freund geworden.

Die Königlich-Dänische Botschaft in Neu-Delhi teilte mir Wochen später in einem langen offiziellen Brief mit, ihre Nachforschungen hätten ergeben, daß es keinen Palle Jespersen gebe, der in Odense gemeldet sei. Es gebe überhaupt keinen Palle Jespersen, der an dem von mir angegebenen Datum geboren sei. Es lebe auch keine Tochter in Odense. Ich müsse, so hieß es zum Schluß in dem Schreiben, mich entweder in einigen Punkten geirrt haben, oder der betreffende Mann habe widerrechtlich einen falschen Namen benutzt. Es tue ihnen leid, wenn ich durch einen dänischen Staatsbürger Schaden erlitten hätte.